AMOUR SUR LE RIVAGE

DU MÊME AUTEUR

SUR LE VIF
Sabine Wespieser éditeur, 2008

MICHAL GOVRIN

AMOUR SUR LE RIVAGE

roman traduit de l'hébreu par Laurent Cohen

SABINE WESPIESER ÉDITEUR
13, RUE SÉGUIER, PARIS VI
2013

Titre original : *Ahava al Ha'khof*
Éditeur original : Hakibbutz HaMeuchad, 2013

À Sabine,
pour le désir du texte.

Comment l'aire de la petite ville
Pouvait-elle contenir
Tant de mémoire d'enfance, d'amours perdues,
chambres vidées loin d'ici ?

Léa Goldberg
Tel-Aviv

Le club de la plage

Il courait.

Le tumulte des vagues, dans l'obscurité, battait contre ses tempes.

Il ne savait même plus ce qui l'irritait – la viscosité du sel ou ses pas qui s'enfonçaient dans le sable. Depuis un certain temps déjà, son corps s'était mué en un mélange de sueur et de halètements. Moïse courait, et seule la jalousie le stimulait.

Il savait qu'il l'avait perdue ; il l'avait su dès le début ; et pourtant, il courait, tout entier béant, la chemise hors de la ceinture, la veste lui tombant des épaules.

C'est ainsi que, en fin de compte, il était apparu à Esther, lorsqu'elle avait battu en retraite : ses cheveux emmêlés transformaient son visage en un masque, les sourcils hirsutes, la bouche ouverte en un cri.

Y avait-il d'ailleurs jamais eu autre chose entre eux, tout au long des jours qui s'étaient écoulés depuis qu'il l'avait aperçue pour la première fois, à l'autre bout de la piste, par-delà les danseurs, levant lentement son bras vers la nuit ? Si jeune, presque une enfant. Elle se tenait là-bas, dans une robe à bretelles légère, sous la chaleur qui épousait ses épaules dénudées.

C'est alors qu'il avait aperçu comment son bras se soulevait, et qu'il avait laissé échapper un son d'entre ses lèvres. Comme si tout cela le sidérait. Et la peur, aussi. Instantanée. Il avait avalé une gorgée de Campari, puis s'était efforcé de fixer son regard. Comme pour se porter, de tout son être, vers ce bras levé, lumineux.

Et elle, Esther, ignorait alors pourquoi elle avait quitté les jeunes filles rencontrées en début de soirée, pour aller se planter à l'autre bout de la piste. Simplement, elle avait été contrainte de s'y rendre, ses épaules sous le halo des lampadaires, et ses sandales s'enfonçant dans le sable chaud qui se répand vers les lointains. Jamais ils ne lui avaient semblé si noirs. Même la chaleur humide qui drapait ses épaules était nouvelle, lorsqu'elle leva le bras pour ramasser ses cheveux. Son regard était attiré par la luisance d'un costume clair, près du bar. Elle ne parvint plus à l'en détacher. Elle était comme suspendue à son épingle à cheveux.

Même par la suite, elle n'admit jamais la raison pour laquelle elle se leva, puis s'éloigna du groupe de filles qui s'entassaient, en riant fébrilement, autour de la table – ces filles qui l'avaient invitée un peu plus tôt dans la soirée : « Viens, assieds-toi avec nous. » Elles étaient serrées l'une contre l'autre, elles oscillaient à l'unisson, en plissant les lèvres vers leurs pailles, puis elles lui avaient demandé : « Tu t'appelles comment ? – Esther. – Parfait ! » – et déjà, Esther était parmi elles, remuant légèrement son dos nu, au rythme de la musique, face à la bande de garçons ricanant, qui se tenaient là pour les inviter à danser, et les plaquer contre leurs corps, au gré de la musique que déversaient les enceintes, *Put Your Head on My Shoulder*. On l'invita à deux reprises, et elle refusa. « Vas-y, Esther. Qu'est-ce que tu as à perdre ? gloussaient les filles autour d'elle. – Non, non... », avait-elle protesté, avec cette sensation d'étouffement qui l'avait poussée à se lever et à se retirer vers le bout de la piste, jusqu'à la lisière de la plage, si noire. Et puis non : ce n'était pas elle qui s'était levée, pas Esther Weiss ; c'était juste la fille qui portait une robe à bretelles toute neuve, et qui s'était rendue jusqu'au rivage, tandis que les mots qu'elle avait déclamés, durant la fête de fin d'année, venaient de s'éveiller en elle : *Mille sources vives sourdaient en mon cœur, et mon âme n'aspirait qu'à des flots d'amour, des flots d'amour*. C'est dans ce même élan qu'elle s'était redressée, si différente du reste des jeunes gens sur la piste, frémissante dans l'air humide, puis qu'elle avait déployé le bras avec une force qu'elle ne dominait pas, soulevée vers le scintillement du costume, et le regard de l'homme portait ses membres alourdis comme ceux d'une poupée.

Elle savait qu'il l'observait, Moïse le savait. C'était même pour ça qu'elle levait le bras. Si seulement il le souhaitait, elle le suivrait, comme toutes les autres. Mais une onde d'obscurité, venue de loin, recouvrit le personnage de la frêle jeune fille, et le frappa pour la première fois depuis qu'il était arrivé de Paris, éreinté, quarante-huit heures avant le décès de sa mère. Il avait juste eu le temps. Les sept jours de deuil, il les avait passés prostré, vêtu d'une chemise qu'on lui avait rituellement entaillée lors de l'enterrement. Et aujourd'hui encore, tandis qu'il s'était rendu sur la tombe, où il avait lu le *kaddish* de l'orphelin dans un alphabet qu'il n'avait plus revu depuis longtemps – rien n'avait éclos en lui. « Maman » : seul ce mot s'était formé du sein de cette aridité.

Il s'était encore retenu en quittant Yémima, qui l'avait soudain enlacé très fort, comme autrefois, lorsqu'il n'était qu'un enfant ; elle avait posé sa tête sur son épaule et s'était mise à pleurer : « Moïse, Moïse... » Face à tous ceux qui l'avaient étreint, il était resté dur, assailli par des bouffées de chaleur dans son costume de lin. Et c'est dans cette même sécheresse intérieure qu'il avait conduit la vieille voiture, sur des routes brûlantes, du village jusqu'à la petite agglomération, puis vers l'hôtel Dagon, à côté de la mer. Exténué, il était entré dans une chambre austère, avec une lithographie représentant une barque de pêcheur et une lampe de chevet pour tout décor ; ensuite, il s'était versé un verre de Campari, mécaniquement – mais même lorsqu'il s'approcha de la fenêtre, pour regarder la mer qui luisait encore, rien ne se libéra en lui. Il ne retira pas son costume. Il se rafraîchit le visage, le cou, au-dessus du lavabo. Il ne demanda pas la ligne internationale pour appeler Catherine – et il ressortit. Il erra, pétrifié, le long de la falaise, par la voie qui longeait la mer, avant de redescendre sur un sentier menant au dancing de la plage.

Et c'est seulement alors, à la vue de cette silhouette illuminée, qui se tenait dans une robe légère, épaules nues et bras levé – qu'un sombre vacarme finit par déclencher en lui des larmes, comme si, impuissant, il frappait encore les vagues déchaînées, en un effort désespéré pour continuer à nager, de ses bras menus, affaiblis, jusqu'à la blancheur des draps d'hôpital, jusqu'au visage diaphane de sa mère, qui se penchait au-dessus de lui : « Moïse, mon petit, mon petit Moïse... »

Esther fut prise d'un tremblement. Comme dans la boutique, quand elle avait acheté la robe azur à bretelles. Elle avait menti à ses parents et prétendu que ses cours de dactylographie, où ils l'avaient inscrite avant qu'elle ne s'engage dans l'armée, à la fin de l'été, exigeaient des frais supplémentaires. Lorsqu'elle dit à la vendeuse : « celle-ci », tout en lui indiquant la robe en vitrine, les billets lui brûlèrent la main. Et quand elle finit par la prendre, emballée dans du papier de soie, qu'elle l'enfonça dans son sac de toile, entre livres et cahiers, elle s'empourpra. Ce n'était qu'aujourd'hui qu'elle l'avait enfilée, avant de passer un chemisier par-dessus, dans les toilettes du bâtiment où avaient lieu ses cours. Puis elle était sortie, sans réfléchir, dans la moiteur qui ourlait les larges plis, autour de ses hanches, le long de ses jambes ; elle avait poussé jusqu'au centre-ville, dont les rues grouillent de monde à la tombée du soir ; et plutôt que d'aller retrouver les ombres qui l'attendaient à la maison, elle avait pris un bus qui roulait vers la plage. De là, elle suivit l'avenue des Tamaris et parvint au bord de la falaise de grès. Face à la mer qui s'ouvrait soudainement, bleu et rose, jusqu'aux confins de l'horizon, elle retira son chemisier, et quand elle redescendit vers le club de la plage, par un sentier abrupt, l'air chaud enveloppa ses épaules. Elle entra, précédée par un déferlement de musique et de corps en mouvement. *Put your head on my shoulder...*

Et elle le vit aussitôt. En costume. Près du bar.

Un frisson la parcourut, monta depuis le sable chaud par ses sandales jusqu'aux épaules, et son souffle se brisa sur un faible cri, *Écoute Israël.*

Moïse referma la main autour du verre de Campari, sans se rendre compte que, de l'autre côté du comptoir, le barman l'observait.

Alex avait été attiré par cet homme élégant, en costume beige, dès qu'il était entré – comme si quelqu'un lié à sa vie passée, lorsqu'il s'appelait encore Alejandro, s'était soudain manifesté au club de la plage, puis installé au bar, étranger à tous les danseurs qui encombraient la piste.

« Campari », avait seulement dit l'homme en se tournant vers lui, et Alex s'était rapproché avec le verre et la bouteille ; il l'avait servi en s'absorbant dans chaque geste, et même après qu'il eut fini, il n'était pas retourné aider Asher, qui changeait les disques et manœuvrait de son mieux avec la horde de jeunes gens. Alex restait près de l'homme, et le luxe qui émanait de son costume lui donnait la même impression d'aisance matérielle que dans certains grands magasins de Buenos Aires ou dans la clinique de son père, qu'enveloppait l'odeur de la pipe. Évocations soudaines, et si lointaines.

Mais alors l'homme s'était tendu sur son siège, et c'est uniquement à cause de lui qu'Alex détourna son regard, puis la vit aussi.

Elle se tenait à l'autre extrémité de la piste, un bras levé, inconsciente de sa beauté, lèvres entrouvertes, sous les spots qui balayaient ses épaules.

Tu la vois, c'est tout ce qu'Alex eut le temps de se dire, par-delà l'intense piqûre qu'il ressentit, comme à Buenos Aires, quand le dard du soleil s'enfonçait dans ses pupilles, par les persiennes de sa chambre où montaient aussi les bruits étouffés de l'Avenida Corrientes, et qu'il serrait les poings en écrasant son nez contre la vitre pour ne pas hurler, parce qu'au cours du déjeuner son père l'avait encore considéré d'un œil réprobateur, avant de disparaître derrière les portes de la clinique. Pourtant, cette douleur lancinante ne parvenait jamais à étouffer le cri de honte qui montait dans son corps, pas plus qu'elle ne refoulait la misère qui imprégnait la chambre de son enfance, avec ses boîtes à jouets entassées dans la commode – une misère d'où ni les disques qu'il écoutait pendant des heures, seul, ni son appartenance à une cellule trotskiste, ni les discours enflammés sur la révolution, n'avaient pu l'arracher. Seuls les livres murmuraient, et c'est avec eux qu'il s'échappait.

Tu la vois, se redit Alex, le cœur battant, comme s'il l'avait effectivement déjà croisée quelque part. Elle demeurait là-bas, dans sa robe à bretelles, soulevant lentement le bras, à la lisière de l'obscurité qui s'ouvrait. Et à nouveau, la douleur le transperça.

Put your head on my shoulder, hold me in your arms, Baby...

*

Les journées qui marquèrent cet été du début des années soixante resplendirent encore longtemps, tout comme ce qui arriva au club de la plage. Moins d'une décennie plus tôt, on avait déversé des multitudes d'immigrants entre les collines de grès, des gens qui aspiraient à trouver enfin un havre de paix entre les étendues de sable et les vergers délaissés. Abrutis par la lumière crue, ils avaient surgi dans une confusion de langues, hors des camions qui les conduisaient vers le sud du pays ; ils avaient déchargé leurs quelques biens, des marmites, des bassines, et pour commencer, ils occupèrent les maisons en boue séchée, abandonnées, de la petite ville arabe ; ensuite, ils s'installèrent dans les camps de transit qui se déployaient jusqu'au tell archéologique, deux familles par tente, avec pour seule séparation une couverture tendue entre les matelas, dans les relents de mèches et de réchauds.

Les nouveaux venus se déplaçaient d'un pas incertain sur les voies de sable qui séparaient les camps ; ils portaient de vieilles vestes, ou bien des caftans, des toques ou des chapeaux venus de « là-bas » ; à cette époque, des quartiers avaient déjà été construits à la hâte sur les collines, avec quelques carrés de gazon et des arbres fraîchement plantés ; des magasins ouvrirent dans les recoins de l'ancien souk, et un petit centre commercial fut même inauguré. Chacun tirait de l'autre sa maigre subsistance ; pourtant, cela suffisait à les faire avancer, telle une colonne de fourmis trop zélées qui s'obstineraient à vivre, vivre ! Et c'est ainsi qu'après plusieurs années, au cours desquelles les appellations se succédèrent, Majdal, Migdal, Migdal-Gad, Afridar, Samson, on finit par baptiser l'endroit du nom d'Askelon.

Toutefois, même lorsque ceux qui s'étaient établis ici enfilèrent des vêtements kaki et des robes à manches courtes, car l'été durait la plus grande partie de l'année, ils ne surent s'affranchir de cette ombre d'étrangeté qui entourait leur façon de se mouvoir, les efforts avec lesquels les femmes posaient leurs lourdes chaussures sur les trottoirs neufs, ou la manière qu'avaient les hommes de tourner le visage vers la lumière. Pendant les nuits, leurs rêves étaient parcourus d'images éclatées : cités bondées, tramways, cloches d'églises, synagogues érigées à l'ombre des minarets, jardins de jasmin – et les cris d'épouvante qu'ils poussaient déchiraient les cieux de leur petite agglomération.

L'écho des aboiements perçait aussi le silence des nuits et s'enchevêtrait aux hurlements des chacals qui encerclaient la ville. Des chiens jaunâtres, à l'échine décharnée, souples, dont les maîtres avaient pris la fuite de l'autre côté de la frontière, et qu'attirait maintenant ce regain de vie dans la région. Des « chiens cananéens », c'est ainsi que les nommèrent les nouveaux habitants, tout comme ils rebaptisèrent les vergers à l'abandon, les amandiers et les cimetières qui restaient. Ils ne cherchaient pas à savoir ce qu'il y avait eu ici, avant leur arrivée, et la nuit, ils s'enfermaient à double tour, à cause de l'effroi que leur inspiraient les bandes d'infiltrés.

Dès que l'aube poignait, sa lumière irradiait le sable blanc dans la rumeur des vagues. Les cris qui s'étaient élevés dans la nuit, les voix qui avaient résonné dans la journée, et même les échos qui, autrefois, avaient traversé la petite ville arabe désertée – tout cela, la mer l'avait recueilli dans l'immense entonnoir de ses lointains et englouti au plus profond de ses antiques rugissements. Ainsi, elle portait les voix de peuples anciens, qui avaient débarqué dans la ville par vagues successives, arrivant d'Égypte, d'Ur en Chaldée, des îles de Philistie, de Perse et d'Assyrie, des côtes phéniciennes, de Grèce, Rome et Byzance, de la péninsule arabe et des forteresses tenues par les croisés. Chaque fois, ils l'avaient conquise et, sur ses ruines, ils avaient édifié une cité nouvelle, dont les jetées s'ouvraient comme des bras vers les vaisseaux qui naviguaient en direction des pays méditerranéens. Les cris des marchands retentissaient dans toutes les langues sur les marchés, entre les sacs de céréales, les cruches de vin, et les bottes de *scallions*, ces oignons verts qui faisaient la fierté de la ville et lui avaient même inspiré son nom, Askelon. Pendant les nuits, l'écho des prières se doublait de chants d'amour imprégnés de sel et d'essences de fruits, des chants qui disaient un désir immémorial, tout-puissant, vivre ! Jusqu'au jour où vint Baybars, le cruel sultan mamelouk, qui avait été arraché aux siens dès sa

diffusait la sono – ou bien sur celles, plus veloutées, de Sinatra et d'Adamo. Ils dansaient, aveugles à tout ce qui était extérieur à la plate-bande de lumière de la piste, et ils reprenaient en chœur *Only yoouuu !*.

Or ce qui se produisit, au cours de cette même nuit, fulgura comme la mer qui s'entrouvre un instant sur l'émeraude de ses abysses, et laissa une brûlure sans nom, un spasme d'émerveillement.

*

Moïse tenait de toute sa force le verre de Campari ; il fixait la fille dont les yeux immenses s'étaient posés sur lui, lorsqu'elle avait levé le bras vers son épingle à cheveux. Et même quand les larmes brouillèrent sa vue, son image resta gravée sur ses pupilles. C'est alors que la douleur le traversa comme une brûlure de sel, et soudain, il ruissela de sang et de verre, qui avaient aussi éclaboussé le bar, son costume.

« Merde ! » dit-il dans une sorte d'effroi, en ramenant la main vers lui.

Juste derrière, un chien se mit à aboyer. Le jeune barman, qui s'était retrouvé en un clin d'œil à côté de Moïse, essuya le comptoir, après en avoir fait disparaître les bouts de verre.

« Ces verres ! C'est de la merde ! » lui lança Moïse, « de la merde », répéta-t-il en élevant la voix, presque malgré lui, à l'adresse du barman qui le considérait derrière ses longs cils.

Alex était encore concentré sur la jeune fille lorsqu'il avait perçu le cri de l'homme au costume. À présent, il s'attardait sur sa paume couverte de sang, de Campari – et dans un sentiment d'impuissance, douloureusement, comme si c'était sa propre chair qu'on meurtrissait, il sut que cet homme-là tiendrait la fille dans ses bras, qu'il la toucherait.

« Amène un autre Campari », bredouilla Moïse, ne serait-ce qu'afin d'éloigner ce type, puis il tira de sa poche un mouchoir qu'il appliqua autour de la plaie.

« D'accord », dit Alex, et il repassa derrière le bar, en emportant le chiffon humide, hérissé d'éclats de verre ; il dépassa Asher à sa platine et, déjà, une voix évanescente s'échappait des enceintes :

Bésame, bésame mucho...

Sur la piste, une clameur s'éleva vers la chanson fétiche. Alex tressaillit, comme toujours, quand le frappaient les mots *Bésame, bésame mucho*, et comme si, chaque fois, c'était la dernière fois, *la última vez...*

Esther se tenait encore au bord de la piste, drapée du frisson chaud de la nuit. *Et mon âme n'aspirait qu'à des flots d'amour*, cria-t-elle presque, même si c'était interdit, terriblement interdit... Mais, bientôt, le faisceau du regard posé sur elle depuis le bar se défit en une suite de gestes désordonnés, et son bras retomba, comme celui d'une marionnette dont on aurait tranché les fils. Quelque chose de lointain, de désespéré – hurla.

Qu'allait-elle faire, maintenant ? Elle guettait, fébrile, ce qui seul l'avait obligée à se diriger vers la mer, plutôt que de rentrer chez elle, parmi les ombres. Il n'y avait plus là qu'un homme de dos, en costume, et même le visage du jeune barman, qui émergeait un peu plus tôt au-dessus du bar, avait disparu.

Qu'allait-elle faire, maintenant que le vide se creusait dans son propre corps ?

Elle vit alors qu'un garçon rougissant, luisant de sueur, et vêtu d'une chemise moulante, se tenait devant elle ; sa carrure imposante lui cachait ce qui se passait du côté du bar.

Bésame, bésame mucho...

Pour commencer, Esther ne saisit même pas ce que le garçon voulait d'elle. Au lycée religieux Froomkin pour filles qu'elle fréquentait, nulle n'avait jamais dansé avec un garçon – et surtout pas des danses de salon latines, avec un type comme celui qui lui faisait face, lequel devait appartenir à quelque bande de voyous inspirant la terreur, les gamins les plus sauvages d'Askelon, qu'on voyait zoner entre les rares débits de boissons ouverts la nuit, descendre des bières, des bouteilles de vin bon marché, en exhibant des biceps galbés. Ils fumaient des Noblesse à la chaîne, parfois aussi des Nelson, ou même des Marlboro, et durant les projections qui avaient lieu sur la pelouse de la mairie, ils apostrophaient grossièrement les filles de Froomkin.

« Tu danses ? » grimaça le garçon, visiblement confus, avant de lancer : « J'ai dit à mes potes que tu es à tous les coups une fille qui sait donner... Allez viens, *yallah* * ! », et

* Mot arabe signifiant plus ou moins : « C'est parti ! »

déjà, il tendait la main vers elle, comme il avait vu les autres le faire.

Esther percevait la voix déformée de ce garçon en nage à travers un brouillard, parce qu'une fois de plus l'élan la poussait vers un horizon dont elle resterait prisonnière.

Et c'est uniquement pour que l'homme en costume la regarde encore une fois, pour qu'il la voie danser et que cela lui fasse mal, qu'elle répondit d'accord ; uniquement pour qu'il en éprouve une jalousie dévorante, tout comme le barman ; car *j'ai vu en mon âme, or elle était noire, et blanche, tout à la fois...* Voilà pourquoi Esther – ou bien l'autre, celle qui portait la robe à bretelles – s'était laissé conduire vers les danseurs.

Bésame, bésame mucho..., les accords du slow se mêlaient aux lumières tamisées. Esther, qui avait rejoint le centre de la piste à petits pas, étouffa un cri lorsqu'une main moite se posa sur son dos, puis que le corps du garçon, adipeux et gluant de sueur, l'enlaça maladroitement, telle une larve de mollusque, en soufflant dans son cou : « Petite poupée, tu es ma petite poupée. »

Elle étouffa le dégoût qui la tétanisait et, le corps pétrifié, se retrouva dans les bras de Gaby Mandelkerem, alias Baba, le plus nul d'entre les voyous qui venaient au club de la plage s'imbiber de bière et danser. Il se joignait à eux, tête basse, prêt à essuyer la prochaine raillerie, honteux de son corps massif, de son rire idiot, de ses parents arrivés de Roumanie, qui habitaient le deux-pièces d'une HLM qui leur avait été attribuée après leur passage par le camp de transit, un appartement où le buffet, venu de Bucarest, occupait la moitié de l'entrée, un espace minuscule faisant aussi office de salon. Ce soir néanmoins, quand il avait vu cette fille en robe légère se tenir à l'écart, il avait soudain osé, et il avait même parié qu'il danserait avec elle, puis qu'il irait flirter sur le bord de mer. Il ne pouvait rien dire de plus. Seul Benny, le meneur à la mèche rebelle, qui était aussi le plus âgé de la bande, avait déjà vraiment baisé une femme. C'est du moins ce qu'il affirmait. Une fois, il leur avait même montré une capote usagée, qu'il avait peut-être ramassée un peu plus tôt sur le sable, histoire de crâner. Et maintenant, alors qu'il plaquait cette fille menue contre son propre corps, Baba essayait de l'embrasser sans trop savoir comment s'y prendre, alors il continuait à murmurer : « Petite poupée, tu es ma petite poupée », tandis que sa main perlée de sueur s'aventurait toujours plus bas.

« C'est donc ainsi », résonnait une voix en elle, mais, à travers le voile qui descendait sur sa conscience, elle se savait déjà souillée, et elle savait aussi qu'elle venait de passer un point de non-retour. *J'ai vu en mon âme, or elle était noire, et blanche, tout à la fois...*

Lorsque Moïse finit par se retourner, pour regarder encore cette fille, il ne vit que l'obscurité à l'endroit où elle s'était tenue. « Et merde, elle est partie ! » se dit-il en pressant son mouchoir sur la plaie.

C'est alors que, au cœur de la foule des danseurs, il parvint à discerner son dos nu et un garçon mal dégrossi qui triturait sa robe.

Bésame, bésame mucho, como si fuera esta noche la última vez...

Qu'est-ce qu'il t'arrive ? Moïse serra les mâchoires. *Qu'est-ce que tu veux de cette fille qui est juste une enfant ?* Mais, quand les palpitations s'accentuèrent, il sut que plus rien ne serait comme autrefois, avant le décès de sa mère, et à nouveau, il eut cette sensation d'étouffement qu'il avait déjà éprouvée, depuis que le coup de fil de Yémima avait déchiré le silence de sa maison parisienne, et qu'il s'était rendu à l'aéroport, complètement paniqué en disant à Catherine qui l'y avait conduit qu'il ne savait pas, qu'elle pouvait faire ce qu'elle voulait. Chez Yémima, il était arrivé en taxi. Et l'étouffement l'avait saisi dès qu'il était entré dans la pièce opaque, pleine de la présence de sa mère, de sombres tapis, d'ustensiles, de photos de famille, et de l'odeur qui régnait là depuis toujours – lorsqu'un visage émacié, blême, s'était tendu vers lui : « Moïse, mon petit Moïse... », avant de retomber sur l'oreiller. Pendant trois heures, il garda sa main dans la sienne et se contenta de l'appeler en murmurant : « Maman, Maman... », jusqu'à ce qu'elle perde conscience. Et même quand Nissim, le remuant mari de Yémima, les avait accompagnés à l'hôpital, dans la chambre remplie de femmes inconnues, d'éclats de voix polyglottes, et du bruit des ventilateurs, tandis que la respiration transparente qui montait du petit visage d'oiseau de sa mère se dissipait, puis qu'elle rendit l'âme et que l'on prononça la formule rituelle, *Béni soit le Juge de vérité* – il lui tenait toujours la main. Le sentiment d'étouffer l'avait oppressé durant toute la période des sept jours de deuil, et maintenant, après tout ce temps, la rumeur profonde des vagues, qui montait de l'obscurité marine, parvenait enfin à le traverser. Lorsque ses larmes jaillirent à nouveau, elles brouillèrent la vision du corps d'Esther parmi les danseurs, de ses épaules dénudées, de ses cheveux retenus par une épingle. Pourtant, il savait que depuis l'instant où elle avait quitté la table des jeunes filles, pour aller se tenir à l'extrémité de la piste, elle l'avait attendu ; il savait qu'en un certain sens il l'avait même déjà touchée, quoiqu'elle se soit levée pour danser en lui tournant le dos, mais il connaissait bien ce genre de petits jeux. Seules les palpitations l'avaient pris par surprise ; elles se répercutaient sous ses tempes, comme si sa culpabilité se dévoilait. Car les choses ne seraient plus jamais comme avant. Et les larmes. Irrépressibles. *Qu'est-ce qu'il t'arrive, hein, Moïse ?*

Alex fut bientôt de retour, et il posa devant Moïse un verre qu'il tint à remplir lui-même.

Moïse siffla son Campari d'un seul trait, en soulevant le verre de sa main bandée. « Un autre », dit-il, comme s'il voulait que ce barman reste à proximité, afin qu'il la voie danser, lui aussi.

Pourtant, Esther ne percevait qu'une musique lointaine, qui n'atteignait pas son corps vide. Car on l'avait déjà souillée. De la manière la plus infecte. *Bésame mucho.* C'était donc uniquement pour que la jalousie contraigne l'homme au costume à la prendre, à la soulever, puis à la délivrer du péché qui la salissait, qu'Esther subissait le souffle du garçon sur ses épaules, et la main qu'il posait sur son dos. Uniquement pour que cet étranger, dont la beauté le distinguait de tous les fêtards, et, en fin de compte, de tous ceux qu'elle connaissait dans la petite ville, l'enlève au plus vite, avant que les ténèbres n'engloutissent la maison de ses parents, sa propre chambre. Voilà pourquoi Esther était forcée d'agir – elle, ou celle qui la poussait en avant – d'ici le 1er septembre, lorsqu'elle irait à l'armée, et que tout prendrait fin. Ses parents eux-mêmes lui avaient dit qu'à cette date tout serait terminé. Alors pourquoi l'homme au costume l'avait-il dédaignée ? Car il l'avait vue. Et elle aussi l'avait observé, prête à tout lui donner, si seulement il s'en emparait. *Des flots d'amour.* Absolument tout. Sous peine d'en mourir. D'ailleurs, elle n'entendait déjà plus les murmures baveux du garçon dans son cou, son corps se momifiait, elle grelottait.

Bésame, bésame mucho...

Alex aperçut la jeune fille lumineuse au centre du bloc que formaient les danseurs sur la piste. Juste à côté de lui, il pouvait sentir la respiration de l'homme, qui regardait aussi en direction d'Esther. Il pouvait sentir jusqu'où il les dominait par sa force, elle et lui. Et ses poings se serrèrent de rage.

Perderte, perderte después...

Alors Esther tourna lentement son visage. Ses yeux flottèrent vers le bar, vers cet homme dont le regard la faisait fondre, puis derrière lui, vers le barman qui la dévisageait.

Le slow s'interrompit. Esther se défit du garçon qui resta planté là, tandis que ceux de sa bande se regroupaient autour de lui.

« Bien joué, enfant de salaud !

– Pas mal, Baba !

– Tu l'as chauffée, hein ? »

Ils le charrièrent un peu, avant de se rabattre à leur tour sur la fille en robe légère.

« Viens danser. » Le garçon à la mèche rebelle, plus âgé que les autres, lui tendit la main avec autorité. Un plus petit, chétif, sans doute le factotum de leur leader, se glissa vers Esther, le visage déformé par une grimace : « *Yallah*, va danser avec lui ! »

Tous éclatèrent de rire, car c'étaient eux, les mecs les plus effrontés de cette petite ville, eux qui s'abandonnaient aux vagues déchaînées en fantasmant des histoires d'amour à l'ombre de la falaise, eux qui allaient traîner sur le terrain où des studios de cinéma étaient bientôt censés se dresser – et en attendant, trois chevaux patientaient déjà dans l'étable –, puis dès l'arrivée de l'été, ils se ruaient vers le club d'Asher, dont ils connaissaient tous les disques, et la musique les arrachait aux appartements exigus de leur enfance, pour les propulser en un lieu de désir, *Just Say I Love Her.* Mais maintenant, alors qu'ils se pressaient autour de la fille en robe bleue, ils étaient attirés par cette aura qu'elle dégageait.

« Non, je ne veux pas, dit Esther. – Non mais qu'est-ce qui te prend ? Pourquoi seul ce fils de pute de Baba y a eu droit, hein ? »

Mais le leader à la mèche noire leur fit un signe et pivota. « Ça suffit, laissez tomber, on bouge », et il tendait déjà les bras vers une fille aux cheveux ramassés en chignon, qui l'enlaça tandis qu'un slow débutait sur la piste.

« Viens, Haya », dit-il en l'attirant vers lui. *Only you.*

*

Esther resta seule au milieu de la piste, même après le départ du groupe de garçons. Elle se tenait là, dénudée, dans un corps que des mains impures avaient déjà touché. Elles s'étaient posées sur ses cheveux, sur sa nuque. Elles avaient frôlé son dos, alors qu'un peu plus tôt, lorsqu'elle s'était approchée du club de la plage, dans sa nouvelle robe, seule la brise l'effleurait. Elle se tenait là, entourée d'obscurité, dans un corps qui n'était plus le sien, étrangère à elle-même.

Plus tard, Moïse ne se souviendrait plus si c'est lui qui alla vers elle, lorsque le slow prit fin, en traversant la foule de danseurs, ou si c'est Esther qui vint à lui d'un pas prudent, telle une poupée mécanique. Il ne se rappellerait que la distance infinie, comme si l'espace s'ouvrait entre lui et la jeune fille, et qu'il le parcourait peu à peu, avec effort. Rien à voir avec l'habileté grâce à laquelle, d'ordinaire, il les possédait toutes, selon un déroulement invariable, qui s'amorçait dès qu'elles se tournaient vers lui, médusées, et se poursuivait jusqu'à ce qu'il les étreigne, alors qu'ils ne formaient déjà plus qu'une masse béante sans visage, à laquelle il finissait par s'arracher dans un spasme épileptique, dont la toute-puissance, cependant, ne le rassérénait jamais longtemps, même après son mariage avec Catherine, puis la naissance de Jean. Durant toutes ces années, un besoin impérieux l'avait poussé à enchaîner les aventures ; parfois, il avait à peine le temps de se laver le visage, et la bite, sa « fidèle passagère », qui le suivait d'arrêt en arrêt. Mais au moment où, entre lui et cette fille quasi transparente, le gouffre s'ouvrit comme au ralenti, il frissonna, parce qu'il ne se reconnaissait plus – puis il fut à côté d'elle.

« Tu *boire* quelque chose ? » demanda-t-il avec difficulté dans cette langue qu'il n'avait jamais vraiment apprise, durant ses brefs séjours chez sa mère. « Nous boire ensemble ? »

Elle acquiesça sans un mot, et il vit alors le large front qui surplombait un visage clair, puis ses yeux qui, traversant sa personne, s'étaient portés vers les lointains. Elle le devança sur la piste, qu'elle traversa jusqu'au bar – et tout se figea.

Esther prit place sur un tabouret haut. Elle était tendue et lissait les plis de sa robe.

« Qu'est-ce que tu boire ?

– Jus d'orange », murmura-t-elle.

Quand le barman fut de retour avec le verre et la bouteille, elle baissa les yeux de honte, mais ne retira pas ses mains posées sur le comptoir, lorsqu'il la servit.

Elle tendit le cou, s'inclina et aspira le jus d'orange à la paille. *Ainsi, tu bois...*, c'est ce qu'Esther devait se répéter, tandis que le liquide se répandait en elle. Elle buvait lentement, et quelque chose émergeait, s'arrachait d'un sanglot muet, de la manche scintillante de l'homme au costume, des cils épais du garçon qui était de l'autre côté du bar.

Alex n'avait pas esquissé un seul mouvement lorsqu'elle s'était penchée vers lui ; en revanche, il entendit l'homme aux traits fins lui demander avec un accent étranger : « Tu t'appelles comment ? »

Sous le tee-shirt qui collait à son large torse, Alex avait alors senti sa respiration s'alourdir. Il ne cherchait même pas à croiser son regard, car dès qu'ils s'étaient rapprochés du bar, éblouissants comme deux luminaires – elle, dans sa fine robe à bretelles, et lui, qui la guidait d'une main légère –, son cœur avait cogné ; ensuite, quand il avait rempli son verre, autour duquel il vit ses doigts frémir comme des pétales de rose, le spasme d'une félicité oubliée l'avait traversé, ou peut-être celui de l'effroi.

Puis, lorsque d'une voix blanche elle finit par répondre qu'elle s'appelait « Esther, Esther Weiss », ce fut comme s'il l'avait toujours su, et pour s'empêcher de hurler, il s'agrippa au bar.

La chanson prit fin et, déjà, la voix ensorcelante d'Elvis balayait la piste, où se ruèrent les danseurs avec des contorsions, *I'm all shook up, yeah, yeah...*, tandis que d'autres prirent d'abord d'assaut le bar pour y avaler un verre vite fait et foncer à leur tour vers la piste. Asher appela Alex pour qu'il l'aide à décapsuler les bouteilles de bière. Dès que le barman s'éloigna, l'homme au costume se pencha vers la fille et lui dit d'une voix rugueuse, tandis que son visage mat, ciselé, s'illuminait d'un sourire éclatant :

« Mon nom à moi, Moïse Derand ; ici je suis en visite. De France, Paris. »

Esther remua sur son siège, un peu confuse :

« Je n'y suis jamais allée... »

L'homme eut un bref fou rire :

« Alors tu viendras...

– Peut-être, sourit-elle, comme on lui avait appris à le faire.

– Pour une jolie fille comme toi, Paris va très bien.

– Je ne sais pas, répondit Esther en rougissant. Je suis du lycée Froomkin. Le 1er septembre, je rentre à l'armée.

– Une soldate ? demanda Moïse, stupéfait. La plus belle de toutes... »

Esther en eut le souffle coupé. Et lorsque le barman, des bouteilles plein les mains, repassa pour se rendre à l'autre bout du comptoir, où s'entassait la bande, elle fut terrifiée à l'idée qu'il pouvait les entendre. Voilà pourquoi elle se leva.

« Je dois maintenant rentrer chez moi. » Elle passa la sangle de son sac de toile sur son épaule et répéta avec difficulté : « Je dois y aller. »

Mais l'homme qui affirmait s'appeler Moïse s'empressa de dire : « Je t'accompagner... », et il se leva à son tour.

Esther, piégée, ne bougea pas. *Mais mille sources vives sourdaient en mon cœur, et mon âme n'aspirait qu'à des flots d'amour, des flots d'amour*, ces mots de Hayim Na'hman Bialik résonnèrent en elle de très loin et recouvrirent les battements de son cœur, la peur, l'emportant malgré elle.

« L'addition ! » lança Moïse vers le garçon aux cils fournis qui les regardait, et, d'un geste brusque, il fit glisser quelques pièces vers lui. « C'est pour toi », dit-il en élevant encore la voix, comme s'il essayait de le refouler.

À ce moment-là, déjà.

« Viens », Moïse tendit le bras vers la jeune fille. Mais ce mouvement banal en soi le troubla. Et il s'étrangla presque lorsque, d'une voix rauque qui vint frapper Alex, il ajouta : « On s'en va. »

Esther pivota. La main de l'homme, Moïse, se posa délicatement sur sa robe, puis il la guida, entièrement passive, à travers la piste. Et lorsqu'elle finit par se retourner, comme pour chercher quelqu'un, de son regard qu'aveuglaient les rampes de spots, la foule des danseurs les dissimulait déjà.

Plus tard, Alex reviendrait très souvent sur cet instant. L'avait-elle cherché ? Voulait-elle lui dire encore autre chose ?

Et déjà ils s'éloignaient et entraient dans la nuit, ne formant bientôt plus qu'un point vacillant, qui finit par s'estomper tout à fait, là où, un moment plus tôt, ils évoluaient de dos, côte à côte.

Au pied de la falaise

L'obscurité les entourait. On entendait juste le sable crisser sous leurs pas, et le sifflement des vagues surmontées d'une crinière d'écume pâle, qui se jetaient contre le rivage, puis refluaient.

Esther pouvait sentir le martèlement des flots sur sa propre peau. Ses pas s'enfonçaient dans le sable. À côté d'elle, le tissu du costume bruissait, et les chaussures se soulevaient, retombaient, comme les vagues qui s'approchaient en grondant. À l'idée qu'elle marchait en compagnie d'un inconnu, et qu'ainsi elle outrepassait les limites de tout ce qui lui était permis, Esther sentit son cœur s'emballer, et elle dut s'accrocher à la sangle de son sac de toile. Il lui avait proposé de la raccompagner jusqu'à l'arrêt d'autobus, se disait-elle sans cesser d'avancer, malgré l'angoisse et la pesanteur qui gagnait ses membres ; malgré la nuit, qui touchait chaque extrémité de son corps, à supposer qu'il s'agisse bien de son corps, celui d'Esther Weiss.

Par la suite, Moïse ne saisirait plus du tout ce qui l'avait poussé à s'en aller avec cette fille. Esther, c'est ainsi qu'elle avait dit s'appeler. Depuis qu'ils avaient quitté la piste, il n'avait pas prononcé un seul mot. Pourquoi s'attirerait-elle des ennuis ? C'était juste une enfant qui avait besoin qu'on lui caresse les cheveux. Mais alors pourquoi lui avoir proposé de la raccompagner ? À présent, tout ce qu'elle attendait, c'était que Moïse la prenne, qu'il lèche chaque parcelle de sa peau, situation qu'il connaissait parfaitement... *Qu'est-ce qui te prend, hein, Moïse ?* Tout ça à cause de cette putain de fatigue qu'il se traînait depuis le matin, quand ils s'étaient réunis au village en pleine canicule, pour y réciter autour de la tombe, sous la direction du rabbin Messas, les prières qui marquent la clôture des sept jours de deuil rituels. On n'y avait pas encore déposé la moindre pierre. Il n'y avait là qu'un tas de terre, surplombé d'un petit écriteau, sur lequel on pouvait lire *Sultana Draï, fille de Jacob et Léah*. C'est en lui qu'une pierre était tombée. Elle oppressait sa poitrine, et il suffoquait dans ce costume de merde qu'il n'avait pas retiré depuis une semaine... Et puis il repensa, tout en effleurant sa main blessée, à la façon qu'avait eue ce jeune barman de poser les yeux sur elle.

Ils traversèrent la petite étendue de sable profond qui séparait le club du sentier de la falaise. Tapie au loin, l'antique colline luisait comme un immense animal préhistorique. Depuis qu'ils avaient quitté le dancing de la plage, ils n'avaient toujours pas échangé une seule parole, et le frottement de leurs pas se confondait avec le bruit des vagues.

Finalement, la voix de Moïse rompit le silence. « Regarde comme la mer jolie dans nuit. »

Elle fit un léger mouvement de la tête, mais ne répondit pas.

Alors il se lança et lui dit : « Peut-être nous balader un peu ? », rien que pour ne pas s'engager sur le sentier et continuer dans le noir, le long de la plage – même s'il ne comprenait toujours pas. *Tu es foutu, Moïse, complètement foutu.*

« Oui », laissa choir Esther.

Au fond, à l'instant même où elle avait accepté d'entrer dans l'obscurité avec cet étranger, Esther avait déjà dit oui. Et elle voulait s'excuser de n'avoir jamais arpenté le rivage la nuit, elle voulait lui avouer qu'elle ne savait pas nager, car, au lycée religieux Froomkin, on ne permettait pas aux élèves d'aller à la mer, dans la promiscuité d'hommes s'exhibant en maillots de bain – d'ailleurs, même Havatzeleth, renvoyée de sa classe sous prétexte qu'elle était délurée, n'avait mis les pieds qu'une seule fois à la plage, où elle n'avait pas retiré ses vêtements, parce qu'elle non plus ne savait pas nager. Esther voulait raconter à l'homme qui marchait à côté d'elle que toutes ses condisciples avaient déjà intégré le centre de formation pour instructrices militaires, dans le village Yessod Haémouna *, tandis que ses parents avaient préféré l'envoyer suivre ce cours de dactylographie, avant qu'elle ne soit enrôlée, le 1er septembre, « car on ne sait

* Littéralement : « Le fondement de la foi ».

jamais ce que l'avenir nous réserve » ; c'est pour ça, voulait-elle dire à Moïse, qu'elle avait été contrainte de fuir les ombres qui hantaient sa maison et l'aspiraient, comme les carpes qui dégringolaient du comptoir de la poissonnerie que tenait sa famille, quand sa mère leur assénait un grand coup sur la tête avec le manche de fer du hachoir et qu'elles continuaient à frétiller, même après emballage dans du papier journal, en laissant leur odeur dans ses cheveux, et sur le châle de prières de son père, lorsqu'il traversait le couloir mal éclairé et lui disait avec stupeur : « Estherleh ? »

Et pourtant, elle se tut lorsqu'ils dépassèrent le sentier, pour s'enfoncer vers l'obscurité de la plage et le fracas grandissant des vagues.

Moïse foulait le sable humide, respirant à fond l'air piquant, et il ne trouvait rien à dire à la fille qui évoluait à côté de lui. Il se demandait juste pourquoi il ne l'avait pas encore touchée, et à quoi rimait cette réserve subite. Le poids de son costume l'accablait, et des éclaboussures de sable mouillé maculaient les revers de son pantalon. La chaleur pénétrait le tissu, rampait sur sa peau, et il tressaillit comme le jour où il s'était offert son premier costume, dans une boutique parisienne, peu de temps après avoir abandonné toute la famille.

Lorsqu'ils eurent tout empaqueté pour quitter Rabat et partir vers l'État qui venait d'être proclamé, il leur balança qu'il n'avait nullement l'intention d'aller foutre sa vie en l'air dans un trou perdu en plein désert. Il leur dit à peine au revoir, puis courut acheter la première place disponible sur un bateau en partance pour Marseille. À Paris, lorsqu'il quittait son job de manutentionnaire, pour retrouver sa petite chambre à la nuit tombée, il récupérait chez la concierge les courriers que lui adressait sa mère. Ils étaient rédigés sur un papier transparent comme la peau de son visage. Et puis un jour, boulevard Poissonnière, dans la vitrine d'un vendeur de vêtements en gros, un costume accrocha son regard. Il poussa la porte de la boutique, pas rassuré du tout, et y laissa tout son argent. De retour dans sa chambre, il mit le costume sur un cintre, qu'il pendit à la fenêtre. Depuis, chaque soir, à l'issue d'une journée de dix heures de boulot, il sortait dans le froid parisien pour se rendre aux bains publics pavés de céramique et pénétrait dans la vapeur qu'exhalaient des corps d'hommes savonnés ; ensuite, il roulait en boule ses sous-vêtements sales et, quand il retrouvait sa garçonnière, le cou encore humide, il passait la main sur le tissu brillant de la veste, qu'il boutonnait lentement, déjà prêt à repartir, à s'abandonner aux secousses des wagons de métro, avant de surgir dans quelque quartier bourgeois – Moïse de Paris, sanglé dans son costume, qui savait comment jouer de l'épaule pour mieux mettre sa veste en valeur et sentait bien l'attrait qu'il exerçait sur les passantes. Leurs yeux glissaient du tissu ringard et clinquant jusqu'au visage finement taillé, et Moïse les voyait tendre le corps vers lui. Il terminait la nuit avec Évelyne, Dominique ou Jacqueline, et s'arrachait à leurs cuisses écartées, pour renfiler sa veste en prenant rapidement congé. Il promettait de repasser le lendemain, ou le jour d'après, mais il savait qu'il ne lui était pas permis de se poser, qu'il lui fallait poursuivre sans jamais s'arrêter. Et lorsqu'il revenait chez lui, il remettait le costume à sa place, se lavait dans l'évier, au-dessus des assiettes, tandis que, sur la table, un tas de lettres de sa mère l'attendait en bruissant. L'accablement. *Et maintenant, où fuiras-tu, hein, Moïse ?* Il serra le poing, et ses ongles s'enfoncèrent dans sa paume blessée. *Toi, le roi du textile à deux balles, toi dont la vie est dans la merde, et Maman qui est morte.*

« La mer, tu connais bien ? lui dit-il comme s'il revenait à lui.

– Non... juste un peu... mais pas la nuit. »

Les mots s'échappaient d'elle et, aussitôt, elle craignait d'en avoir trop dit. Lorsqu'ils furent face au tell, qui dominait le rivage de sa présence démesurée, elle chuchota : « Le site archéologique...

– Tu veux qu'on va voir ? » résonna la voix de l'homme. Et Esther accepta sans réfléchir, sans s'étonner qu'il tienne à ce qu'ils aillent sur le site, car il savait qu'elle n'avait plus le choix ; c'est même pour ça qu'elle était sortie avec lui dans la nuit. Et maintenant, le vent soufflait dans ses cheveux, comme sur la statue de la femme blanche que Yokhevèd, leur professeur, avait montrée à toute la classe, lors d'une excursion sur le site – une femme au visage brisé, qui apparut pourtant à Esther comme la plus belle chose qu'elle ait vue dans sa vie. Ensuite, quand les élèves étaient redescendues vers la mer, flanquées de Sarakeh, l'infirmière qui disait que l'air marin était très sain, elles n'avaient pas quitté leurs longues jupes, ni leurs chemisiers aux manches à peine retroussées, le sable pénétrait les sandales, les socquettes, il passait sous les jupes, et même sous les culottes – d'ailleurs, Clarisse, qui ne ratait jamais l'occasion de la ramener, dit : « La mer m'a enfoncé du sable dans la foufoune », et elles avaient toutes éclaté de rire, jusqu'à ce que leur professeur demande : « Que se passe-t-il ? », les filles étaient cramoisies, y compris Ru'haleh et Tzipi, qui vivaient dans le même quartier qu'Esther, face à la synagogue, et Judith Rozner, Elishévah Poznansky, Gila Smith, dont les parents avaient des maisons entourées de gazon, sur les hauteurs d'Afridar, ou encore Tsila et Mazal, qui venaient au lycée à bord d'un car desservant les villages agricoles de la région et apportaient dans leurs gamelles des odeurs fortes, étrangères – des odeurs de terre et de poulailler.

Elles avaient toutes pouffé ensemble, ivres des senteurs de sel dont l'air était chargé, du bruit des vagues, et à ce moment-là, déjà, ses cheveux avaient flotté dans le vent, comme ceux de la femme blanche. Voilà pourquoi elle voulait remonter sur la falaise ; elle voulait la revoir sourire entre les pierres, car cette femme était la plus belle de toutes, malgré son visage brisé. Pourtant, arrivée au sommet, Esther avait trébuché ; l'infirmière et sa prof s'étaient alors précipitées vers elle, et lorsque Esther se releva, en disant qu'elle avait juste glissé, les deux femmes se répandirent en bénédiction. « Dieu soit béni, qu'Il soit loué ! » Clarisse ricanait, mais Mazal lui tomba dessus : « Espèce d'abrutie, tu ne vois pas qu'Esther saigne du genou ? Elle aurait pu s'ouvrir le crâne – que Dieu nous en préserve ! » Gila lui tendit un mouchoir brodé, et toutes reprirent : « Que Dieu nous en préserve ! » De retour chez elle, Esther ne dit rien de tout cela, mais son cœur battait très fort, *noire, et blanche, tout à la fois.* Elle se doucha sans vider le bac, pour que ses parents se lavent les pieds lorsqu'ils rentreraient de la poissonnerie, car, ici, l'eau ne coulait pas à profusion, et les moyens de subsistance non plus. Depuis, elle n'était pas retournée sur le site archéologique. Mais, lorsqu'à la fin de son année de terminale elle avait déclamé les vers du poète national, elle avait profondément vibré, *Car j'ai vu en mon âme, or elle était noire, et blanche, tout à la fois... Et mille sources vives sourdaient en mon cœur...* Maintenant aussi, elle était seule avec l'homme en costume, et ils se dirigeaient en pleine nuit vers le site, parce que, malgré l'effroyable péché que cela représentait, elle ne pouvait pas faire autrement. Peu lui importait que le barman au regard frangé de longs cils ait parfaitement remarqué son manège, d'autant qu'il ne s'agissait même pas d'elle, mais de l'autre, celle qui avait les cheveux au vent.

Moïse saisissait de moins en moins ce qui se jouait là, et pourquoi il se retrouvait à aller faire le con sur « un site archéologique carrément minable », comme l'avait dit Catherine de sa voix perçante, alors qu'ils erraient sous le soleil brûlant entre les colonnes de marbre à moitié démolies et les ronces. « Tout ce qu'il y a ici, c'est du sable, et encore du sable, et une chaleur écrasante, et des gens brisés venus du monde entier – est-ce donc ça, votre archéologie ? » Elle avait étiré le mot avec une moue douloureuse. Voilà ce que lui inspirait cet endroit, même si leur visite n'avait duré que cinq jours. Catherine était en début de grossesse et ses talons aiguilles cognaient contre le sol. Il n'avait fait venir sa riche épouse qu'une seule et unique fois chez les siens, pour bien montrer qu'il piétinait leur vie ; d'ailleurs, entre la chambre de sa mère au village, et sa femme non juive qu'il ramenait de Paris et qui d'une voix tremblante disait : « Bonjour madame », il n'avait pas réussi à trouver sa place. Là-dessus, Catherine lui avait fait toute une scène à l'hôtel ; il ignorait ce qui l'avait mise hors d'elle, mais, bientôt, il devint clair qu'elle voulait reparler d'une vieille histoire, alors il la fit taire en hurlant : « Fous-moi la paix avec ton archéologie, d'accord ? » *Et maintenant, tu traînes cette gamine sur un site archéologique, en pleine nuit ? Sais-tu seulement ce que tu es en train de faire, hein, Moïse ?*

Ils atteignirent les confins du rivage. L'humidité glacée de la nuit s'insinuait dans le corps d'Esther, qu'elle entourait de ses bras, sans pouvoir s'empêcher de frissonner. Moïse s'immobilisa.

« Tu as froid ? »

La voix profonde cerna Esther, qui ne dominait plus ses tremblements. Pourquoi s'était-il arrêté ? Qu'avait-il l'intention de lui faire ? Elle claquait des dents, lorsqu'il retira sa veste. *Ça commence toujours de cette façon, au moment où on enlève ses vêtements, n'est-ce pas ?* Et c'était bien fait pour elle, mauvaise fille, qui avait filé vers la plage dans cette nouvelle robe. *Car j'ai vu en mon âme, or elle était noire, et blanche, tout à la fois...*

Sans qu'Esther s'y attende, la veste vint se poser sur ses épaules ; des odeurs de tabac, du tissu encore tiède, et d'un parfum pour homme l'enveloppèrent, puis elle sentit le poids d'une main, tandis que l'obscurité l'attirait vers les vagues qui hurlaient, comme ses parents qui devaient sûrement déjà s'inquiéter, en répétant : « Que Dieu nous préserve du malheur ! » à la lumière du néon de la cuisine. Mais elle demeurait là, grelottante, sous la veste et le bras de l'homme. Le visage presque enfoui dans sa poitrine, elle sentait sa respiration.

Elle ferma les yeux, *Écoute Israël,* puis elle se répéta : *Mon âme n'aspirait qu'à des flots d'amour, des flots d'amour.*

À travers la veste, Moïse sentait les soubresauts du corps adolescent d'Esther ; il sentait qu'elle attendait, mais la nuit l'enveloppait d'un voile léger et, au loin, une voix sourde se fit entendre.

Alors ils se tinrent sans un mot, au pied du tell parsemé de ruines. Elle, emmitouflée dans la veste de Moïse, dont la main reposait sur son épaule, et les yeux fixaient ses cheveux clairs qui, outre quelques mèches encore prises dans l'épingle, lui tombaient dans le cou. « Esther », susurra-t-il, sans savoir ce qui le retenait de la plaquer contre son corps brûlant, de faire passer son souffle dans ses cheveux, d'effleurer du bout des lèvres ses grands yeux, le contour de sa bouche entrouverte, et de cueillir ainsi cette fragile beauté. Tout ce qu'il savait, c'était que les choses ne seraient jamais plus ce qu'elles avaient été.

Esther attendait, au mépris de la peur, le poids de la veste reposant sur ses épaules. Elle maintint les yeux clos, et, cette fois, d'autres mots résonnèrent en elle, mêlés au tumulte des vagues, *Je te rends hommage, Roi vivant dont l'existence est éternelle, pour avoir restitué mon âme avec miséricorde* – mais Moïse eut alors un mouvement de recul et retira son bras. Il venait de comprendre que, le lendemain, il ne rentrerait pas à Paris, comme il l'avait prévu. Qu'il était forcé de rester auprès de cette fille.

« On rentrer maintenant », il s'efforçait de trouver les mots justes. Elle s'arracha à son immobilité et avança dans son sillage.

Leur ascension vers le sommet de la falaise avait essoufflé Esther. Des éclats de grès collaient à ses chevilles. Les senteurs mordantes du sel, des herbes sauvages, l'entouraient de toutes parts. *Une chance qu'il ne se soit rien passé*, se dit-elle, tout en réalisant qu'elle mentait.

Moïse ne fit halte que lorsqu'ils se retrouvèrent au bord de la route.

« Je suis à l'hôtel, là, tu vois ? »

Et il ne sut jamais pourquoi il poursuivit en disant :

« Chaque jour dans l'après-midi, je suis à l'hôtel, dans la chambre. Je t'attends, pas besoin de demander, tu montes directement, chambre 205. J'attends là-bas. »

Cette nuit même, il annoncerait à Catherine qu'il ajournait son vol. Et toujours cet immémorial fracas qui revenait, vague après vague, pour éclater en lui comme un sanglot. *Tu es foutu, Moïse, foutu.*

Esther lui rendit sa veste sans un regard.

« Merci, lui dit-elle, troublée, mais elle ne précisa pas si elle viendrait le rejoindre ou non, puisque, de toute façon, les choses étaient d'ores et déjà décidées.

– Bonne nuit, Esther.

– Bonne nuit, Moïse. »

Elle prononça lentement ce nom étranger. Mo-ïse...

« Demain venir ? » murmura-t-il.

Elle ne répondit rien. Lorsqu'elle finit par s'écarter, ses épaules se déployèrent comme les ailes d'un oiseau, et tandis qu'elle s'éloignait, elle sentit ses yeux posés sur son dos dénudé.

Esther arriva, entre les tamaris, jusqu'à l'arrêt d'autobus. Sa respiration était déjà plus calme, elle montait puis redescendait avec régularité, comme indépendamment d'elle. L'écho léger de la musique s'élevait jusqu'au sommet de la falaise, et d'encore plus loin lui parvenaient des aboiements mêlés aux lamentations des chacals, qui assiégeaient la petite ville pendant la nuit. « Les *chacals* * gémissent », avait l'habitude de dire sa mère en faisant la vaisselle, d'une voix étonnée, « les *chacals* gémissent... », puis l'obscurité se refermait sur leur foyer. Parfois, sa mère avait le temps d'ajouter : « Pourvu que, cette nuit, il n'y ait pas d'infiltration de groupes armés... », et son père tendait alors son menton pointu, comme s'il guettait ce qui se rapprochait du silence.

Esther attendait, enveloppée par le froid, la poussière de grès et tout ce qui était arrivé, depuis qu'elle était

* En français dans le texte.

descendue vers la plage dans sa nouvelle robe. La brise glacée agitait les branches des tamaris. Elle sortit son chemisier du sac de toile et l'enfila sur sa robe.

Dans l'autobus vide, Esther posa la tête contre la vitre de la fenêtre qui vibrait, à cause des irrégularités de la voie étroite. Et ce sont les secousses du voyage, mêlées à l'écho des mots du poète sur l'âme assoiffée d'amour, qui, sans même qu'elle en éprouve le besoin, l'amenèrent à trancher.

À l'hôtel, Moïse appela Nissim et lui dit qu'il avait décidé de rester. « Oui, hésita-t-il, il faut faire poser la pierre tombale », et sans trop y penser, il ajouta dans un même souffle qu'il acceptait d'étudier la possibilité de faire quelque chose avec l'atelier de couture du village. Son beau-frère se lança alors dans une tirade enthousiaste, et Moïse lui promit que, dès le lendemain, il l'accompagnerait chez le maire. Ensuite, il parla à Yémima : « Quand tu en auras terminé avec Nissim, lui dit-elle, passe chez moi, je te servirai le même potage que Maman. – Oui, comme celui de Maman », répéta-t-il, la gorge nouée.

Cette sensation d'étouffement ne le quitta même pas lorsqu'il informa le réceptionniste qu'il souhaitait appeler l'étranger. « Il y a encore des choses à faire ici, annonça-t-il à Catherine, plus que je ne le pensais, en tout cas. » Il dit autre chose encore à propos de Nissim, oui, son beau-frère, avant que la voix de Catherine ne lui parvienne, depuis leur vaste maison à moitié vide. Il entendait ses reproches de très loin, elle affirmait n'être revenue à Paris, en plein milieu des vacances, qu'afin de le retrouver, mais il répliqua sèchement qu'elle pouvait toujours rentrer en Normandie, où séjournaient tous ses amis. Il la pria d'embrasser Jean de sa part. Non, ajouta-t-il rapidement, il ne pourrait se rendre à la « journée des parents » qu'organisait le camp d'été. Et avant de raccrocher, il lui lança : « C'est vrai, comment pouvions-nous savoir que Maman mourrait précisément maintenant, en période de vacances ?! »

Ensuite, il alla se poster à la fenêtre, que la nuit remplissait.

Il retira le pansement souillé qui couvrait la paume de sa main, vérifia la plaie. « Et merde », répondit-il au mugissement des vagues, puis il se servit un verre de Campari.

Dans son rétroviseur, Ezra, le chauffeur d'autobus qui desservait le bord de mer, épiait la jeune fille assise à côté de la fenêtre. Son visage lumineux, ses cheveux tirés en arrière et son front haut étaient l'incarnation même de la beauté, une beauté d'autrefois, voilà ce qu'il pensa, et les paroles d'une chanson en ladino retentirent en lui, il y était question d'une nuit étoilée faite de citrons.

Esther descendit par la porte arrière du véhicule, juste après le centre-ville. Aussitôt, l'autobus s'ébranla vers l'obscurité, mais même lorsqu'il passa devant le kiosque de Ruben, encore ouvert à cette heure-ci, avant de s'engager à travers les rues mal famées des quartiers, Ezra voyait encore cette fille qui semblait absorbée en un songe, et ses pensées se mirent à errer du côté de Pristina, dans sa rue, et jusque chez Malka, *querida*, qui avait des sourcils droits, très noirs, et habitait la maison d'à côté.

Il ne comprenait pas pourquoi, d'un seul coup, tout cela lui revenait, d'autant que cette fille ne lui ressemblait nullement. D'ailleurs, qu'aurait été sa propre vie si les choses s'étaient passées autrement ? Et si les vagues ne l'avaient pas rejeté jusqu'ici ?

Fermeture

Plus tard, au cours de cette même nuit, Asher se chargea de la fermeture du bar.

« Viens, on peut y aller », dit-il à Alex, à moins qu'il n'ait appelé le garçon qu'il avait employé pour l'été par son ancien prénom, Alejandro. Comme d'habitude, ils avaient empilé les chaises et rempli des caisses de bouteilles de bière vides, avant de les charger dans la camionnette. Asher tira la manette d'un des compteurs d'électricité disposés derrière le bar, et ce qui un instant plus tôt était une piste de danse pleine de bruit, de sueur, d'éclats de rire, des voix de Cliff Richard, des Platters, et de l'espagnol des Paraguayos, s'effaça pour redevenir un bloc d'obscurité serti dans la nuit. Même le pelage jaune de Mercury avait été englouti par les ténèbres, et il tardait à revenir de sa soudaine virée.

« Je suis mort de fatigue », dit Asher en s'étirant, puis il lissa sa moustache ; cela, il était encore capable de le faire sans problème, même avec trois doigts. Puis il s'installa au volant de la camionnette.

Alex, lui, n'eut pas un geste, et resta adossé au mur du club.

Asher démarra. Le faisceau de lumière des phares arracha à l'obscurité un fragment de la falaise de grès. Mercury se profila enfin le long du rivage.

« Tu montes ? » cria Asher à travers les ronflements du moteur. De toute façon, il avait compris que, ce soir, Alex ne repartirait pas avec lui. Il connaissait les longs silences de cet Argentin méditatif depuis le premier jour, lorsque, au début de l'été, il s'était tenu à l'entrée du club et avait posé sur lui ses yeux aux cils épais. « Tu as une question ? », avait fini par lui demander Asher, et comme le garçon au visage carré, aux lèvres délicates, et aux cheveux raides, très noirs, persistait à le dévisager en se taisant, Asher, amusé, avait ajouté : « Tu veux peut-être savoir si j'ai besoin de quelqu'un pour me filer un coup de main ? Si c'est ça, alors oui, je cherchais justement un employé pour la saison », puis il avait éclaté de rire dans sa moustache. D'emblée, Asher s'était attaché à ce garçon qui esquissait un sourire embarrassé. Peut-être parce que, dans son maintien un peu voûté, comme s'il avait honte de son corps trop vigoureux, quelque chose l'avait touché, ou alors pour rien, parce qu'il avait simplement passé une bonne journée, ou à cause de la mer, si calme, et de l'étendue de sable qui menait jusqu'aux vagues. Après tout, c'est pour les revoir qu'il était retourné sur les « lieux du crime », à l'issue de longues errances. Et ce club, il l'avait construit au cœur des immensités de sable d'Askelon de ses propres mains – autrement dit de la main gauche et des trois doigts qui restaient à sa main droite. C'est lui qui avait installé la sono, et, avec sa collection de disques, il avait su faire danser les jeunes, qu'il aimait voir s'enivrer de bière et des musiques qui balayaient désormais la plage, *Just say I love her...*

Quoi qu'il en soit, face à ce garçon qui s'obstinait à se taire et à poser sur lui un regard profond, éclatant, Asher décida : « Viens plutôt m'aider à ranger les bouteilles avant que tous ces jeunes ne commencent à envahir le bar. Je suis sûr que tu feras sauter les capsules plus vite qu'un type avec une main comme la mienne... », et à nouveau, il lui adressa un sourire chaleureux, qui emporta tout son visage.

Aussitôt, Alex s'était mis à décharger les caisses de bouteilles et à les transporter jusqu'au bar.

« Moi, c'est Asher. Et toi ?

– Alejandro.

– Alejan... D'où nous ramènes-tu un nom pareil ?

– De Buenos Aires, répondit le garçon avec sérieux, d'une voix veloutée qui montait parfois en une mélodie sud-américaine, légère. Mais ici, on m'appelle Alex », ajouta-t-il en baissant le regard, et il retourna vers la camionnette pour en extraire d'autres caisses, sans dire un mot de plus sur la rupture qui était intervenue entre Buenos Aires et « ici », comme si un voile, formé par la poussière de l'été, s'était abattu jusqu'au plus noir de ses yeux.

Depuis, Alex, ou Alejandro, se présentait tous les jours à cinq heures, pour rester jusqu'au moment où il chargeait avec Asher les bouteilles vides, avant de ranger les enceintes et d'éteindre les lumières.

Asher accorda très vite sa confiance au garçon silencieux, large d'épaules, dont la poche de pantalon laissait toujours un livre dépasser, et, bientôt, il lui remit un double de la clé du bar, où il arrivait qu'il le laisse parfois seul, surtout dans l'après-midi, quand il n'y avait qu'une poignée de consommateurs. En fait, Asher s'était d'emblée senti responsable du garçon solitaire qu'il avait recueilli, un peu comme avec Mercury, ce jeune chien cananéen, presque un chiot, qui avait décidé de se joindre à lui une décennie plus tôt, tandis qu'il parcourait, vidé, le bord de mer, durant la nuit où les Arabes furent déplacés par-delà la frontière.

Après les combats, et l'évacuation du poste de commandement, alors qu'il n'était plus qu'un « soldat qui ne tire pas », parce qu'à sa main droite il manquait l'index et le majeur pour appuyer sur la détente, ils l'envoyèrent se rétablir à Tel-Aviv.

Lorsqu'il retrouva son unité, ce fut comme s'il rentrait d'une terre étrangère, et il accepta toutes les tâches qu'on lui confia. Pour commencer, il supervisa le transport du matériel destiné aux soldats qui se battaient dans le sud, vers Oum Rashrash ; la vision soudaine du drapeau à l'encre * le bouleversa, tout comme le nom même de la ville d'Eilat, qui se dressait face au bleu de la baie et aux montagnes de granit, celles qu'évoquait *Au désert* ** :

---

* Le « drapeau à l'encre » : ayant oublié d'emporter un drapeau avec eux, les combattants israéliens décidèrent d'en improviser un, en utilisant de l'encre bleue sur un tissu blanc, qui flotta au-dessus d'Eilat dès la fin des hostilités.

** *Au désert*, chanson populaire (paroles de Haïm Hefer, musique de Sacha Argov).

Ô terre assoiffée, tu es ma patrie, et nous revenons à toi. Là-bas, au fin fond du désert, il pensait pouvoir s'affranchir de tout ce qui le hantait. Mais, au bout d'un mois, il demanda à être renvoyé vers la zone située entre Nagba et Nitsanim, où il avait laissé des parties de son propre corps. Le gouvernement militaire venait justement d'ouvrir des bureaux à Majdal ; on proposa donc à ce soldat infirme, fraîchement démobilisé, de s'intégrer à l'équipe chargée des relations entre les habitants et les autorités.

Cela lui convenait.

Mais les choses allèrent trop vite : les nouveaux immigrants ne cessèrent plus d'affluer des camps pour personnes déplacées qu'avait institués la puissance britannique, de Chypre, des camps de transit d'Europe, puis ce fut le tour des Juifs d'Irak, de Libye, du Maroc. Eux aussi surgirent hors des camions avec des regards qui oscillaient entre la crainte et l'espoir, avant de décharger leurs affaires dans le froid intense qui marqua cet hiver ; ils s'installèrent d'abord dans les ruines de Majdal, puis allèrent rejoindre ceux qui les avaient précédés dans les camps.

Seuls quelques-uns savaient qu'il existait un autre camp, bâti au nord de Majdal, où l'on avait regroupé les civils arabes venus des hameaux environnants ; lorsque la guerre éclata, ils ne fuirent pas la région et décidèrent d'y attendre la victoire de l'Égypte, puis, dès que les armes se turent, ils se rassemblèrent aussi sous les tentes, entre les chèvres et les poules qui déambulaient là ; désormais, ils attendaient la fin des pourparlers – qui se déroulaient sur l'île de Rhodes – et la signature des accords d'armistice *, pour savoir s'ils devraient prendre la route de l'Égypte ou de la Jordanie.

Dans sa jeep officielle, Asher circulait entre tous ces camps. Juifs, Arabes, il voyait ces multitudes d'hommes et de femmes déracinés par l'Histoire. Leurs tentes se ressemblaient, tout comme la boue qui maculait les sentiers, ou les sanglots de leurs enfants. Seules les nourritures avaient un parfum différent. Et pendant les nuits, le silence du ciel étoilé les recouvrait tous.

Le jour où les Arabes durent se plier au traité signé à Rhodes l'ébranla profondément. Les familles furent embarquées dans des camions, après avoir reçu une somme d'argent du gouvernement et signé des documents stipulant qu'elles acceptaient de se voir déplacées au-delà de la frontière. De la cendre des fours en pierre, une légère fumée continua à s'élever entre les tentes abandonnées. Cette même nuit, il partit vers la plage, anéanti. Quelque chose de profond fut alors amputé en lui. Plus tard, il saurait que, sans la présence de Mercury, il n'aurait peut-être pas tenu jusqu'à l'aube et aurait retourné le canon de son révolver contre lui. Même de la main gauche.

Voilà pourquoi il l'avait appelé Mercury, l'envoyé du destin, donc des dieux. C'est dans l'obscurité du rivage qu'il avait discerné le pelage jaunâtre du jeune chien ; il se tenait au pied de la falaise et semblait avoir flairé Asher de

* Ces accords furent signés entre le 24 février et le 20 juillet 1949, entre l'État d'Israël, et l'Égypte, le Liban, la Transjordanie et la Syrie.

loin. *Un chien domestiqué*, pensa-t-il aussitôt, *resté seul après leur départ.* Asher ne tenta ni de l'attirer, ni même de s'en approcher. Il attendit que l'animal décide seul, respectant ses hésitations. Finalement, le chien dressa la queue et vint vers cet homme solitaire, il pointa son museau vers les trois doigts tendus et se laissa caresser la tête.

Depuis, plus d'une décennie s'était écoulée, et ils ne s'étaient jamais quittés. Mercury aimait lui courir après, ou bien il le devançait de très loin, frétillant de sa queue broussailleuse, et la joie de vivre traversait alors son regard pétillant, sa fourrure jaune. Après l'évacuation et la fermeture du poste militaire de Majdal, ils avaient erré ensemble. Pour commencer, ils s'étaient dirigés vers les usines de la mer Morte, puis vers les mines de Timna. Mais, quand on inaugura le forage des puits de pétrole à Heletz, Asher dit à Mercury : « On rentre, c'est dans notre région ! », et il se présenta au bureau d'embauche. La brève rencontre avec Shosh, son amour d'avant la guerre, eut lieu à cette époque. C'est elle qui était venue le chercher. « Qu'est-ce que tu deviens ? » lui avait-elle juste demandé en arrivant, et désormais sa longue tresse noire descendait jusqu'au creux de ses reins. Comme il avait aimé la défaire, autrefois, petit à petit, puis sentir son dos nu qui se cambrait dans l'attente. Sauf qu'à présent cette natte était comme une branche morte entre elle et lui. Et même lorsqu'elle s'offrit tout à fait, il lui sembla que c'était son doigt amputé qui n'arrivait pas à bander et se recroquevillait avant qu'il n'éjacule. Le matin, lorsque Shosh s'en alla, il posa la main entre les sourcils de Mercury, au-dessus de son regard marron, puis l'enfonça dans la fourrure soyeuse. Depuis lors, les femmes faisaient long feu dans son lit. Lorsque, avec Mercury, ils mirent le cap sur la petite ville qui s'appelait dorénavant Askelon, il construisit d'abord pour eux une cabane, sur la rive sud, isolée, puis le club au pied de la falaise.

Même le jour où Alex vint le rejoindre au bar, Asher vit comment Mercury commença par le sonder, avant de trancher en sa faveur ; il remua la croupe, queue dressée, puis se rua vers le garçon qui transportait les bouteilles de bière, pour exécuter une sorte de ronde autour de lui. Et Alex céda aux exigences de la boule de fourrure qui l'assaillait ; il reposa les caisses et prit le chien dans ses bras.

Asher conservait une image très claire des débuts de l'amitié qui s'était nouée entre Alex-Alejandro et Mercury, ces deux créatures avares de mots qui avaient fait effraction dans sa vie, et il s'amusait à les voir cavaler jusqu'au bout du rivage, sans trop savoir lequel des deux avait le plus besoin de faire travailler ses muscles saillants – Mercury ou le garçon taciturne au corps vigoureux, qu'il voyait bondir le long de la plage. D'ailleurs, le lien qu'Asher avait tissé avec Alex ne différait guère de celui qui l'unissait à Mercury. Une même sympathie, de brefs échanges. Asher n'avait pas tenu à apprendre ce qu'il faisait dans la petite ville et s'était contenté d'une explication lapidaire : « Il y a eu un accident au cours des exercices précédant notre incorporation dans l'armée. »

Asher savait pourtant qu'il avait gagné la confiance du garçon au regard délicat, qui s'échappait à la moindre occasion dans un des livres qu'il avait rapportés de là-bas, tandis qu'une lumière d'un autre monde auréolait son visage.

« Tu montes ? ». Asher laissa la porte du véhicule ouverte encore un instant.

Mercury, qui s'en revenait d'une de ses courses, contourna Alex, s'ébroua et grimpa jusqu'à sa place habituelle dans la camionnette.

« Je bouge », dit Asher alors qu'il s'éloignait déjà d'Alex, « et quand tu décideras de rentrer, ajouta-t-il par la fenêtre, ne t'égare pas au milieu d'une des fêtes que les groupes d'infiltrés organisent en bord de mer ! »

Quand Asher remonta lentement la route escarpée, Mercury se tassa sur son siège, et il se souvint alors que, au cœur de la nuit, le chien s'était mis à aboyer. Était-ce au moment où cet homme en costume avait pris place au bar ? Ou bien lorsqu'il avait invité à boire la jeune fille dont Asher n'avait pas noté la présence jusque-là ? Ensuite, l'homme mûr et la gamine s'étaient éclipsés, mais il ne se rappelait plus quand. Il n'avait pas non plus interrogé Alex. Après tout, chacun vit sa vie comme il l'entend. Cela, il le savait. Pourtant, il se demandait si ce n'était pas leur départ qui avait rendu Alex nerveux.

Et lorsque la camionnette emprunta la route de la falaise, Asher ne remarqua pas qu'un homme se tenait à la seule fenêtre éclairée de l'hôtel Dagon, un verre de

Campari dans une main, une cigarette dans l'autre. Son regard croisa brièvement les phares du véhicule qui arrivait de la plage.

Asher dépassa le site archéologique, manœuvrant de son mieux sur la route sablonneuse qui redescendait doucement vers sa cabane. Il dépassa les huttes des pêcheurs, tout en observant les lumières minuscules qui trouaient l'horizon, par-delà la frontière et les champs de mines. « Ce sont leurs lumières », songea-t-il comme chaque nuit. Mais il ne saurait jamais à quoi leur vie là-bas ressemblait, désormais. Jamais ? Quand il décadenassa la porte de sa cabane, il crut entendre une voix légère dans l'obscurité. À vrai dire, depuis un certain temps déjà, il la percevait toutes les nuits ; parfois, elle se mêlait aux sanglots de Mercury ; peut-être était-ce à cause des tensions grandissantes à la frontière. Il préféra repousser l'idée qu'il s'agissait de la voix d'un de ces marins d'autrefois qui venaient enterrer leurs chiens ici. Ce n'était pas l'explication archéologique à la présence des colonnes de marbre sur la falaise. « Des bobards », murmura-t-il en entrant à la suite de Mercury qui s'était précipité dans la cabane, et il tâtonna à la recherche du commutateur.

Mais il ressortit presque aussitôt ; cette fin de soirée bizarre, il voulait la faire passer avec un verre de whisky, dehors. Cet homme en costume, et cette jolie fille qui paraissait si différente. Comment dire ça ? Il tendit l'oreille vers les vagues, avala une première gorgée, passa la langue sur ses lèvres gercées par le sel, et le whisky étouffa la vieille douleur en lui. *C'est donc ainsi*, se dit-il *en avalant une autre gorgée, amère et profonde, chacun vit sa vie.*

*

Alex demeura immobile encore un instant. À la lumière du demi-croissant de lune, le club pâlissait comme une bouche édentée, grande ouverte, face aux vagues argentées. Les phares de la camionnette scintillaient encore au loin lorsqu'il se décida à partir. Quelque chose le poussait à s'engager sur leurs traces, jusqu'au bout du rivage où ils avaient disparu.

Ce qui s'était passé par la suite, il ne pouvait l'imaginer. Les mots refusaient d'éclore, comme durant les mois qui s'étaient écoulés depuis qu'il avait atterri de Buenos Aires et répondu à son nom : « Alejandro Morgenstern », lorsque, peu après minuit, on les avait déposés à la porte de l'internat pour jeunes immigrants, puis dirigés avec leurs bagages vers le bureau. Les jeunes braillaient. « Et que tout le monde l'appelle Borges ! » lancèrent-ils après les longues heures de vol, ravis du sobriquet qu'ils venaient de coller au garçon solitaire qui lisait tout le temps et ne s'était joint à leur groupe qu'au dernier moment. Le moniteur, un type robuste en chemise kaki aux manches retroussées, eut du mal à articuler « Alejan... », alors il s'interrompit et lui dit : « *Alex*. Ici, en Israël, tu seras Alex. Tâche de t'en souvenir, parce que, dorénavant, ce sera ton prénom. »

Dans les allées de l'internat, il s'était rapproché de Marco Teller et Menahem Gozman, qui venaient aussi d'Argentine, mais les trois comprenaient parfaitement qu'il n'y avait rien de commun entre ces deux militants sionistes, entraînés à l'autodéfense par leurs copains du club Koach, ceux qui assuraient la sécurité des synagogues dans la banlieue de Caseros, où ils n'avaient même pas hésité à tirer une trentaine de rafales sur les forces de l'ordre, et le jeune homme qui, même au local Trotski qu'il fréquentait là-bas, ne s'immisçait jamais dans les débats entre partisans de Perón et tenants de la révolution, jusqu'à ce que, une nuit, il y revienne chercher refuge et s'entende appeler à l'instauration d'un ordre révolutionnaire avec les autres, tout en sachant pertinemment que seul son propre corps, qu'il sentait se briser de honte, lui dictait une telle attitude. Tout cela, il l'avait effacé – et aussi sa dernière conversation avec son père, le docteur Morgenstern, qui avait annulé deux consultations pour parler à son fils, mais s'était contenté de lui servir de grands discours sur la responsabilité et l'avenir, en faisant les cent pas dans la pièce. Tout cela, il l'avait donc mis de côté et s'était empressé de remplir les formulaires des services de l'immigration, puis de prendre directement la route de l'aéroport. Même lorsqu'il fut en Terre promise, cependant, une part d'ombre demeura en lui.

« Tu t'isoles trop », lui dit un soir Menahem, alors qu'ils quittaient le réfectoire. Peut-être qu'Alex aurait cédé à ce geste de camaraderie, mais la sécheresse, les odeurs que dégageaient les eucalyptus, le froissement d'ailes des oiseaux qui s'envolaient d'un coup, l'engourdissaient déjà. C'est alors que commencèrent les exercices précédant l'incorporation de leur groupe à l'armée. Lever à l'aube. Course matinale. Conférences sur les divers types d'armement, au cours desquelles il somnolait. Puis ruée vers les douches, et effondrement sur les lits de camp. Quelques heures d'un sommeil nerveux, où la bulle d'obscurité laisse tout de suite place à une avalanche de lumière crue, et seuls les mots d'espagnol qu'il lisait dans les livres d'Unamuno, de Roberto Arlt, Borges ou Cortázar l'empêchaient de sombrer ; ils le protégeaient en formant des phrases qui s'enchevêtraient, puis continuaient à pousser en lui. Jusqu'à ce que se produise l'incident. Le procès fut vite expédié et, le jour même, on prononça son renvoi. Il dut prendre trois autobus pour arriver à Askelon, chez sa tante Olga, la plus jeune sœur de son père ; elle lui offrit le canapé du salon et ne l'interrogea jamais sur ses sorties au bord de la mer. Pourtant, même lorsqu'il commença à travailler au bar, avec Asher, la pesanteur ne s'était toujours pas dissipée.

À présent, Alex marchait le long de la plage, jusqu'au point où la falaise épousait la ligne des eaux. Les tas de coquillages crissaient sous ses pieds. Le visage d'Esther, puisqu'il savait désormais qu'elle s'appelait comme ça, semblait le suivre ; elle avait dit qu'il lui fallait rentrer, et l'homme au costume l'avait raccompagnée – mais ils avaient tout aussi bien pu prendre la direction du rivage ou du site archéologique, et peut-être qu'à cette heure-ci elle l'enlaçait de ses bras laiteux, les cheveux étalés sur le sable.

À un moment donné de la nuit, quelques soldats qui tiraient sur un joint d'herbe passèrent non loin de lui. Il se cacha alors dans une anfractuosité de la paroi de grès. Les gémissements des chacals lui parvenaient de très loin, par bribes que recouvraient aussitôt les vagues qui se brisaient au pied de la falaise, avant de refluer vers les profondeurs.

Jour d'après

Le lendemain, dès qu'elle se réveilla, Esther perçut la voix qui lui soufflait de ne pas y aller. Évidemment qu'elle n'irait pas dans sa chambre d'hôtel – quand bien même il avait dit qu'il l'attendrait. Pourtant, l'instant d'après, une tempête se déchaînait dans sa petite chambre, agitait son lit d'enfant, le bureau couvert de livres, de cahiers, et son corps enveloppé du drap. Tout cela, parce qu'elle avait marché sur la plage avec un homme qui s'appelait Moïse. La lumière du jour filtrait à travers les volets, et les mots de la prière du matin montèrent sur ses lèvres : « *Je te rends hommage... Roi vivant dont l'existence est éternelle... pour avoir restitué mon âme avec miséricorde...* »

Elle resta allongée, offrant son corps aux tremblements, tout comme la veille, elle s'était abandonnée à la moiteur qui léchait son dos, imprégnée encore du parfum de la veste qu'elle avait portée. Et quand elle était descendue du bus, elle avait boutonné le chemisier par-dessus sa nouvelle robe, afin qu'aucun voisin, qui aurait eu l'idée de sortir à cette heure-ci, ne vît Esther Weiss dans cette tenue légère. Pourtant, sa gorge s'était nouée en approchant de la maison.

« Pourquoi rentres-tu si tard, Estherleh ? »

Elle baissa la tête lorque sa mère ouvrit la porte. « J'étais avec les filles du cours de dactylo », mentit-elle, et elle s'engagea dans le couloir en serrant son sac.

La petite cuisine tanguait autour d'elle, et son assiette était restée sur la table. Elle observa ces deux individus dont elle se sentait si éloignée. La mère, avec son corps doux et ses odeurs de poisson. Le père, avec une immense calotte posée sur son crâne dégarni et ses joues hérissées d'un duvet roux. Comme tous les soirs, il était penché sur ses livres de comptes. Quand elle entra, il l'examina avec circonspection, comme s'ils étaient séparés par un écran sur lequel défilaient d'étranges figures, et qu'il allait bientôt lui demander : « C'est toi, Estherleh ? »

Elle s'installa à table. Sa mère la servit, en répétant : « Si tard... si tard... et ton dîner qui a refroidi... », mais Esther se contenta de toucher à la purée, recouverte d'oignons frits, du bout de sa fourchette, sans avaler quoi que ce soit, ni lever le visage de son plat, elle était tout simplement incapable de poser un regard sur cette femme qu'elle connaissait au point d'en avoir perdu son visage et dont les petits bras s'agitaient comme de façon autonome, empilaient les assiettes, jetaient les restes. « Tu ne manges rien. » Et à nouveau, Esther fut emportée vers le rivage plongé dans le noir, et tout ce qui s'y était passé. Jamais elle ne leur parlerait de ça. Jamais. Elle récita rapidement les actions de grâce d'après le repas. « *J'ai été jeune, j'ai vieilli, mais je n'ai jamais vu un Juste abandonné...* » : dans l'odeur douceâtre qui montait de son plat, ces mots prirent un relief particulier. En se levant, elle espéra seulement que ses parents ne verraient pas la robe neuve sous son chemisier, ni les reflets brisés de la mer sur son dos, car c'était terriblement interdit. Et la chaleur de la veste, et les odeurs mêlées du tabac, du parfum, et le bruit de leurs pas sur la plage, continuaient à l'habiter. Lorsqu'elle quitta la cuisine et traversa le couloir étroit, un vertige la fit vaciller, et dès qu'elle referma la porte de sa chambre derrière elle, Esther perçut l'odeur légère de brûlé, celle que le fer à repasser de sa mère déposait sur ses vêtements. Elle ouvrit son chemisier, libéra ses cheveux, dut faire un effort pour atteindre la fermeture dans le dos, et lorsque sa propre main se posa sur son épaule, elle tressaillit. *Car mon cri de joie atteindra les plus lointains soleils...*

Et à présent, au lieu de se lever, Esther s'enveloppait dans les draps, dont le tissu était encore moite de la chaleur nocturne. Comme tous les matins, son père avait quitté la maison très tôt, pour se rendre au marché de poissons, et, de la cuisine, Esther percevait les bruits familiers ; sa mère ouvrait et refermait le vieux réfrigérateur, elle préparait son déjeuner ainsi que celui de Zvi-Hirsch, puis emballait les sandwichs qu'Esther emporterait à son cours de dactylo. Derrière les volets, les ombres pourpres des fleurs immenses oscillaient, des hibiscus, c'est ainsi qu'on les appelait, à en croire du moins ce qu'avait dit sa prof, Yokhevèd, en montrant le calice couvert de graines. Maintenant, ces ombres se projetaient sur les images de leur déambulation dans le noir, lorsque, ensemble, ils s'étaient enfoncés dans le sable profond. Esther prononça les phrases de clôture des bénédictions matinales : « *Quand je m'éveille, quand je m'endors, je remets mon âme en Sa main ; et je Lui donne aussi mon corps ; Dieu est avec moi, je ne crains rien.* » Mais elle ne sortait toujours pas de son lit. Car quelque chose d'immense, de sombre, lui était arrivé. À elle ou à l'autre. L'avait envahie de la tête aux pieds.

Et lorsqu'elle fit ses ablutions rituelles dans la salle de bains mal éclairée, Esther sentit soudain qu'une vitalité nouvelle passait en elle, labourait tout son être ; elle plongea le visage dans une serviette humide, pour étouffer le cri de jubilation qui éclatait en elle, et que nul ne l'entendît. C'est alors qu'elle décida qu'elle n'irait pas le retrouver. Son cœur cognait, l'homme lui avait dit « je t'attendrai », mais non, elle n'irait pas.

*

L'après-midi, à l'issue du cours de dactylo, Esther se dirigea vers l'arrêt d'autobus pour rentrer chez elle. Après avoir fait quelques pas, elle se figea sur le trottoir. À l'approche du soir, la chaleur se dissipait, et le petit centre commercial était plein de monde. Elle savait que, à cette heure-ci, ses parents étaient encore à la poissonnerie, tandis que, dans leur appartement, les ombres chevauchaient le silence et les murs, d'où elles tendaient les mains.

Esther avait passé toute la matinée devant sa machine à écrire, coincée entre Aliza et Rosa, auxquelles étaient venues se joindre Germaine et Perla, deux nouvelles immigrantes. Et tandis qu'elle essayait de saisir le plus vite possible les textes qu'on leur dictait, elle avait perçu très clairement la voix lui disant de ne pas se rendre auprès de l'homme en costume qui l'attendait à l'hôtel. Et pourtant, le souffle salé de l'autre – celle qui avait suivi Moïse dans la nuit – effleura sa nuque.

À l'heure du déjeuner, lorsqu'elle sortit avec ses camarades, elle captait encore ce murmure, voilà pourquoi elle sursauta lorsque Rosa surgit devant elle, en criant : « Aïe, aïe, aïe, c'est à force de rester assise... », et elle remuait sa jambe engourdie, en se tenant à la rampe : « Pourquoi ai-je donc cette paire de jambes ? pouffait-elle, alors que chez une secrétaire, seuls les doigts courent sur le clavier ! »

Aliza aussi riait : « Les jambes, c'est pour le patron ! » lui dit-elle, et toutes les autres se mirent à glousser, « surtout quand il s'agit de jambes aussi belles que les tiennes ! »

Malgré sa jambe ankylosée, Rosa semblait tout excitée, avec sa bouche enduite de rouge à lèvres qui s'ouvrait pour aspirer l'air, et ses bras qui, se soulevant, révélaient une toison noire, humide.

Seule Esther, empourprée, ne riait pas, car toute cette scène l'indisposait, et elle avait du mal à avaler son sandwich. Elle n'avait rien à voir avec ça, comme le reste de ses condisciples de terminale du lycée Froomkin ; seuls ses parents l'avaient envoyée suivre ces cours de dactylo dans le cadre d'un stage proposé par le ministère du Commerce et de l'Industrie, puisque, le 1er septembre, elle s'engagerait, et on ne savait jamais ce qui pouvait arriver.

Lorsque les cours prirent fin ce jour-là, elle n'accompagna pas Rosa et Aliza dans le centre. « Je dois rentrer chez moi », crut-elle bon de mentir, elle ou son double. Et dès qu'elles s'éloignèrent, Esther entra dans les toilettes, puis sortit de son sac la fine robe à bretelles azur ; pendant un instant, elle sentit une onde de douceur se répandre en elle, comme dans la maison cossue de Gila, lorsque, au lieu de réviser, à l'approche du baccalauréat, elles essayaient des vêtements qui arrivaient par colis d'Afrique du Sud ; en touchant leur tissu parfaitement lisse, d'où montaient des parfums exquis venus d'ailleurs, Esther éprouvait alors la même sensation dans tout le corps ; une fois, Gila avait refermé la fermeture éclair de la robe qu'elle venait d'enfiler, et le contact de cette main sur son dos nu lui avait donné la chair de poule ; Gila et Tzipora lui dirent que la robe la transformait au point qu'elle ne ressemblait plus du tout à Esther Weiss ! « Libère donc tes cheveux ! » s'emballèrent-elles, mais, lorsque Esther défit sa longue natte, elles se contentèrent de la regarder un peu bizarrement. « C'est très beau... », répétaient-elles, et Tzipora releva ses cheveux en une sorte de chignon, « pour bien mettre en valeur ton regard... » Elle avait donc adopté cette coiffure pour se rendre sur la pelouse de la mairie où l'on projetait *Autant en emporte le vent* et *Sunset Boulevard*. Les jeunes filles s'étaient serrées et, au-dessus d'elles, de longues femmes trônaient dans leurs décolletés ; l'air était frais, il y flottait une odeur caressante de jasmin, qui provenait des haies végétales séparant les villas immaculées, où aucune ombre n'avait jamais rôdé, et tandis que la brise soufflait dans ses cheveux ramassés, elle sentit son cœur exploser de joie, comme lorsque, à la fête de fin d'année, elle avait déclamé le vers de Bialik : *Mille sources vives sourdaient en mon cœur, et mon âme n'aspirait qu'à des flots d'amour, des flots d'amour...*

Mais maintenant, alors qu'elle ajustait sa robe derrière la porte des toilettes, le bruit de la mer dans la nuit l'envahit à nouveau, et elle s'en effraya. Comme le jour où la vendeuse l'avait aidée à enfiler sa robe dans la cabine d'essayage, en lui disant : « Elle te va à merveille, aucune retouche ne sera nécessaire », et sa voix sonnait comme celle de sa propre mère, voilà pourquoi, lorsqu'elle tendit les billets à la caissière, ils lui brûlèrent la main.

Esther ressortit dans la chaleur du soir, en portant sa nouvelle robe sous son chemisier. Elle s'arrêta un instant. Elle eut l'impression que sa mère la touchait, comme lorsqu'elle n'était qu'une enfant et qu'elle lui lavait les cheveux au-dessus de la petite bassine en cuivre, avant d'attirer sa tête sur ses genoux, tandis que des gouttes d'eau continuaient à perler sur sa nuque. Une fraction de seconde, elle eut le désir d'étreindre sa mère avec toute la tendresse dont elle était capable. Mais le vent du soir défit ses cheveux, et le tissu fin de sa robe ondula sur sa peau.

Finalement, Esther trancha. Il était évident qu'à présent il l'attendait dans sa chambre. Son cœur battait. Il fallait qu'elle s'y rende, ne serait-ce que pour dire qu'elle ne viendrait pas ! Elle serra son sac de toile contre elle et traversa rapidement, jusqu'à l'autobus qui menait vers la plage.

Lorsqu'elle descendit, une lumière dure brillait au sommet de la falaise, et la mer formait un miroir aveuglant qui s'étalait jusqu'aux confins de l'horizon. Elle longea la voie tracée entre les tamaris, dans la chaleur du soleil couchant. Ses sandales s'enfonçaient dans l'asphalte, et le vent salé se chargeait de senteurs d'herbes sauvages. Inule visqueuse, absinthe. Elle – ou celle qui dirigeait ses pas – se rapprocha de l'hôtel, en se disant qu'elle allait chez l'homme au costume, uniquement pour qu'il sache qu'elle ne viendrait pas. Mais malgré les battements de son cœur, qui risquaient de déchirer sa robe, elle savait aussi que *son cri de joie atteindrait les plus lointains soleils.*

Le sentier qui contournait la falaise passait au-dessus du club de la plage, et les bribes de la chanson *Elle était si jolie* arrivaient jusqu'ici. Tout ce qui comptait pour l'instant, c'était que personne ne l'aperçoive. La honte, ou autre chose qu'elle ne savait nommer, la fit rougir à l'idée que le barman aux cils mouillés l'avait vue partir avec Moïse. Mais elle releva la tête avec insolence. Pourvu qu'il sache que l'homme l'attendait à l'hôtel ! *Elle était si jolie...* L'écho des enceintes se dissipa peu à peu.

Tout en continuant d'avancer, Esther fixait l'immensité bleue et les vagues qui se confondaient avec l'horizon. Aveuglée, elle gravit enfin les marches menant à l'entrée de l'hôtel Dagon et passa devant le réceptionniste sans s'arrêter, puisqu'elle savait qu'il avait pris la chambre 205, et qu'à cet instant précis elle n'avait déjà plus le choix.

Elle ne fit halte qu'au deuxième étage. Les portes fermées retenaient la chaleur. À l'autre bout du couloir, la fenêtre laissait apparaître le scintillement des flots. *La mer est là*, se dit-elle, *c'est un signe*, mais elle ne savait pas bien de quoi il était l'annonciateur. *C'est un signe*, se reditelle pourtant, et lorsqu'elle se tint devant la porte, c'est l'autre Esther qui frappa.

*

La chaleur stagnait dans sa chambre, et même la fenêtre grande ouverte n'amenait aucun courant d'air.

Moïse retira la veste que, même par un jour pareil, il s'était obstiné à revêtir, comme si c'était une armure, et sa chemise imprégnée de sueur. Il entra dans la salle de bains et s'aspergea d'eau. Sa paume blessée le lancinait, et, à aucun moment, la sensation de vertige ne l'avait quitté. Et si cette gamine, qui lui avait dit s'appeler Esther, venait ? Comment avait-il pu retarder son retour à Paris à cause d'elle, pour aller ensuite se traîner toute la journée sous la canicule, avec Nissim et son idée débile d'entreprise de textile, avant de reprendre les routes brûlantes et de rentrer en fonçant, puis d'attendre sagement dans sa chambre ? Car elle pouvait frapper à tout moment.

Moïse fouilla sa valise à la recherche d'un vêtement propre. Il ne pouvait tout de même pas porter l'élégante chemise à fines rayures grises que, au cimetière, le rabbin Messas avait déchirée au niveau du cœur, selon la coutume des endeuillés. Il ne s'expliquait même pas comment il avait pu enfiler cette chemise de dandy pour se rendre à l'enterrement de sa mère – mais peut-être n'était-ce qu'afin que le rabbin la déchire.

Il se souvint avec un certain embarras du moment où il avait quitté l'appartement de Yémima, avec ses frères et sœurs venus des villages de la région flanqués de leurs femmes, des maris et des enfants, dont il ne savait déjà plus les prénoms. Ils avaient tous suivi le sentier étroit, avec les voisins, dont certains se connaissaient depuis Rabat, et qui s'étaient rassemblés un peu plus tôt pour présenter leurs condoléances, tandis que lui, Moïse, était resté de marbre et avait cru bon de passer une chemise tape-à-l'œil achetée dans une boutique située juste en face de chez Fabienne, « la maîtresse de monsieur Laplace », comme il aimait se le répéter lorsqu'il poussait la porte de verre de son immeuble, rue de Passy, et commençait à en gravir les escaliers. « La maîtresse de mon patron... et père de Catherine », murmurait-il comme s'il s'agissait d'une vengeance personnelle, et il jubilait à l'idée que, sous peu, il prendrait cette femme, lui, l'ancien manutentionnaire qui transportait, huit heures d'affilée, des rouleaux de tissu pour les entreprises Laplace Textiles, lui qui se crispait en entendant les pas de monsieur Laplace, le boss au costard anthracite et aux cheveux gominés, avec un visage épais presque dépourvu de cou. Comme il avait tremblé quand cet homme s'était immobilisé pour la première fois devant lui et avait porté ses petits yeux plissés par la graisse sur ce nouvel employé, avant de lui demander son nom ! Après qu'il eut répondu, monsieur Laplace avait d'ailleurs repris : « Moïse Draïïï... » avec un sourire moqueur, qui vira néanmoins à la grimace de dégoût le jour où Catherine lui annonça qu'elle allait faire entrer ce « Draïïï » au sein de la famille, puisqu'elle avait décidé de l'épouser. Et dès la naissance de Jean, monsieur Laplace devint franchement virulent à l'égard de ce Juif parasite qui avait fait de lui un grand-père. Voilà pourquoi, en ressortant de l'appartement que monsieur Laplace louait pour Fabienne, il passait fièrement sa langue sur les restes de rouge à lèvres qu'elle avait laissés. Bien sûr, alors même qu'ils baisaient pendant sa pause déjeuner entre des draps immaculés et les rayons de lumière blanche, parfumée, qui jouaient entre les rideaux, tandis qu'ils fusionnaient en une longue caresse, chacun d'eux savait pertinemment qu'il avait son propre compte à régler avec monsieur Laplace, et quand Fabienne lui labourait le dos en râlant, ils comprenaient encore qu'ils étaient deux marionnettes, prises dans une cage dorée dont seul Laplace détenait la clé. Et puis un jour, juste après s'être arraché avec angoisse à la chambre surchauffée de Fabienne, pour passer vers la grisaille hivernale, il était entré dans la boutique d'en face ; là, il opta pour cette chemise à fines rayures grises sur fond rosé, qui était aussi la plus chère ; il déposa les billets qu'il venait de gagner aux entreprises Laplace Textiles d'un geste large sur le comptoir, juste pour que la vendeuse en mini essuie de son regard sa nuque perlée de sueur, des fragrances de Fabienne et de sa propre misère. Et alors que le décès de sa mère l'avait déjà atteint en plein cœur, c'est cette chemise merdique que le rabbin avait entrepris de lacérer. Jusqu'à la fin, il avait caressé ses doigts raidis. Jusqu'à l'extinction du souffle. Plus jamais personne ne l'aimerait comme elle en avait été capable. Et de tout cela ne demeurait qu'un petit tas de terre, ainsi qu'un écriteau, sur lequel une main avait inscrit *Sultana Draï*. Là-dessus, cette jeune fille avait surgi la nuit dernière (il lui semblait pourtant que des années s'étaient écoulées depuis). Si transparente. Et ce verre qui s'était brisé dans sa main. Et cette blessure qui avait libéré un espace nouveau en lui. Mais peut-être qu'elle n'avait pas la moindre intention de venir...

Il s'était tenu à la fenêtre, vidé, en respirant l'air brûlant qu'exhalait le miroir des flots. Puis il commença à ne plus y croire, même si cette fille ne lui sortait pas de la tête... À la fin, il partirait sans doute à la recherche d'une pute, seulement pour éviter de se remettre à pleurer.

Il effleura le verre de sa main blessée. Encore une chance qu'il ait pu s'acheter une bouteille de Campari dans ce bled. L'âpre goût de la boisson, cependant, n'eut aucun effet sur son affolement, et lorsqu'il entendit les coups à la porte, un voile enténébra son regard.

*

Esther fit un pas en arrière lorsque l'ombre de l'homme se découpa dans l'entrée, précédée d'une odeur de tabac et d'eau de Cologne aigrelette.

« Je t'en prie », dit Moïse en l'invitant à entrer, avant de refermer la porte derrière elle.

Elle pénétra dans la chambre en serrant la sangle de son sac de toile et, une fois à l'intérieur, elle se planta, dans sa robe à bretelles, face à la silhouette qui se dessinait sur le fond lumineux de la fenêtre : « Je suis venue te dire... que je ne viendrai pas. »

La masse sombre ne bougeait pas : « Tu avais dit que tu m'attendrais dans ta chambre, et je ne t'ai pas répondu que je ne viendrais pas... alors maintenant, je suis là pour te dire de ne pas m'attendre. »

Ayant prononcé ces mots, qu'elle avait répétés avant d'arriver, Esther sentit qu'elle avait atteint la limite de ses forces.

« Alors maintenant, je m'en vais », ajouta-t-elle, sans pour autant faire un seul geste.

Le froissement d'un costume lui parvint du cœur de l'ombre.

« Merci que tu venir. J'attendais pour toi... »

Par la fenêtre, les vagues commençaient à s'agiter.

« Toi reste un peu avant de partir ? »

Elle ne répondit rien, pour ne pas le heurter.

Il se dirigea vers la fenêtre. L'instant d'après, elle le rejoignit. Surplombé d'un soleil couchant, l'espace s'ouvrait depuis les hauteurs de l'hôtel jusqu'aux confins du bleu. *C'est le signe*, ces mots résonnèrent à nouveau en elle.

Dans le silence qui se prolongeait, elle l'entendit de loin : « Regarde comme beau... », et elle acquiesça, sans oser bouger d'un millimètre.

« C'est bien que tu venue, Esther », dit-il d'une voix aigüe, comme s'il soupirait. « J'ai attendre que tu viens. »

Elle se taisait. De toute façon, que pouvait-elle dire ? Elle se tenait à la fenêtre avec un homme en costume et contemplait le ciel qui s'empourprait, comme si elle n'avait jamais vu un coucher de soleil.

Finalement, Moïse se ressaisit : « Tu boire quelque chose avant de partir ?

– D'accord, murmura-t-elle, puisqu'il ne pouvait plus rien arriver.

– Nous boire un skol à notre rencontre ! J'apporte le Campari », dit-il en s'efforçant de rire.

Esther ne comprenait même pas de quoi il parlait ; d'ailleurs, aucune de ses camarades du lycée Froomkin ne savait ce que « skol » pouvait bien signifier, mais elle était trop timide pour poser la question.

Dans un coin de la chambre retentit le bruit d'une bouteille que l'on ouvrait, d'un verre qui tintait, puis elle l'entendit revenir.

« S'il vous plaît », et il lui tendit un verre empli d'un liquide rouge qui brillait.

« Merci », Esther ne put soutenir le regard qu'il posait sur elle, et elle n'osait pas non plus approcher les lèvres du verre qu'elle tenait.

« Nous buvons le skol ensemble », se pencha-t-il, puis il enlaça son bras, et de sa veste, elle sentit monter l'odeur mêlée des cigarettes et du parfum pour homme qui l'avait enveloppée toute la matinée.

« Skol », répéta-t-elle en souriant poliment, au comble de la peur.

L'amertume de la boisson l'irrita, et la main de Moïse sur la sienne se faisait plus pesante. Elle voulait s'enfuir d'ici, reprendre l'autobus, sauf que ses jambes ne lui obéissaient plus, comme si son corps se coupait d'elle-même, au rythme des mots sublimes du poète : *Je te façonnerai des cieux nouveaux ; je t'entourerai d'un bleu et d'un éclat nouveaux...*

« Content que tu viennes, Esther », murmura-t-il.

C'est le signe, sourit-elle, et tout s'immobilisa.

Plus tard, Moïse serait incapable de dire ce qui l'avait encore arrêté ; il était déjà si proche d'elle qu'il éprouvait ses frissons, la douceur de ses fins cheveux – alors pourquoi retira-t-il son bras et se contenta-t-il de répéter tout bas « content que tu viennes... » ?

Ils étaient à la fenêtre, face à la mer.

« Dans la ville où j'étais enfant, Rabat, il y a aussi la mer, et le sable blanc. »

Elle hocha la tête, bien qu'elle ignorât où se trouvait cette ville. La voix rauque de Moïse, ainsi qu'une immense fatigue, la retinrent de l'interroger. L'homme en costume, avec des sourcils noirs et un beau visage, lui parlait, revenait sur son enfance, et elle ne savait pas si ces paroles lui étaient destinées ou si elles s'adressaient à l'autre, qui se tenait à côté de Moïse, dans sa robe à bretelles.

« Je suis là pour ma mère, prononça-t-il, je viens la voir, et elle meurt, chez elle, au village, ensuite l'enterrement et les *shiva* *, et maintenant c'est fini. Fini. »

Ces mots lui coupèrent le souffle. Sa mère était morte. Morte. Et il le lui annonçait, comme s'ils étaient déjà proches.

« Je suis désolée », dit-elle comme en s'excusant, ou peut-être par gratitude, et elle sentait que ses jambes allaient bientôt céder sous son poids.

Elle reprit une gorgée et sut qu'elle était piégée.

« Maintenant ça va », Moïse peinait à trouver les mots, et pas seulement parce qu'il s'agissait d'une langue étrangère. En fait, il n'existait aucune langue à travers laquelle il aurait su dire ce qui se jouait en lui, ni ce qui l'emportait morceau par morceau. Ses yeux restaient posés sur le profil délicat d'Esther. Par la suite, il reviendrait souvent sur cet instant et se souviendrait de quelle manière il l'avait rassurée en lui répétant « maintenant, ça va... », comme s'il parlait à une fillette et qu'il cherchait à se consoler lui aussi.

Esther n'osait toujours pas esquisser un mouvement. Elle éprouvait une telle pitié pour cet homme dont les yeux la faisaient fondre. Puis, d'un seul coup, elle ressentit la même pitié pour ses parents, claustrés dans leur poissonnerie, et envers le barman aux longs cils,

---

* Période rituelle de deuil de sept jours.

aussi. Et lorsqu'elle dégagea les cheveux qui s'étaient libérés de l'épingle pour s'étaler sur son dos, elle eut le geste de sa mère.

« Esther, ce qui nous arrive, c'est... *very special.* »

À cause de la manière appuyée, étrangère, dont il prononçait son prénom, elle eut le sentiment qu'il ne s'adressait pas à elle, mais à l'autre, et soudain la joie, ou l'alcool, lui donna envie de rire.

Comme si une éternité venait de s'écouler, engloutissant le soleil, tandis que le bleu virait au gris et qu'un vent chaud se levait.

« Je dois m'en aller, finit-elle par lui dire.

– Toi venir ici demain aussi ? Je suis à l'hôtel, là, dans la chambre. Attendre pour toi ! »

Moïse fut stupéfait par les mots qu'il venait d'aligner et, en même temps, il s'affolait à l'idée de ne plus jamais la revoir. La chaleur l'accablait, il en avait des palpitations. Ce n'était sans doute pas ainsi qu'il convenait de parler ; pourtant, il continua à murmurer malgré lui : « Tu venir là demain ? Esther ? »

Elle persista à se taire, puisque tout était déjà décidé. Oui, elle serait de retour ici, dans cette chambre. Elle y était forcée.

Mais, soudain, il lui sembla qu'elle ne pouvait plus se retenir. « Y a-t-il des toilettes ? » demanda-t-elle, gênée.

Moïse la regarda sans comprendre.

« Des toilettes, redit-elle un peu honteuse, je dois faire pipi.

– Tu dois faire pipi..., reprit-il avec un rire léger, c'est très charmant », et il répéta ce dernier mot plusieurs fois, sans s'arrêter de rire.

Esther en rougit. Ce n'est qu'une fois entrée dans la petite salle de bains, lorsqu'elle s'installa sur la cuvette, les cuisses écartées, la culotte tendue sur les genoux, que le mince et chaud filet d'urine l'apaisa. La serviette pendue au-dessus du lavabo était humide, et, juste à côté du miroir, elle vit un rasoir, ainsi qu'un tube de dentifrice bien entamé. Elle éprouva alors toute la solitude de cet homme au beau visage et aux yeux noirs, suppliants, Moïse, dont la mère venait de s'éteindre. « *Béni sois-tu, Éternel, Roi de l'univers, qui créa l'homme avec sagesse...* », récita-t-elle, puis, après s'être lavé les mains, elle les essuya dans la serviette rugueuse, mouillée, avant de l'approcher de son visage pour sentir sa transpiration, comme elle le faisait avec l'odeur de ses parents, lorsqu'elle se servait de la serviette commune, et elle ne discerna pas la silhouette qui traversa le miroir et qui était peut-être celle de la femme blanche au visage brisé.

Elle se tint un instant face à la chambre, remit sur son épaule le sac de toile rempli de livres et de cahiers, entre lesquels elle avait dissimulé son chemisier, puis elle réapparut dans la pièce, en se tenant très droite, même si elle n'obéissait qu'aux battements de son cœur, tandis que ses tempes lancinantes amollissaient les pas qu'elle faisait vers la porte.

C'est pourtant ce qu'il prit pour un entêtement adolescent à lui tourner le dos qui le dissuada de sortir avec elle, pour se contenter de lancer : « Je te prends chez toi, en voiture ? »

Lorsqu'ils quittèrent l'hôtel, la lumière s'estompait déjà derrière les bungalows, et Moïse progressait à ses côtés avec aisance ; il effleurait parfois sa hanche, son rire était enivrant – « Viens », dit-il enfin, et il lui ouvrit la porte du véhicule rouge. À elle, Esther Weiss.

Le vieux siège était encore chaud. Sa nouvelle robe ne lui recouvrait pas les genoux. À côté d'elle, Moïse s'efforçait de dissimuler ce qui lui arrivait et se contentait de changer les vitesses. Et pendant tout le trajet, elle ne cessa de serrer son sac. Puis à un tournant, à une distance de plusieurs pâtés de maisons, elle mentit : « C'est ici. »

Lorsqu'elle descendit, Esther patienta jusqu'au départ de la voiture rouge. Dès qu'elle ne fut plus du tout en vue, elle retira son chemisier du sac et l'enfila sur sa robe. Ses pas se succédaient comme s'ils appartenaient au corps d'une autre, et quand elle fut à proximité de la maison, elle vit d'abord les haies d'hibiscus, tandis que l'âpre odeur du jasmin se répandait dans l'humidité du soir.

Au cœur de l'été

Peu avant le crépuscule, les derniers rayons rougissant du soleil s'insinuaient entre les immeubles, frappaient l'enseigne de la poissonnerie du vieux centre commercial et projetaient une lumière fluctuante sur le carrelage du bassin, où l'eau frémissait de bulles, libérées par la respiration des poissons. Féla se tenait derrière le comptoir, et l'auréole pourpre du soir passait sur son front blanc, sur la peau délicate de son visage, d'où surgissaient deux yeux clairs, bleus, et une bouche dessinée comme un petit cœur. Une mèche s'était échappée du foulard qu'elle portait sur la tête. Une femme venait de lui acheter une carpe, qu'elle avait retirée du bassin, en demandant à la cliente si elle la voulait vivante ou bien en tranches, alors que le poisson s'agitait encore sur le comptoir. Puis elle avait abattu machinalement le marteau sur sa bouche ouverte, avant de l'écailler d'une main experte, de l'éventrer et de retirer d'un seul doigt crochu la vessie natatoire, la bile et la membrane muqueuse. Pour finir, elle avait découpé le poisson, l'avait emballé dans du papier journal, et la silhouette de la cliente avait été happée par le mur de lumière qui se dressait entre l'ancienne auberge et la mosquée abandonnée, alors que, du bout de la lame de son couteau, Féla faisait disparaître les entrailles de la carpe répandues sur le comptoir. Elle donna un dernier coup de torchon, se lava les mains dans l'eau jaillissant du gros robinet, les essuya d'abord avec une petite serviette, puis en les passant sur son tablier, et lorsqu'elle remit sa mèche pendante sous le tissu du foulard, sa paume avait l'odeur saumâtre de l'eau fraîche.

Zvi-Hirsch, pour sa part, n'avait quasiment pas dit un mot du retard considérable avec lequel Estherleh était arrivée la nuit dernière. D'ailleurs, depuis un certain temps, elle rentrait tard, sa natte défaite, les cheveux retenus par une seule épingle ; elle dînait rapidement et allait s'enfermer dans sa chambre. Féla avait tenté plus d'une fois d'en parler avec Zvi-Hirsch, de lui livrer ses angoisses, mais quand il rentrait dans la boutique, avec ses vêtements qui avaient pris la poussière de l'extérieur, il se contentait de retirer les poissons de la caisse de glace, qu'il ramenait avec sa remorque du marché ou achetait directement aux pêcheurs installés sur la côte, et, sous sa casquette marron, son visage demeurait fermé. Lorsqu'il disposait les carpes dans le grand réfrigérateur et en libérait d'autres dans le bassin, il restait silencieux, puis il s'approchait du hachoir et y enfonçait des tranches de poisson ; il appuyait sur la manette, et la gueule de l'appareil en expulsait une bouillie.

À présent, il se trouvait à la synagogue pour y réciter la prière de l'après-midi. Une fois, elle l'avait vu, là-bas ; il échangeait quelques mots avec les fidèles qui commençaient à se disperser. On lui avait donné l'adresse d'une couturière installée dans ce quartier, et elle l'avait observé de loin, sans que lui-même la remarque. Son grand corps était un peu voûté, et il s'était dirigé rapidement vers le scooter garé non loin de là ; sa veste tombante ressemblait aux pans du châle rituel qu'il portait lorsque, aux premières lueurs du jour, il entamait ses prières. Quand Esther avait grandi, ils avaient cessé de dormir ensemble. Ils lui avaient laissé leur chambre, puis fermé le petit balcon, qui devint le refuge de Zvi-Hirsch.

La lumière rouge se déplaça et se posa sur le tissu de la robe de Féla, sur les bretelles de son tablier. Elle repoussa la mèche qui s'obstinait à glisser hors du foulard et posa les mains sur le comptoir. Il était bon de savoir que Zvi-Hirsch était maintenant à la synagogue, qu'il priait pour Esther qui avait tellement grandi. Que Dieu la préserve de tout malheur ! Quant à Zvi-Hirsch, c'était un être plein de bonté, et seul cela comptait, quand bien même ils ne se parlaient plus vraiment depuis déjà des années. D'ailleurs, même au cours de la toute première nuit, après que l'aumônier de l'armée américaine eut dressé le dais nuptial pour les unir, Zvi-Hirsch s'était tu. Allongés sur le châlit du camp de réfugiés, il avait délicatement posé les mains sur ses épaules, comme s'il s'excusait de mêler sa respiration à la sienne, et c'est à peine si elle avait senti son corps léger au-dessus d'elle. Il lui fallut néanmoins un certain temps pour se reprendre. D'abord, son corps lui sembla étranger, et seule sa grossesse lui redonna un sentiment de plénitude. Elle souriait en voyant son ventre se tendre, puis s'épanouir grâce au corps qu'elle portait en elle et qui vivait à peine. Ils l'appelèrent Esther, du nom de sa propre mère. Elle n'avait presque pas de lait et se servit de poudre pour l'alimenter. Le nourrisson était pourtant bien potelé, ce qu'elle ne s'expliquait pas. « Bouboule », c'est ainsi qu'ils la surnommèrent. Puis vinrent les années d'errance, qui restaient en elle comme une sorte de brouillard entre les camps de transit du Struthof et de Munich, d'où les camions de l'*Alyah Beth* les emmenèrent jusqu'à Bucarest ; là-bas, il leur fallut encore attendre, avant de repartir vers le port de Constanta. Pendant tout le voyage, ils avaient dormi serrés les uns contre les autres sur le pont de la petite embarcation ; les vagues étaient noires, immenses, et les bombardements rythmèrent la traversée, jusqu'à ce qu'on les enferme à nouveau à Chypre, dans un camp britannique où, enfin, ils apprirent que l'État d'Israël venait d'être proclamé. Quelle joie balaya le camp cette nuit-là ! Ensuite, ils avaient débarqué dans le port hébreu de Haïfa, puis des camions les avaient conduits vers le sud du pays. Le jour était déjà tombé lorsqu'ils aperçurent les collines sombres, puis les tentes dressées au milieu du camp d'accueil, que les chacals tentaient d'approcher dans l'obscurité. Et ce n'est qu'au matin, dans une lumière crue, qu'ils virent la plaine qui s'étendait jusqu'aux montagnes, et la mer qui s'ouvrait de l'autre côté. Pourtant, même ce jour-là, elle ne parla pas du passé avec Zvi-Hirsch. D'ailleurs, qu'y avait-il à en dire ? Dieu donne, et Dieu reprend. Il continua à se taire, et elle, à s'occuper de la petite, qui balbutiait déjà, et courait, et restait leur petite Bouboule, bien qu'avec les restrictions, il n'y eût pas grand-chose à manger. Elle se rappelait comment il lui fallait s'y prendre avec la bouilloire pour lui donner un bain chaud dans la petite bassine, et de quelle façon elle posait la tête de l'enfant sur ses genoux pour laver vigoureusement ses cheveux clairs, où elle aimait voir ensuite se refléter la lumière. Puis on leur avait construit des maisons. Désormais, les gens marchaient sous la lumière intense de l'été ou pataugeaient dans des flaques profondes en hiver. Ils s'attardaient au kiosque d'Avraham, un verre de limonade à la main, et sa voix toujours enjouée provoquait leurs éclats de rire, telle une libération. Plus tard encore, des boutiques ouvrirent, et la poissonnerie Hayim vit le jour. Depuis, elle et Zvi-Hirsch passaient leurs journées ensemble, comme deux poissons rejetés sur la terre ferme. Elle servait les clients, et il s'affairait à ses côtés, ne relevant que de temps à autre ses yeux malicieux, comme pendant la prière. Oui, leur ville avait pris de nouvelles dimensions, mais les nuits restaient tendues, car il arrivait que des groupes d'infiltrés passent la frontière, qui s'étendait à l'autre extrémité des collines de sable. Ils volaient des produits dans les étables, dans les poulaillers ; ils avaient assassiné un couple à coups de couteau, ainsi que les membres d'une même famille du sud de la ville. Non, même ici, le calme ne régnait pas.

Et soudain, à la pensée que, le 1er septembre, Estherleh s'engagerait dans l'armée, Féla eut presque le souffle coupé. Elle serait donc instructrice, c'était du moins ce qu'ils avaient dit là-bas. Zvi-Hirsch descendrait la vieille valise de la mansarde. Après tout, même son propre père lui avait dit : « Pars, Féla, n'attends surtout pas avec nous, sauve-toi ! » Il avait prononcé ces mots et empoigné la valise, en devançant Féla, afin que nul ne sache qu'ils étaient ensemble et qu'on ne l'arrêtât pas avec ses parents. Pourquoi tout cela la bouleversait-elle à nouveau ? Et pourquoi, depuis la tenue du procès Eichmann, un an plus tôt, à Jérusalem, chaque chose la renvoyait-elle à son passé ? L'arrestation du bourreau à Buenos Aires, puis l'annonce de son jugement la mirent en état de choc. Pendant des jours et des jours, les voix du procureur et des témoins avaient retenti à la radio, et dans la petite ville, pendant la nuit, des cris d'épouvante s'élevaient des chambres à coucher. Comme si ceux qui étaient passés par le feu s'en revenaient pour hurler. Et lorsque, juste en face de la poissonnerie, une crise d'épilepsie frappa Joseph, le livreur de journaux dont on disait qu'il avait été professeur avant la guerre, les premiers témoignages sur les camions à gaz de Bełżec venaient d'être publiés. Heureusement que le docteur Schatner était arrivé en courant du dispensaire, suivi d'une infirmière, et lui avait tout de suite administré une piqûre. Deux heures plus tard seulement, une ambulance le conduisait à l'hôpital.

Le faisceau de lumière sur le comptoir se rapprocha des mains de Féla. Elle tendait puis repliait les doigts comme des nageoires frémissantes. Et elle se disait que, malgré tout, elle possédait une fille. Oui, elle avait Estherleh, qui semblait si fébrile ces derniers temps et qui rentrait si tard, avec sa natte défaite, ses cheveux que ne retenait qu'une épingle, ce front bien dégagé et ces yeux qui hésitaient entre le vert et le bleu – c'est à peine si Féla la reconnaissait. D'où revenait-elle, la nuit dernière, lorsqu'elle s'était assise en bout de table et avait à peine touché à son dîner ? À un moment donné, Féla avait même songé qu'il pouvait s'agir d'une étrangère qui aurait enfilé le chemisier d'Estherleh. Et seule l'inquiétude l'avait poussée à insister pour qu'elle avale quelque chose, car aucun mal – que Dieu nous en préserve ! – ne devait lui arriver. Et si Estherleh mentait ? La question traversa soudain l'esprit de Féla. Et si elle n'allait pas à ses cours de dactylo, comme elle l'affirmait ? D'où peut-être sa fébrilité... Elle était si belle, avec ses cheveux défaits... Elle irradiait...

Lorsque dans l'esprit de Féla, cette image prit forme, elle se confondit avec la lumière mouvante du matin qui se projetait alors sur les façades des maisons de bois ; disséminées le long de la petite station balnéaire qui s'étendait jusqu'à la lisière de la forêt, elles étaient littéralement cernées par le jaune épais de la floraison. Henekh était déjà penché sur son vélo. Elle était sortie après lui, anxieuse, vêtue d'un chemisier blanc avec un motif surpiqué et des manches courtes, bouffantes, qui révélaient ses avant-bras. Mais il avait souri en se tournant vers elle, « tu n'as aucune raison de t'inquiéter », puis il lui avait renversé la tête, et ses lèvres s'étaient posées sur les siennes. Le bonheur l'avait alors envahie, et un soulagement traversé comme les mouvements de la lumière dans les branches du marronnier au-dessus d'eux. « L'année prochaine, tu seras ma femme », avait-il ajouté dans un sourire qui accompagnait Féla depuis toutes ces années, ainsi que sa voix, lorsqu'il l'avait appelée « Feltchéniou », tout en empoignant le guidon de son vélo, avant d'ajouter quelque chose sur le 1er septembre et la faculté, puis de s'engager dans la lumière de l'avenuc des marronniers, où l'éclat de sa bicyclette avait disparu.

La lumière rougeoyante, qui n'avait cessé de se déplacer dans l'espace de la poissonnerie, s'effaça d'un seul coup.

Féla revint à elle et, lorsqu'elle pendit son tablier au crochet qui était juste au-dessus du bassin, elle repensa à la si grande fébrilité d'Esther, à ses cheveux défaits. Pouvaient-ils seulement espérer, elle et Zvi-Hirsch, parvenir à la protéger ? Lorsqu'elle ferma le magasin, le bruit du rideau de fer se répercuta entre les constructions peu élevées, puis dans toute la rue.

Elle se dirigea d'un pas traînant vers l'arrêt d'autobus. Zvi-Hirsch serait bientôt de retour à la maison. Et elle se répéta que son mari était un homme bon, en marchant lourdement, dans ses chaussures d'été à semelles orthopédiques, qu'elle avait achetées chez

Wasserman, originaire de la même ville qu'elle. Là-bas aussi, il avait exercé la profession de cordonnier et, quand tout fut terminé, il avait ouvert une boutique à Tel-Aviv, rue Neve-Shaanan, non loin de la gare routière.

*

Esther perdit toute notion du temps.

Au cours de dactylo, ses doigts couraient sur le clavier, propulsant les ressorts vers le ruban qui imprimait des lettres noires, et, pendant la pause déjeuner, elle se joignait aux jeunes femmes, sur la terrasse de l'immeuble. Ces filles l'attiraient. Rosa et Aliza retiraient leurs sandales et posaient les pieds sur la balustrade pour comparer le rouge qu'elles avaient aux ongles et vérifier s'il fallait déjà s'épiler les jambes. Ensuite, elles mangeaient le *madjadra* * qu'elles rapportaient de chez elles dans des barquettes, tandis qu'Esther, assise à leur côté, et enveloppée de leurs voix, mordait mécaniquement dans le sandwich ou les concombres que sa mère lui préparait.

« Tu as entendu, pour Simona ? » demanda une fois Rosa, et elle releva le bras pour arranger ses cheveux, dévoilant son aisselle, « c'est Smira qui coud sa robe de mariée, et on raconte que les filles qui vont chez elle ne divorcent jamais !

– C'est original de confier sa robe de mariée à une couturière arabe, nasilla Aliza.

---

* Spécialité orientale à base de riz.

– Oui, c'est aussi ce qu'a dit Sarah avant son mariage, et elle a préféré aller chez Stella, la couturière roumaine. Mais qu'est-ce qu'elle y a gagné ? La pauvre ! Son mari l'a plaquée, et encore une chance qu'au bout d'un an il lui ait accordé le divorce. »

Aliza, qui avait toujours les jambes sur la balustrade, remua ses orteils aux ongles vernis.

« Comment ça se fait, qu'il y ait des Arabes ici ? demanda-t-elle.

– Ils étaient là depuis longtemps, mais ils ont tous fui les combats, seule la famille de Smira est restée », lui expliqua Rosa avec sérieux, tout en picorant les derniers grains de *madjadra* dans la barquette de métal.

Mais, soudain, les filles explosèrent de rire.

« Ils ne sont restés qu'afin de permettre à Smira de coudre nos robes de mariées ! Il paraît qu'elle introduit un bonbon dans les replis du tissu, pour que ça nous porte bonheur ! »

Esther aussi s'efforça de rire avec les autres, mais le nom de Smira fit passer en elle un léger malaise. À cause de la robe de mariée, à cause de sa gêne pour cette famille qui avait choisi de rester, à cause de l'aisselle de Rosa, à cause des lignes de signes alphabétiques qui apparaissaient, lorsque ses doigts filaient sur le clavier ; l'air qu'elle respirait lui semblait poisseux, il agitait la petite ville de courants profonds, et avec elle, les choses qui se produisaient dans l'existence d'Esther, bien que tout cela soit interdit, terriblement interdit.

Car désormais, chaque après-midi, elle se rendait chez Moïse. Dès que le cours de dactylo prenait fin, elle remettait la machine à écrire dans la housse, ainsi que les textes qu'elle avait saisis ; ensuite, elle rentrait dans les toilettes pour se changer, puis elle traversait tout le centre-ville, parmi une foule qui devenait plus compacte à l'approche du soir. Pendant le trajet, elle se cramponnait à la barre de fer de l'autobus et, en descendant au terminus, elle souriait au chauffeur. Malgré la peur – et bien que, jour après jour, elle se redise qu'elle n'irait plus là-bas.

Et puis le soir, lorsqu'elle revenait à la maison, dans son chemisier bien reboutonné, elle évitait soigneusement de croiser le regard de ses parents dans la cuisine, « j'étais avec mes amies du cours de dactylo », disait-elle en un souffle, sans même plus se rendre compte qu'elle mentait.

Lorsque, quelques jours auparavant, le visage émacié par l'inquiétude, sa mère avait insisté pour savoir où elle se rendait chaque soir, Esther lui avait lancé :

« Je t'ai déjà dit que j'étais avec mes copines du cours !

– C'est que tu rentres si tard... » s'excusa presque sa mère, et Esther fut interloquée par la douceur de son regard.

« Non mais qu'est-ce que tu t'imagines ? Il y a énormément de choses à réviser avant les examens ! »

Elle était forcée de mentir. Ce qui la faisait suffoquer de colère. Qu'avait donc sa mère à l'épier ainsi ? *Tu mens, tu mens, tu mens*, se disait-elle, tandis que la purée formait une boule dans sa gorge et que la lumière livide du néon tombait sur sa mère, qui se tenait au-dessus de la plaque chauffante, une cuillère en bois dans la main, déjà prête à la resservir ; assis en face d'elle, son père avait ouvert ses livres de comptes sur la table, et ses yeux, qui ne manquaient rien de ce qui se jouait là, la brûlèrent comme si elle était nue.

Pour finir, quand elle se leva de table, sa mère sursauta :

« Estherleh ! Qu'est-ce que c'est que ça ? Une robe neuve... »

Esther s'immobilisa, en resserrant le col de son chemisier : « C'est Gila, une fille de ma classe, qui me l'a donnée, dit-elle en déglutissant, sa famille a reçu un colis plein de vêtements d'Afrique du Sud, et Gila m'a dit que cette couleur m'allait mieux qu'à elle-même, alors elle me l'a offerte », poursuivit-elle, et ses mots se dressèrent entre elle et ses parents qui la fixaient. « C'est une robe sans doute un peu ouverte... mais, en la portant avec un chemisier par-dessus, elle ressemble à une jupe d'été. Et à part ça, s'emporta-t-elle, cessez donc de me suivre à la trace, arrêtez ! » Puis, dans ce même élan de cruauté, elle ajouta : « Bientôt, vous ne me verrez plus du tout, je serai à l'armée ! » Ayant prononcé ces mots, elle quitta la cuisine d'un pas décidé, les laissant derrière elle, assis, comme deux poupées de paille.

Dans le couloir, cependant, Esther se dit qu'elle aussi n'était plus qu'une poupée de son, et le regard de son père s'obstinait à la consumer. Ce n'est qu'après avoir refermé la porte de sa petite chambre, où elle respira le parfum obscur des fleurs qui s'ouvraient comme des lèvres, qu'un sourire réapparut sur son visage, et lorsqu'elle retira son chemisier, puis qu'elle défit lentement sa robe, l'air chaud de la nuit effleura à nouveau ses épaules.

Ce qui lui arrivait, elle ne leur en dirait jamais rien. Un peu comme lorsqu'elle avait eu ses premières règles, à l'école, pendant la pause, et que, tout à coup, elle avait vu qu'une couche brune, de glaires et de sang, souillait sa culotte. Elle l'avait emballée dans du papier-toilette épais et n'avait rien raconté à personne, même pas à sa mère. Elle préférait s'isoler dans ce corps métamorphosé, qu'elle reniflait parfois, ivre des relents douceâtres qui se mêlaient à la puanteur.

Elle remit sa robe à bretelles – qu'elle porterait encore le lendemain – dans son sac et, en boutonnant son pyjama, elle se dit qu'elle avait de la chance : elle n'avait pas encore eu ses règles ce mois-ci ; ainsi, elle n'était pas obligée d'aller le retrouver avec entre les jambes du coton dans un état douteux. À cette pensée, son dos fut parcouru d'un frisson. Quelques nuits plus tôt, elle avait écrit dans son journal, qu'elle dissimulait sous une pile de cahiers : *Je te façonnerai des cieux nouveaux ; je t'entourerai d'un bleu et d'un éclat nouveaux...* Elle était heureuse de se souvenir des mots qu'elle avait déclamés, lors de la cérémonie qui avait marqué son départ du lycée. Le titre de ce poème – *Rouleau de feu* –, elle l'avait d'emblée adoré, tout en sachant qu'il s'adressait à elle. Chaque mot. Voilà pourquoi elle en fit une si bonne lecture, face au public. Même Tsila, l'éducatrice, l'avait félicitée. Et à présent, d'autres vers lui revenaient : *Je te sertirai comme le soleil, dans la roue de ma vie, et ton souvenir, je le tisserai au poème de mon âme...* Ces mots, Esther les avait écrits en tremblant, *Car j'ai vu en mon âme, or elle était noire, et blanche, tout à la fois... et mille sources vives sourdaient en mon cœur... et mon âme n'aspirait qu'à des flots d'amour, des flots d'amour.*

Quelques jours auparavant, Esther avait reçu une carte postale de ses amies du séminaire de Yessod Haémouna. Sa mère l'avait agitée devant elle, pleine de joie : « Regarde Estherleh, tu as du courrier ! » C'était une photo d'un château d'eau criblé de balles, au pied duquel on voyait un jeune couple qui se tenait très droit, main dans la main. Son cœur fit un bond, car elle n'avait jamais rien raconté, ni d'ailleurs écrit, à ses copines. Alors comment l'avaient-elles percée à jour ? Elle retourna la carte et déchiffra rapidement les phrases qu'avait tracées Margalith au milieu : *À Esther, notre chère camarade, nous étudions et passons du bon temps. Amitiés fidèles.* Tout autour, Judith Rozner et Elishévah Poznansky avaient apposé leur signature, d'une écriture arrondie. Mazal, également. Dans un coin, Gila avait pour sa part dessiné un triangle, à l'intérieur duquel elle avait noté : *Secret de Polichinelle.* Esther s'effraya à l'idée que c'était précisément Gila qui avait deviné, car c'était chez elle qu'elle avait essayé la robe venue d'Afrique du Sud, et c'était encore Gila qui lui avait dit : « Elle te va si bien, Esther. »

Lorsque, avant d'aller dormir, Esther sortit se doucher, elle croisa son père qui rentrait dans sa propre chambre, et elle se colla au mur du couloir. Dans la salle de bains, elle frotta le gant de toilette rugueux sur son corps cambré et, en s'essuyant, elle posa la serviette qui avait l'odeur de ses parents autour de ses petits seins et de ses tétons tendus. Elle passa rapidement le tissu humide sur ses poils pubiens, blonds, et en éprouva un profond frisson.

De retour dans le couloir, les cheveux encore mouillés, elle fut soulagée de voir que la porte de la chambre de son père était déjà fermée, et en passant à côté du salon, elle aperçut sa mère qui ouvrait le canapé et s'apprêtait à dormir. Elle se faufila dans sa chambre et, une fois entre les draps, murmura la prière de la nuit ; elle eut un sourire confus en articulant lentement les mots : « *Je te bénis, toi qui accorde le sommeil à mes yeux, et le repos à mes paupières.* » Elle tira le drap au-dessus d'elle et se représenta l'immensité des vagues écumantes, les vagues qu'elle voit se déployer jusqu'aux confins des mers, lorsqu'elle monte vers le sommet de la falaise, sans jamais dévier, et que le sel humide perle sur ses épaules, puis dans son dos. Elle penche alors un peu la tête, aveuglée par le bleu qui scintille entre les branches des tamaris, et plus elle se rapproche, plus se répand en elle le goût du Campari. Quand les voix du club de la plage montent jusqu'à elle, elle refoule la pensée du garçon aux cils épais qui travaille au bar. Car c'est chez Moïse qu'elle se rend. Peut-être l'attend-il déjà à la fenêtre de l'hôtel Dagon et discerne-t-il ses ailes portées par la lumière, comme celles de la femme blanche ; même le chanteur ne chante que pour elle, et en français de surcroît. Dès lors, pourquoi se soucier de ce barman qui les a vus filer ensemble ? Finalement, elle monte au deuxième étage, traverse le couloir inondé de soleil, frappe à la porte, jusqu'à ce que l'ombre de Moïse apparaisse sur le seuil, suivie d'un soupir de soulagement.

« Ah, c'est toi... ».

Il pose la main sur son dos en la conduisant à l'intérieur, « donne ton sac », dit-il avec son accent étranger.

Elle se rend tremblante à la fenêtre, car elle est dans une chambre en compagnie d'un homme, puis elle attend un peu, jusqu'à ce qu'il lui demande : « Te servir le Campari ? », et la rouge résonance du mot « Campari » recouvre tous les bruits de son foyer, les petits bras de sa mère, les yeux enfoncés dans les orbites du père, et lorsqu'il lui tend le verre, la couleur du liquide met le feu à la chambre, au lit à deux places.

« Skol. »

Esther n'a absolument aucune raison d'avoir peur de cet homme qui se tient près d'elle et boit du Campari.

Et dans la chaleur que la boisson diffuse en elle, elle l'entend lui souffler « merci, Esther, que tu viens ».

Jour après jour, il lui parle de son beau-frère au village, de l'atelier de couture, de l'entreprise de textile qu'ils veulent fonder et même de la pierre tombale qu'ils font graver. Aujourd'hui cependant, lorsqu'elle a enfin osé lui demander : « Quelle est ta situation, à Paris ? », car il pouvait très bien être marié, avec une épouse qui guettait son retour, Moïse a seulement répondu : « Je suis là-bas, vie, travail, oui... », mais, juste après, son visage s'est fait plus dur, et il a ajouté : « J'ai là-bas une femme et un fils » ; avant même qu'elle n'esquisse un mouvement de recul – car, à présent, elle savait qu'elle trinquait avec un homme marié –, il s'est rapproché, ému, « mais je ne vis que pour Esther maintenant », a-t-il murmuré, « je suis comme mort avant que je rencontrais toi ».

Ensuite, il la regarda de ces yeux brillants, saturés de larmes, qui se posèrent sur son visage, son cou, sur ses épaules exposées à l'air salé ; ils étaient tellement proches, désormais ; la chaleur de l'alcool continuait à se répandre en elle, et elle ne bougeait toujours pas, puisque, même s'il avait femme et enfant, elle n'avait plus le choix, il lui fallait agir avant son incorporation à l'armée, avant que le soleil ne s'abîme à l'horizon.

Puis il la contourna, et, pour ne pas se mettre à trembler, elle serra le verre de Campari ; sa robe était imprégnée de la chaleur de son corps, mais celui-ci semblait ne plus lui appartenir, et ce n'était pas à elle qu'arrivait tout ce qui arrivait. Elle s'acharnait à contempler la mer, et son regard suivait l'immensité du rivage. La ligne des flots moussait dans la lumière rougissante, on apercevait quelques nageurs, deux jeunes filles, un chien et un adulte qui courait sur la plage ; par-delà, la perspective s'enrichissait de dunes qui s'étendaient jusqu'au site archéologique.

Et même lorsqu'il entoura ses épaules et qu'elle le sentit respirer contre sa peau, elle ne bougea pas. Elle attendait, le cœur battant. Elle obéissait. À présent, sa tête était enfouie dans ses cheveux, et il murmurait son nom ;

Esther retenait sa respiration, elle était sûre qu'il allait bientôt l'embrasser sur la bouche, comme dans les films. Elle sentait l'odeur de tabac de son haleine, ses bras l'entouraient quand elle leva vers lui ses yeux fermés, sachant qu'elle ne pourrait rien lui opposer lorsqu'il commencerait à l'étreindre, puis qu'il retirerait sa robe et s'emparerait de son jeune corps, *Only you...*

« Tu es ma consolation, poursuivit-il, tu me rends la vie après que ma maman est morte. » Il effleura son visage, son cou, ses épaules nues, puis la fit pivoter et la fixa d'un œil démesuré, comme s'il se noyait. « Esther, Esther... »

Il lui sembla que son corps s'évaporait. Elle se tenait là, une étrangère, comme si tout ce qui arrivait ne la concernait pas. Seul son cœur s'obstinait à battre. Comme si c'était elle, la femme blanche à la face brisée, les cheveux au vent.

Mais, à ce moment-là, Moïse s'arracha douloureusement à leur étreinte, la considéra d'un regard bizarre et remarqua qu'elle tremblait de tout son corps. « Esther... », il prit son visage entre ses mains et ferma enfin les yeux, comme pour conserver son image à jamais.

La voiture rouge

Quand Moïse rentra du village, le soleil s'était déjà couché. La vieille voiture rouge, « l'épave aux ailes chromées » que lui avait dégotée Nissim pour la semaine de deuil, affrontait des routes qui semblaient sur le point de fondre, dans la chaleur de l'après-midi. Une tache rouge évoluant entre les champs. Il mit un coup d'accélérateur. Depuis qu'il avait dit au revoir à Yémima, il sentait la nervosité grandir en lui. Dans les tournants, le véhicule grinçait. « Ces freins sont complètement pourris », pensait Moïse en tripotant le volant, malgré la douleur aiguë que lui causait sa main blessée. Il fonçait vers l'hôtel, le souffle coupé à l'idée qu'Esther viendrait frapper à sa porte et poserait sur lui son regard. Comme si c'était possible... Il mordilla le filtre des Noblesse locales au goût piquant, râpeux, qui pénétrait en lui et rampait sous sa peau couverte de sueur, d'humidité marine.

Toutes les simagrées auxquelles il avait dû se prêter l'avaient épuisé. Comme s'il avait vraiment l'intention d'aider Nissim à fonder une entreprise de textile dans ce trou perdu ! Se pliant au programme qu'avait concocté son beau-frère, il s'était laissé traîner, sous un soleil de plomb, le long des maisons du village, à travers les poulaillers, les champs poussiéreux, tandis qu'en lui tout se mêlait, comme un petit mont de coquillages remportés par les flots, dans un tumulte ancien.

Tout au long de la période de deuil, Nissim ne l'avait pas lâché ; il le suivait sur le balcon, posait sur lui sa grosse patte de paysan, « tu vois, Moïse, ici, c'est l'endroit idéal pour ouvrir une usine de textile et un grand atelier de couture ! », puis il tendait sa mâchoire puissante et faisait un large geste de la main, « du coton, *inch Allah*, on en a à perte de vue. Alors inaugurons un atelier de couture de luxe, plein de pin-up venues du sud du pays ! Aujourd'hui, même en cherchant dans tout Rabat et Casablanca, tu ne trouveras pas des couturières comme celles qui vivent dans la région. Suffit de leur proposer du boulot, et elles rappliqueront sans tarder. Imagine-les un peu assises par rangées, avec leurs poitrines magnifiques, penchées au-dessus des tissus, et actionnant les machines à coudre. » Nissim savait comment s'y prendre pour parler à son élégant beau-frère, « c'est un homme d'initiatives », disait affectueusement de lui Yémima, et en effet, il s'entêta, dépliant devant Moïse ses plans de travail, « on commencera petit, et à la fin, nous aurons une ligne de production : velours, filage, tissage et textile, du blanc, et même du prêt-à-porter... »

Plus tard, au cours de la dernière nuit de deuil, malgré sa main meurtrie par le verre et son costume plein de sable, Moïse avait appelé Nissim :

« Je reste, avait-il soufflé, l'usine, le textile, tout... »

Depuis, jour après jour, il avait passé le plus clair de son temps en sa compagnie dans la camionnette ; à chaque virage, son corps valdinguait, et à travers le ronronnement continu du moteur, il entendait son beau-frère se gargariser de rêves peuplés de machines à coudre, de tables de coupe, tout en lui expliquant ce qu'il devait savoir du ministère de l'Industrie et du Commerce, des fonds qui pouvaient être débloqués, des projets de développement de la région, des principales branches de production, et tout à l'avenant, en appuyant bien sur les mots *industrie de textile*. « Quant au matériel, nous l'achèterons avec l'argent des subventions et des primes spécialement accordées aux agglomérations du Sud. Il faut créer des emplois ici, beaucoup d'emplois ! »

Tout en conduisant, Nissim sortait tout ce qu'il avait sur le cœur : « Non mais qu'est-ce que tu crois ? Que c'est en restant assis à attendre qu'on va voir les choses arriver d'elles-mêmes ? Quatre vaches, une vingtaine de poules, une mule pour deux familles ainsi qu'un lopin de terre pour y cultiver quelques légumes – c'est tout ce qu'on nous a donné en arrivant ici. Et beaucoup de soleil... », ajouta-t-il en éclatant d'un rire généreux. « Je ne me plains pas parce qu'après les camps, c'était le paradis. Mais pas une source de revenus. “Les Noirs”, “les Marocains aux couteaux”, voilà comment ils se sont mis à nous appeler. Et encore plein de trucs. Tu comprends ? Si des gens n'avaient pas eu le courage de prendre certaines initiatives, on serait restés là, couverts de poussière, à faire des petits boulots, et oubliés de tous. Alors on a commencé avec un poulailler et une étable. Ensuite on s'est lancés dans le coton. C'était exactement la chose à faire, parce que les *kibboutzim* du Nord venaient de se voir attribuer des terres cultivables dans la région, et nous aussi, nous pouvions exiger du terrain. Je dois dire qu'à ce moment-là personne n'imaginait que nous réussirions. Heureusement qu'il y a ici une poignée d'individus courageux... Bon, je ne parle pas des combinards dans ton genre qui dirigent des affaires de textile à Paris et ont épousé les filles de leur patron... », là-dessus, il tapa sur l'épaule de ce beau-frère qui, même au comble de la canicule, ne retirait pas son costume clair : « On a besoin de toi parmi nous, Moïse... le roi du textile. »

Pour commencer, Nissim l'avait amené à l'autre bout du village, où se dressait encore une construction abandonnée qui avait servi de hangar, du temps où l'on trouvait des orangers dans cette zone. On y avait découpé une porte dans le mur en tôle ondulée qu'obstruait une flore sauvage, alimentée par une fuite d'eau dans la tuyauterie. Ronces, câpriers, buissons de ricin, avaient pris des dimensions démesurées, tel un jardin d'Éden filandreux, planté en pleine désolation. Nissim se fraya un chemin à l'intérieur du bâtiment poussiéreux. « Voilà, dit-il, regarde un peu de quel espace nous disposons ici ! Tout est déjà prêt, même les tables sont encore là. Sauf qu'au lieu d'entreposer des oranges, nous confectionnerons des costumes. Qu'est-ce que tu en dis, Moïse ? »

Ensuite, ils avaient fait une halte chez le secrétaire du Conseil régional, un certain Afflelou, qui avait enfilé une chemise blanche pour l'occasion, et les accueillit d'une solide poignée de main ; le hâle profond de son visage s'accordait au noir brillant de ses cheveux peignés en arrière.

« Bonjour, monsieur », prononça-t-il un peu solennellement, sans lâcher la main de Moïse.

Mais Nissim le ramena à la réalité : « Mon beau-frère ne va pas rester là indéfiniment, alors il s'agirait de faire vite. » En fait, tout ce dont Nissim avait besoin, c'était d'introduire Moïse Derand des établissements Laplace Textile, avec son costume parisien, dans le bureau d'Afflelou, où Rouhama, une employée séduisante, lui apporterait un café, après quoi ils se serreraient la main en se souhaitant bonne chance ; dès lors, tout le monde serait forcé de reconnaître que le roi du textile en personne approuvait cette idée, qu'elle n'avait donc rien de saugrenu, et une fois le premier pas accompli, ils se débrouilleraient sans lui. Voilà pourquoi, lorsqu'ils ressortirent, et que Nissim nota l'air songeur de Rouhama qui louchait vers son beau-frère, il entendit déjà le bourdonnement des machines à coudre et en sourit de plaisir.

Sur la route, ils passèrent chez Yehouda le graveur, pour savoir ce qu'il en était de la pierre tombale. Moïse serra la main calleuse de Yehouda, qui venait de Rabat, comme tout le monde ici, et lui parla avec une émotion exagérée dans un français guttural mêlé à l'hébreu tel qu'ils le prononçaient là-bas. « Si Dieu le veut, Moïse, la piété de madame Sultana nous protégera, oui, si Dieu le veut. Elle a eu le mérite de voir la Terre promise, pas comme votre pauvre père, monsieur Isaac, de mémoire bénie. Mort subitement, comme ça, je m'en souviens très bien... », et il leva enfin vers Moïse un visage buriné, noir comme le basalte – puis d'entre les blocs de pierre et la poussière mêlée d'éclats de marbre apparurent les ruelles de la ville où ils avaient vécu, la mer et la croisette, les hangars du port, les ruines de l'ancienne citadelle, l'estuaire du Bouregreg, les autobus qui montaient vers les avenues traversant les quartiers français, le souk, les venelles de la casbah, leurs étals, et la rumeur profonde venue du *mellah*. Ce monde qui n'existait plus passait dans le regard fiévreux de Yehouda, dans sa vigoureuse poignée de main, tout comme Moïse le sentait passer chez sa propre mère, au cours des visites qu'il lui rendait chaque année, ou tous les deux ans ; son cœur cognait lorsqu'il poussait la porte de sa chambre ; depuis qu'elle était devenue quasiment aveugle, cette pièce restait plongée dans la pénombre ; puis, d'entre les oreillers, les vieilles photographies, les tapis en velours et le fauteuil massif, il percevait la voix de sa mère, qui l'appelait « Moïse, mon petit Moïse ». Il inclinait alors la tête vers elle, comme pour qu'elle lui offre sa bénédiction. De près, il pouvait voir sa main qui, d'une visite à l'autre, se couvrait de taches de vieillesse, et sentir l'odeur des épices monter de ses doigts. Un mélange de curcuma, de clous de girofle, de poussière de livres, de lessive, d'eau de rose, sans oublier les goûts d'autrefois, le *mijaz* plein de paprika qu'on étalait sur les tranches de pain sec, la douceur du *samid*, un potage à base de semoule avec un filet d'huile d'olive et du safran ; il pouvait presque entendre le froissement des pages de son rituel de prières, qui prenait peu à peu les nuances jaunissantes de ses doigts.

Et d'un seul coup, sa mère se mettait à rire, un léger éclat d'insolence illuminait son regard, et elle lui racontait le jour de son mariage avec monsieur Issac, « ton saint de père, dont l'âme est en Éden » ; elle lui décrivait la dot que lui avait remise sa famille, le long traversin, le coffre, le tapis marocain, les chandeliers, et la grande bassine à laver le linge ; puis elle poursuivait dans son français parfait et lui parlait de la tante Rachel, à Oran, qui possédait des tasses à thé semblables à celles qu'utilisent les Anglais, des tasses si fines qu'elles en devenaient transparentes ; elle lui parlait aussi de la famille Bensaïd (« les voisins chez qui on pouvait toujours aller demander un oignon ou du sucre, si l'on en manquait pour la préparation d'un gâteau... »), ou alors de l'épicier musulman, Daarij, qui ne lui courait jamais après pour qu'elle règle ses notes, même quand celles-ci étaient importantes ; elle évoquait encore monsieur Zagury, cet homme si droit, qui avait eu la gentillesse d'employer le jeune Moïse sur le port, après le décès de son père. Et le cœur de ce même Moïse battait plus fort, au fur et à mesure qu'il s'enfonçait dans l'obscurité de la chambre. Comme si, une fois de plus, il courait, lacéré par l'amour, quand bien même n'avaient-ils jamais parlé de ce qui s'était produit alors, en pleine mer, jusqu'à ce que le visage de sa mère se penche sur les draps d'hôpital et qu'elle se contente de répéter : « Moïse, mon petit Moïse ». Elle avait aussi la délicatesse de ne pas s'attarder sur sa belle-fille, Catherine, ni de questionner Moïse à propos de Jean, le petit-fils qu'elle n'avait jamais vu. D'ailleurs, à quoi cela aurait-il servi ?

Moïse hocha la tête et doubla un camion qui progressait difficilement sur la voie étroite. Catherine, il ne l'avait traînée qu'une seule fois chez sa mère, et ça lui avait suffi. Il se souvenait aussi du jour où elle lui avait annonçé que, s'ils avaient un fils, ils le feraient circoncire, et de quelle façon il l'avait cinglée, en rétorquant nerveusement que rien ne les obligeait à perpétuer cette malédiction.

Et maintenant, sa mère était morte. Quant à Moïse, il n'était même plus capable dc s'en aller. Il sentait juste croître en lui quelque chose qu'il avait oublié. Un noyau enfoui. Et une émotion qui le menait au bord des larmes. Peut-être était-ce dû à cette période si particulière qui sépare l'enterrement du trentième jour de deuil, et au cours de laquelle les âmes renoncent à leur attachement aux choses de ce monde, puis prennent leur envol vers un nouveau destin ; ou peut-être qu'à nouveau l'ancienne vague le submergeait – mais, pendant tout ce temps, l'image de cette fille, Esther, dont les yeux immenses s'étaient posés sur lui, ne s'était pas dissipée une seule fois ; il l'avait à peine touchée. Juste regardée. Et une pureté perdue depuis la nuit des temps avait coulé en lui. Lorsqu'il se tenait auprès d'elle à la fenêtre, il était bouleversé par la proximité de ce corps léger qui s'appuyait sur le sien, tandis que leurs mains se mêlaient. « Skol », et elle avait savouré sans vergogne le Campari, puis murmuré presque pour elle-même : « La mer, je ne l'avais jamais vue comme ça... Jamais. » Et avec quelle excitation elle s'était tournée vers lui, en demandant : « Est-ce que tu connais les statues du site archéologique ? Les statues blanches, en marbre ? » Une ombre était alors passée au fond de son regard, et elle avait ajouté : « La femme blanche, c'est ce qu'il y a de plus beau ici, et peut-être au monde ! », puis à travers Moïse, elle avait souri au lointain mystérieux. Moïse, lui, n'avait fait que regarder, la regarder. Il ne l'avait pas empoignée sur place, n'avait pas craqué. Pour la première fois depuis...

*

Pendant ce temps, rue des Peupliers, dans la banlieue bourgeoise de Paris, Catherine tirait le drap encore repassé sur son corps. En été, elle s'abandonnait à la sieste l'après-midi ; elle aimait paresser, juste enveloppée de la soie légère d'une chemise de nuit. À présent, dans le silence profond de l'appartement vide, elle émergeait à peine de son sommeil dans un froissement de tissu, et passa en revue la situation : Moïse allait encore rester là-bas, Jean était en colonie de vacances à la mer, et Margarida était partie depuis trois jours.

Catherine avait quitté la maison de campagne pour Paris, où elle devait aller chercher Moïse à l'aéroport, mais elle l'attendait toujours. Chaque jour, elle laissait des messages et, la veille, elle avait même prié le réceptionniste, qui n'avait quasiment rien compris à ce qu'elle racontait, d'informer monsieur Derand qu'il devait la rappeler d'urgence. Elle avait donc attendu son appel et n'était pas sortie de la journée.

Même en fermant les yeux, elle savait comment le drap à carreaux noirs et blancs, d'inspiration moderniste, se reflétait sur la porte en miroir de l'armoire, qui était d'ailleurs noire et blanche également, ainsi que toute la déco de sa chambre à coucher, à laquelle elle avait pris un soin particulier, comme si, dans son désir meurtri, elle espérait par ce biais retenir Moïse, qui ne l'avait épousée qu'en sa qualité de fille du patron et lui avait dit alors : « C'est notre vie elle-même que tu vas décorer. » Mais il l'avait toujours considérée avec une telle distance. D'emblée, elle avait su qu'il ne lui appartiendrait jamais, tout comme, en entamant ses études de design et en concevant des modèles pour l'entreprise familiale florissante, elle avait su que rien, jamais, ne pourrait combler son traumatisme d'enfant.

Les longues jambes de Catherine finirent par s'extraire du lit et elle les étira des cuisses aux orteils, heureuse de constater qu'en dépit de l'accouchement de Jean elles n'avaient rien perdu de leur galbe. Moïse disait qu'elles étaient son bien le plus cher... Puis il s'était tiré là-bas, chez madame Sultana qui, à cette heure-ci, ne comptait déjà plus parmi les vivants. Moïse l'avait amenée une seule fois la rencontrer. Catherine était au deuxième mois de sa grossesse. La chaleur, l'humidité, la peur, lui donnaient tout le temps la nausée. Elle boitillait dans des chaussures à talons. Elle n'avait jamais autant éprouvé sa propre vulnérabilité. « Tel un escargot privé de sa coquille » : à un moment donné, elle avait bloqué sur cette image et elle ne s'en libéra même pas lorsqu'ils empruntèrent des routes luisantes pour se rendre chez sa sœur, dont la ressemblance avec Moïse était saisissante, et son mari, un individu remuant dont elle ne se rappelait plus vraiment le prénom – peut-être Missim ? En entrant dans le clair-obscur de la chambre, ce fut un choc : les tapis, les rideaux en velours, et madame Sultana Draï qui tendait vers elle un visage froissé comme du papier, en l'observant, les yeux lumineux, avec une sorte de lenteur. D'ailleurs, elle avait tout vu... Sans que Catherine ait besoin d'expliquer quoi que ce soit, Sultana lui avait pris la main, tout en continuant à la dévisager. Jusqu'à ce que Moïse l'entraîne à l'extérieur. En fait, tout ce qu'il voulait, c'était qu'elle aille à la plage pour y exhiber son corps sculpté ; il voulait qu'ils la voient tous en bikini, et ensuite, dans le petit hôtel proche de la mer, où ils avaient loué une chambre, il la tringla avec une sauvagerie démente, malgré sa grossesse. Même là-bas, elle ne parvint pas à lui parler, à raconter. Et le soir, quand il rentrait, l'odeur d'une autre femme lui collait à la peau. C'est à partir de là qu'elle renonça, même après la naissance de Jean. Et maintenant, madame Sultana était morte.

La veille du jour où il aurait dû revenir, il avait daigné appeler, l'informer que, pour l'instant, il ne rentrerait pas. Quand elle tenta de lui répondre, il fulmina : « Qu'est-ce que j'en ai à foutre, que tu sois venue jusqu'à Paris pour m'y attendre ? Retourne donc dans la maison de

Normandie ! Et d'abord, qu'est-ce que tu veux au juste ? C'est comme ça que les choses se passent dans la vraie vie ! » Mais, tandis qu'il s'acharnait à redemander « ce qu'elle voulait », sa voix prenait une tonalité étrangère ; elle était – ou lui semblait – blessée, et continua encore longtemps à résonner dans la maison aussi vaste que vide, en plein milieu du mois d'août. Il y avait déjà une semaine que Catherine évoluait dans cette solitude, du salon à la chambre à coucher, en passant par la cuisine et à côté du téléphone, qui trônait là comme un substitut muet de Moïse.

Dans la banlieue désertée par ses habitants, seule la vieille boulangerie Rivière et Fils restait ouverte. Même Margarida lui avait fait une fleur, quatre jours plus tôt, en arrivant juste au moment où sa propre famille partait en vacances au Portugal, dans son village. Elle était venue, visiblement mécontente, « pour donner un coup de main à madame », puis elle avait expédié le repassage d'une petite pile de vêtements, « sans les chemises de monsieur », qu'elle avait l'habitude de rapporter tout de suite, encore chaudes et parfaitement pliées, dans l'armoire de la chambre à coucher, « car les chemises de monsieur doivent être impeccables », précisait-elle parfois. Après le repassage, elle remit un peu d'ordre sur « la table de maquillage de madame », puis elle repartit sans attendre, car elle devait encore faire les bagages de sa famille et préparer les sandwichs qu'ils mangeraient à chaque halte, sur les aires de repos ou dans les campings qui bordent l'autoroute menant au Portugal. « Nous dormirons deux nuits dans un camping », avait-elle dit. Depuis son départ, Catherine était donc livrée à elle-même, dans cet espace vide et soigneusement décoré, où l'image de l'escargot sans coquille lui revint.

Catherine finit par se lever du lit, pour passer directement sur le siège rembourré de sa coiffeuse, où, d'entre les flacons brillants elle s'empara d'un tube de crème de jour et tendit les lèvres vers son propre reflet au nez minuscule, un peu pointu, et au regard gris-vert, cerné de crayon noir.

Elle enduisit lentement ses pommettes, puis la peau recouverte d'un duvet transparent jusqu'au-dessus des tempes et à la racine des cheveux ; elle se massa du cou à la poitrine, tandis que le miroir lui renvoyait fidèlement chacun de ses gestes. Non, elle ne pouvait pas se laisser aller.

La veille, elle avait reçu une lettre de Jean. Elle contenait des formules que les moniteurs avaient bien entendu dictées aux enfants : *Chers père et mère, je fais du sport, je joue et prends beaucoup de plaisir à ce séjour. Je vous aime et vous embrasse. Jean.* Et à l'angle de la feuille, en guise d'ajout personnel, il avait tracé à la hâte un de ses portraits de Pinocchio : un gamin au long nez, les cheveux raides et un sourire légèrement de traviole. Elle avait lissé la lettre, avant de la ranger dans le tiroir de la table de maquillage. Elle n'avait pas encore annoncé à Jean le décès de madame Sultana. De toute façon, il n'avait jamais vu sa grand-mère.

Catherine passa un doigt sur la peau qui commençait à se distendre sous le menton. Maintenant que la mère de Moïse était morte, elle avait enfin décidé de tout lui dire.

C'est même précisément pour ça qu'elle était rentrée. Elle n'avait jamais rien raconté à personne, mais, d'un seul coup, tout lui était revenu. Elle s'appliqua méticuleusement du rouge à lèvres, quand bien même nul n'était là pour regarder sa bouche, et elle savait, frappée d'impuissance, que cette nuit non plus Moïse n'appellerait pas. Dès le lendemain, elle reprendrait d'ailleurs la route pour leur maison de Normandie. Philippe s'y trouvait déjà ; il était seul dans la propriété qu'il avait achetée juste à côté de chez eux : « Isabelle est descendue chez ses parents, dans les Vosges, avec les trois garçons, pour y tenir une sorte de réunion catholique », lui avait-il dit la veille au téléphone ; on sentait qu'il commençait à s'ennuyer, et que cela ne changerait même pas lorsqu'il la verrait le rejoindre au lit, avant de faire quelques mouvements secs, puis de pousser un râle poli et de laisser retomber son corps imberbe à côté d'elle. Mais, tandis qu'elle lui permettrait de la pénétrer en silence, c'est la sueur de Moïse qui la ferait délirer ; elle suffoquerait de jalousie, à l'idée des nuits chaudes d'Askelon, dans l'hôtel proche de la plage, et elle le couvrirait d'injures, rongée par les larmes, par le désir.

Catherine reposa sa brosse à cheveux en crin de cheval sertie d'un petit coquillage et se leva du siège qui était, lui aussi, brodé de noir et blanc. Elle était encore jeune, songea-t-elle en se mordant la lèvre. Elle n'avait jamais pensé que sa vie lui échapperait ainsi.

*

Lorsque Moïse rentra à l'hôtel, Siméon, le réceptionniste, lui tendit un petit mot et, à moitié plongé dans la pénombre, il ajouta d'une voix qui semblait s'excuser :

« Votre épouse a téléphoné. Elle demande que vous la rappeliez à Paris. Elle dit que c'est urgent. »

Derrière le comptoir, son visage émacié, sans âge, finit par apparaître, avec ce regard un peu honteux, et ces quelques touffes de cheveux qui exaspéraient Moïse. Ce type ne pouvait-il vraiment rien faire pour sa dégaine ? C'était comme si sa propre misère était en train de le gagner, lui, Moïse.

Dans sa chambre, il froissa la petite note et l'envoya bouler sur la table. Il se rafraîchit, puis changea de chemise. Si elle savait seulement de quelle façon il se conduisait avec cette gamine, Catherine deviendrait dingue. En tout cas, elle ne croirait jamais qu'il ne l'avait même pas touchée.

Catherine ? Moïse tordit la bouche lorsqu'il vit le masque qu'il portait en guise de visage dans le miroir. Elle ne lui avait jamais demandé ce qu'il en était réellement de sa vie. Elle n'avait jamais saisi ce qui lui arrivait. Au fond, comme tout le monde, elle s'en foutait. Depuis le jour où il était monté sur ce bateau pour Marseille, il était seul. Il s'était même coupé de Yémima qui, en tant qu'aînée, l'avait toujours protégé ; pour ne rien dire de sa mère, qui aurait tant voulu qu'il les suive. Mais il s'était enfui. Catherine aussi, il n'avait cessé de la fuir. Avec sa demeure somptueuse et sa voiture bondissante, elle n'était qu'une halte sur sa route, comme toutes celles qu'il avait intensément baisées. Bien sûr, Catherine ne le tenait que par sa jalousie, mais elle ne comprenait ni ses blessures, ni ce dont il lui fallait s'évader. Et tout ce bavardage sentimental sur son « cher petit Juif » lui était aussi dicté par sa seule jalousie. Qu'elle commence donc par le remercier pour ce qu'il lui offrait au lit, et pour l'enfant qu'il lui avait fait. Ou alors qu'elle se taise. Qu'est-ce qu'elle fabriquait encore à Paris ? Elle s'enfermait chez eux et lui laissait des messages, voilà ce qu'elle faisait. Il lui avait pourtant demandé de rentrer en Normandie.

Quelques jours plus tôt, Moïse avait quand même appelé. Il voulait en finir avec cette conversation et avait demandé la ligne internationale à Siméon.

« Comment vas-tu, chéri ? Comment t'arranges-tu là-bas ? » l'interrogea-t-elle d'emblée, de sa voix aiguë. Moïse eut l'impression d'étouffer. De peur ou de colère. Car ce n'était pas cela qu'elle voulait lui demander. Elle savait pertinemment qu'il « s'arrangeait » très bien. Non, comme d'habitude, derrière son « Moïse chéri », elle essayait de flairer la présence d'autres femmes et de recueillir, à l'image d'un frelon éploré, tout le nectar de ses errances. Même les miroirs qu'elle avait pendus tout autour d'eux dans la chambre à coucher noire et blanche n'étaient là que pour le piéger. Comme si les reflets enchevêtrés de leur nudité, qui évoquaient deux danseurs accomplis en pleine acrobatie coïtale, pouvaient rendre réel ce qu'il n'y avait jamais eu entre eux. Elle se figurait sans doute qu'ainsi elle pourrait en faire son prisonnier et lui arracher son secret, comme la Dalila biblique. « Pas la peine de chercher de ce côté-là », s'était-il moqué d'elle, lorsqu'ils avaient couché ensemble pour la première fois et qu'elle avait entrepris d'examiner ce qui restait de son prépuce : « Ils me l'ont tranché à l'âge de huit jours... » Au début, il était sûr que Catherine, comme toutes les autres, raffolait de ses performances. « Un taureau de reproduction », c'est ainsi que Jacqueline, ou peut-être Évelyne, l'avait surnommé quand, peu après son arrivée, il s'était acheté ce costume ; une fois, alors qu'elle retenait de toutes ses forces ce corps planté en elle, elle avait même prophétisé : « Toi, avec ta circoncision, tu allongeras toutes les femmes de Paris. » Mais, avec Catherine, les choses s'étaient emballées. Du jour où elle l'avait amené à Versailles, dans la maison pleine de tables en verre et de vitrines que son père, monsieur Laplace, lui avait offertes, puis qu'il l'avait prise sur le canapé, rien qu'afin de ne pas décevoir cette jeune décoratrice qui était la fille de son patron, elle l'avait appelé « mon Juif »... C'est presque en sanglotant qu'elle l'avait sucé, couvert de baisers, et Moïse ne sut jamais ce qu'il y avait de si émouvant entre ses jambes.

Il est vrai que, en venant à lui, Catherine avait tout ce qu'il fallait : l'entreprise de textile Laplace, avec ses ateliers de filage, de tissage, une ligne de production et de finition, ainsi qu'une chaîne de magasins, sans compter la mafia familiale, qui possédait plusieurs domaines à Alger et une propriété ancienne dans le Jura. Il y avait aussi le job qu'elle avait trouvé à Moïse au département des ventes (après tout, on prétend que les Juifs ont le sens du commerce), mais il était évident qu'il aurait pu rencontrer une autre femme, tout aussi riche et installée, si Catherine ne s'était pas acharnée ainsi à disposer de « son Juif », y compris face à son père, qui vit rouge lorsqu'elle lui annonça qu'elle allait l'épouser.

Depuis, elle le retenait dans une cage noire et blanche pleine de miroirs. Même la naissance de Jean ne les avait pas rapprochés. Avec ses cheveux de lin et son nez minuscule, cet enfant descendait en droite ligne des entreprises Laplace, même si, après l'accouchement, Catherine s'était subitement mis en tête de le faire circoncire... Mais Moïse se coupa d'emblée du nourrisson. Surtout ne pas s'attacher à lui. Il décréta que rien ne justifiait une chose pareille. Dans son cœur, il l'appela le fils de Catherine, et il évitait ses yeux clairs qui se tournaient pourtant vers lui.

Alors qu'allait-elle encore lui sortir avec sa voix haut perchée ? « Pourquoi prolonges-tu ton séjour dans ce village du désert d'Israël ? », et Moïse était sûr qu'à cette heure-ci elle était assise entre ses murs de miroirs, ou bien qu'elle sortait dans le jardin accoutrée d'une nouvelle toilette, comme si quelqu'un pouvait remarquer ses défilés de mode, alors qu'en cette période de vacances il passait en moyenne une voiture par demi-heure. Et qu'elle ne vienne surtout pas lui raconter qu'elle était sa fidèle épouse. Elle avait Philippe, l'amant minable qu'elle s'était choisi, qui se pavanait dans ses costumes Yves Saint Laurent et à qui monsieur Laplace avait confié la gestion de leur boutique des Champs-Élysées. Philippe avait acheté une maison située juste à côté de leur propriété. Avec son épouse Isabelle, une pieuse catholique, Moïse savait qu'il n'avait rien à espérer. Catherine était vraiment à plaindre de se retrouver dans les bras d'un amant pareil. Et tout ça, elle ne le faisait qu'afin de le provoquer. Parfois, elle lui annonçait sur un mode allusif, et d'autant plus ridicule, qu'elle sortait pour l'après-midi ; elle jetait son porte-monnaie dans un sac et ne réapparaissait que le soir, pour retirer lentement, face à lui, sa jupe courte et sa combinaison noire, comme elle s'y était d'ailleurs entraînée avec Philippe, et son corps se reflétait dans une multitude de miroirs. Alors, qu'elle ait interrompu ses vacances et qu'elle soit venue tout spécialement le chercher à Paris, à l'issue des sept jours de deuil, ne lui importait guère. Qui lui avait demandé de faire tout ça ? « Tu as besoin de moi pourquoi, au juste ? » lui avait-il dit par téléphone, et c'est uniquement parce que Siméon, le réceptionniste, était aussi sur la ligne, que Moïse se garda d'ajouter : « Va donc te distraire un peu auprès de Philippe », pour s'en tenir à l'inviter à repartir en vacances. « Tu remonteras sur Paris le 1er septembre, avec Jean, et dis-lui bien que son père ne viendra pas à la "journée des parents" qu'organise sa colonie. » *Son père.* Il n'en revenait pas d'être affublé d'un tel qualificatif.

Et pourtant, juste après avoir raccroché, il se souvint, dans une sorte de flou, de quelle façon Catherine s'était tournée vers lui, après que Yémima l'eut appelé et informé de l'état de leur mère.

« Pars, Moïse, maintenant », et elle avait effleuré sa main. « Si tu n'arrives pas à temps pour revoir ta mère avant sa mort, tu ne te le pardonneras jamais. »

Dans sa jupe étroite, avec sa ceinture qui entourait ses hanches toutes fines, c'était elle qui avait prononcé la première ce mot, la « mort » de sa mère, puis, sans attendre, elle s'était dirigée vers l'armoire, tendue dans ses talons aiguilles, pour en sortir quelques chemises repassées, y compris la rose à rayures grises achetée dans la boutique en face de chez Fabienne, et son costume clair, en lin, qu'elle plia avec le plus grand soin.

« Voilà », et elle lui tendit la petite valise, « tout est prêt », murmura-t-elle sans briser leurs reflets sur les miroirs de la chambre à coucher.

Et quand elle vit qu'il ne bougeait pas, elle ajouta tout bas, comme on le ferait au chevet d'un malade : « Il faut sortir maintenant, Moïse. Tu achèteras ton billet à l'aéroport. »

Lorsqu'ils prirent la route, il commençait à faire nuit, et il n'eut pas un seul mot pour Catherine, dont les mains manucurées étaient posées sur le volant, tandis que défilaient les lampadaires d'autoroute dans le soir qui s'installait. Il ne tint même pas à ce qu'elle l'accompagne dans l'enceinte de l'aéroport ; elle se contenta donc de lui faire la bise en l'effleurant à peine, puis eut un dernier geste de la main avant de redémarrer, et seuls ses ongles parfaitement vernis accrochèrent le regard de Moïse, lorsque la BMW noire, modèle sport dernier cri, bondit comme un animal, et que ses phares balayèrent la route sinueuse.

Il resta seul avec sa valise et la peur qui l'étranglait, car un gouffre venait de s'ouvrir dans la trame de sa vie ; plus tard, au cours de cette nuit où il appela Catherine pour lui dire qu'il restait encore, oui, il restait, Moïse éprouva la même sensation, et, sur la ligne, seul un silence oppressant vibra entre elle et lui.

Lorsque Moïse sortit de la salle de bains, ses yeux tombèrent sur la table et le mot tout froissé qui s'y trouvait. Il s'empressa de le saisir et le fourra dans sa poche. Non, il n'était décidément pas prêt à s'entretenir avec Catherine à cette heure-ci. D'ailleurs, lui non plus n'avait jamais rien su d'elle ; il n'avait tout simplement jamais pris le temps de marquer une pause et de questionner cette femme qui levait les jambes très haut lorsqu'elle enfilait ses bas en nylon sur le lit, à côté de lui. Un instant, il vit poindre le visage si délicat du petit Jean. « Non, pas ça, surtout pas Jean maintenant », et il alla se planter à la fenêtre. Il était entièrement tendu dans l'expectative des coups d'Esther à la porte ; elle viendrait, et cette putain d'asphyxie se relâcherait un peu. Ensuite, ému comme un gamin, il se tiendrait face à elle, il verrait ses yeux translucides, posés sur lui, alors son cœur se déchirerait.

Cette nuit-là, Moïse n'appela même pas Catherine lorsqu'il fut de retour à l'hôtel après avoir ramené Esther chez elle dans la voiture rouge. Il retourna juste à la fenêtre, où, pendant plus d'une heure, il fouilla du regard l'obscurité, en fumant cigarette sur cigarette.

*

Le lendemain, Catherine s'arracha d'un seul coup au sommeil. De cette nouvelle nuit passée seule dans leur grand lit, elle ne conservait qu'une sorte de dépôt en elle. Moïse n'avait pas appelé, elle en prit subitement conscience ; en même temps, elle eut la certitude que sa vie auprès de lui était un échec et que, ce jour même, elle quitterait Paris.

La lumière du matin inondait le carrelage bicolore de la cuisine et frappait les accoudoirs en chrome des chaises qu'elle avait achetées dans une boutique de Saint-Germain. Catherine introduisit des tranches de pain dans le toasteur et l'actionna du bout d'un ongle parfaitement limé ; immobile, elle observa les grilles latérales qui s'allumaient, puis la mie qui brunissait.

Que s'était-elle donc figuré ? Qu'en repoussant son départ de Paris elle le ferait revenir ? Qu'à cette heure-ci c'était auprès d'elle qu'il voulait être ? Alors que sa mère était morte ?

De toute façon, elle ne lui avait jamais rien révélé. Rien, depuis le jour où elle l'avait vu charger de la marchandise dans des camions de l'entreprise Laplace. Derrière elle, quelqu'un avait dit : « Ce bâtard de Juif moricaud fait un sacré beau mec ! » Juste après, elle l'avait amené dans sa maison design de Versailles. « La fille du patron. » Il n'avait pas cessé de lui tourner autour ; on aurait dit un de ces gosses qui l'abordaient sur les Grands Boulevards. Puis il avait pris sa main, « skol ! », et avec une incroyable vulgarité, l'avait déshabillée sur le divan. Mais elle l'avait interrompu, « pour s'occuper elle-même de tout ça », et avait seulement ajouté qu'elle éprouvait une « attirance fatale » envers lui, tout en agrippant sa ceinture et en dissimulant ses larmes avec des gestes de professionnelle qui s'apprête à sucer un client – et elle ne lui avait rien dit. Comment aurait-elle pu ?

« Draï ? » explosa son père lorsqu'elle lui annonça leur mariage. « Qu'il change au moins son nom en Derand, sinon, vous n'aurez rien ! hurla-t-il, vaincu. Je ne serai jamais le grand-père d'un Draï. » Pourquoi ce souvenir pénible remontait-il dans une bouffée de jalousie et de désir pour son beau mec, qu'avait-elle donc ce matin ? Elle avait cru qu'elle pourrait en faire son roi du textile à elle ; voilà, c'est ça : elle avait cru qu'elle y arriverait. Et aussi qu'elle pourrait introduire son Juif dans l'appartement familial, au deuxième étage d'un immeuble de la rue La Pérouse, avec ses moulures dorées au plafond, et la longue table que l'on y dressait le dimanche, lorsque sa mère revenait de la messe et que son père monopolisait la parole de sa voix puissante, entouré des enfants de sa sœur, lesquels se tenaient très droits pendant le repas, mais s'arrangeaient pour se pincer sous la table, exactement comme Catherine et Brigitte le faisaient dans leur enfance quand Martha, la gouvernante qui les avait élevées, se chargeait encore du service. Même après tant d'années, nul n'avait jamais dit un mot sur ce qui était arrivé à leurs voisins d'en face, monsieur et madame Levitt. Depuis le décès de madame Sultana, la scène de la cage d'escalier à laquelle elle avait assisté par la porte entrouverte de chez elle, la hantait à nouveau.

Le toasteur expulsa la tranche de pain grillée. Catherine la retira du bout des doigts et la beurra avec un couteau au manche en ivoire. Son rouge à lèvres laissa une marque parfaitement ronde, foncée, sur le bord de sa tasse de café.

Ainsi, nul n'avait jamais rien dit. Même lorsqu'elle avait fait le voyage là-bas et qu'elle avait suivi Moïse, abrutie par la chaleur, jusque chez sa mère, elle ne lui avait rien raconté. La naissance de Jean ne l'avait pas incitée davantage à parler. Quant à Moïse, il avait catégoriquement refusé de faire circoncire l'enfant.

Ensuite, leur vie avait essentiellement tourné autour de leurs acquisitions en matière de désign et de technologies de pointe, des costumes de Moïse, de sa voiture de sport, toute cette prétention. Le temps avait passé, mais elle n'avait jamais trouvé le moment favorable, et l'espoir d'y parvenir un jour étouffait en elle, se refermait. Cela étant, elle se savait marquée. Comme une chienne sur laquelle on aurait uriné. De Jean, elle se disait qu'il était son petit Juif rien qu'à elle. Il leur ressemblait tellement. Pas tant extérieurement que dans ce regard interrogateur, un peu écarquillé.

Elle termina son café et reposa la tasse d'un geste brusque sur la soucoupe, parce qu'elle était prise d'un vertige, comme si, des années après, elle était poussée chez ces gens. La cage d'escalier. Les cris. Ils sortent, épouvantés. Le petit Émile. Élisabeth, qui porte un manteau en velours bleu. Catherine reprit sa tasse vide. Et maintenant, où risquaient-ils d'être emmenés, elle et Jean ?

Elle se leva. Elle n'avait plus aucune raison de l'attendre. Elle partirait tout de suite.

Dans la chambre à coucher, elle se dirigea pieds nus vers l'armoire. Tous les miroirs lui renvoyaient l'image de son corps, et, en effleurant le nylon, la soie des sous-vêtements dans le tiroir, elle se dit qu'au moins elle possédait un physique des plus avantageux. Tout ce qui comptait, pensa-t-elle en se mordant la lèvre, c'était de tenir le coup et de maintenir les apparences. Elle tenta de se calmer en songeant que Moïse avait encore besoin d'elle et qu'il lui faudrait certainement demander de l'argent à son père, pour l'entreprise qu'il était en train de fonder là-bas. Elle saurait comment l'affronter et mettre Jean en avant, le petit fils au teint clair, dont il avait hérité de ce Draï qu'on s'était arrangé pour domestiquer en le rebaptisant Derand. Elle saurait comment lui dire, d'une voix désinvolte, que son mari avait décidé d'investir dans l'affaire que dirigeait sa sœur aînée en « Izraël ». « Tu sais, papa, il faut lui donner un peu d'espace, conclurait-elle d'une voix fluette, je ne peux pas le tenir dans une cage dorée », et elle passerait la main dans les cheveux blonds de Jean, afin qu'il fasse une gentille courbette à Papi et lui tende le dessin qu'il n'avait fait que pour lui : la tronche de Pinocchio avec un nez très droit.

Elle ouvrit la porte de verre qui donnait sur le jardin en pleine efflorescence. La lumière jaillissait d'entre les rosiers et se posait sur les bosquets soigneusement entretenus, dont il n'y avait pourtant qu'elle pour tirer quelque plaisir. Elle choisit une paire de bas et fit glisser le nylon aussi fin qu'une plume le long de ses jambes, en prenant garde de ne pas le filer du bout des ongles. Non, il ne fallait surtout rien déchirer.

Une heure plus tard, Catherine déposa la valise blanche dans le coffre de sa BMW, puis jeta son porte-monnaie sur le siège passager en cuir ; elle frotta ses longues jambes l'une contre l'autre et, lorsqu'elle appuya sur l'accélérateur, elle tira une certaine volupté de ce contact. La semaine prochaine, elle irait rendre visite toute seule à Jean, dans sa colonie ; cette perspective lui fit l'effet d'un coup de poignard. Elle mordit sa lèvre, soulignée de rouge foncé, et tenta de contenir ce qui cherchait à se libérer d'elle. La voiture passa de l'ombre du garage au bourgeonnement sauvage du jardin, et à la lumière estivale qui couronnait les immenses rosiers. Elle recommença à mordre sa lèvre. Elle devait se défaire de cette habitude, s'enjoignit-elle. Elle poussa lentement à travers les rues verdoyantes de la banlieue déserte et n'accéléra que pour bifurquer vers l'ouest, vers l'océan Atlantique, loin de Moïse, qui était là-bas, en Orient.

*

Le lendemain aussi, Moïse passa chez Yémima juste avant de quitter le village.

« Bonjour, Moïse *. »

* En français dans le texte.

Elle l'accueillit de sa voix chaleureuse, avec ce regard dont ils avaient tous deux hérité de leur mère, qui leur avait aussi transmis un français riche, acquis avec effort dans son enfance, bien que sa scolarité n'ait été que de courte durée, et parmi tous les habitants du *mellah*, s'enorgueillissait-elle, il n'y avait jamais eu personne pour déclamer les vers d'un poème, ou une maxime, comme elle savait si bien le faire.

« Assieds-toi », lui dit-elle en indiquant la table d'un geste las, dans l'ombre des rideaux qui filtraient la lumière montant des champs, que seule l'arrivée du soir atténuerait.

Elle lui servit du potage et s'installa face à lui. Deux orphelins, désormais.

« Mange, avant que ça ne refroidisse.

– Et toi ?

– Je dînerai plus tard, avec Nissim et les enfants. »

Le visage de Moïse disparut dans la vapeur du potage.

« C'est bon ? demanda Yémima, un peu intimidée.

– Divin », confirma-t-il et, de sa cuillère, il tapota les rebords fleuris de l'assiette ; en fin de compte, ces saveurs étaient tout ce qui demeurait des siens, en ce lieu où, à l'issue de maints exils, ils avaient fini par se fixer.

Yémima observait son petit frère, qui était resté proche de son cœur, en dépit de la vie si différente qu'il menait. Elle eut la délicatesse d'éviter de l'interroger sur ce qui semblait le bouleverser, comme sur les vraies raisons qui l'incitaient à ne pas repartir. Lorsqu'il avait appelé en lui annonçant qu'il repoussait son retour en France,

Nissim avait eu un tel choc qu'il s'était contenté de balbutier : « Tu verras, un jour, tu seras fier de l'entreprise Textile du Sud... » Et dès le lendemain, Yémima se tenait sur le balcon, où elle accompagnait du regard ses deux hommes, Moïse dans son costume, précédé de Nissim qui le menait vers la camionnette et eut encore le temps de lui adresser son sourire hâlé :

« Yémima ! Prépare donc à Moïse le poisson que cuisinait Maman, ensuite, nous sortirons une bouteille de liqueur d'anis pour fêter ça ! »

Pour la première fois depuis la mort de sa mère, quelque chose s'était apaisé en elle.

Elle n'avait jamais essayé de rapprocher son mari de son frère. « Franjie », c'est ainsi que Nissim avait baptisé Moïse jusqu'ici, et il n'avait jamais compris pourquoi son épouse et madame Sultana l'aimaient tant. « Écoute, ce type a plaqué sa famille et il a épousé une étrangère, d'accord ? Il est parti ! » Mais, durant la semaine de deuil, Nissim n'avait pas fermé l'œil, et Yémima savait alors qu'il éprouvait tout le désespoir pesant sur le village, comme si tous les habitants et leur rêve de rédemption étaient devenus orphelins avec la mort de madame Sultana. Nissim songeait fiévreusement au chômage qui le guettait, aux départs du village qui avaient d'ores et déjà commencé, aux fils qui refusaient de réintégrer le foyer après leur démobilisation, et c'est ainsi qu'il avait décrété que seul son beau-frère, le roi du textile parisien, celui-là même qui ne laissait aucune femme indifférente dans un rayon de mille mètres, pouvait leur apporter une nouvelle impulsion.

Depuis qu'il avait intégré leur famille, Nissim avait porté à bout de bras madame Sultana, qui avait fait la traversée de Rabat jusqu'aux côtes du jeune État avec ses neuf enfants. Jacky et Joseph, Myriam et Irène, et Albert, et Paul et David, et Rose – dès leur arrivée, celle-ci changea son prénom en Shoshana *. Seul Moïse avait mis le cap sur Paris. Du temps des camps déjà, tout le monde savait qui était Nissim, le fiancé de Yémima ; il avait la main partout. Il courait constamment, ne s'arrêtant que pour relever un enfant en pleurs qui avait trébuché, une marmite qui avait roulé sur le sol, ou pour saluer quelque vieillard d'une petite tape sur l'épaule, en éclatant de son rire puissant. Quand il était en permission, il ne s'accordait aucun repos et construisait des meubles avec des cageots d'oranges en bois, tendait un fil électrique pour alimenter le lampadaire qu'il avait installé à l'extérieur, afin que les gens puissent s'asseoir un peu hors des tentes, s'entretenir du passé, des choses de « là-bas », comme de leur situation « ici », et célébrer les soirs de shabbat en mangeant le poisson à la marocaine qui avait cuit sur des réchauds, poêle contre poêle, avec des tranches de pommes de terre et une sauce rouge. C'est alors que les chants rituels, suaves et pleins de nostalgie, qu'entonnait le rabbin Messas, envahissaient tout le camp ; ils enveloppaient ses habitants du bien-être que procure le sentiment d'avoir une demeure, et de songes sur le pays de Sion, sur Jérusalem, quand bien même se trouvaient-ils déjà en Terre promise.

* Prénom hébreu qui signifie « rose ».

« Cesse donc un peu de courir, Nissim », le houspillait Yémima affectueusement, et tous savaient qu'elle avait beaucoup de chance d'être avec lui ; d'ailleurs, le jour de leur mariage, toutes les communautés du camp de transit prirent part aux réjouissances ; les Roumains, les Polonais, les Grecs et tous ceux que la guerre avait harassés s'étaient réunis autour d'eux dans la joie et les youyous gutturaux.

Plus tard, c'était encore Nissim qui avait organisé des comités, avec tous les anciens pour qu'on leur attribue des terres où ils construiraient le village de Talmei Tikva, « les sillons de l'espoir ». Préoccupé de leur avenir, il avait fait inscrire les frères et sœurs de Yémima en internat, dans des villages de jeunesse. Et même ici, il cavalait tout le temps. Il aidait le voisin dont la clôture du poulailler avait cédé, ou se levait en pleine nuit pour prendre le tour de garde d'un copain malade. Toujours actif, et lorsque la transpiration imbibait ses chemises de travail, il trouvait encore le moyen de plaisanter : « La sueur de Nissim, c'est notre distribution locale des eaux. Vous sèmerez, vous planterez, et l'arrosage, c'est pour Nissim ! » La seule fonction qu'il refusa, ce fut celle de secrétaire du village. « Je reste un simple soldat », répétait-il, et le rire fendait sa face carrée.

Lorsque Yémima sortait sur le balcon de leur maison, elle voyait le brouillard s'étendre sur la plaine jusqu'à l'horizon. Les taches vert foncé des *kibboutzim*, qui avaient été fondés quelques années à peine avant Talmei Tikva, émergeaient des teintes orange des flamboyants, comme des îles habitées, et même lorsque le village commençait à se couvrir du rouge, du blanc et du violet des bougainvilliers, que les habitants avaient eu la surprise de voir pousser presque du jour au lendemain, il lui semblait que leur vie se déroulait encore dans des étendues désertiques, fouettées par le soleil.

Après les champs de coton, on discernait les monts d'Hébron, de Bethléem et même de Jérusalem qui se dressaient telle une muraille transparente. Ils s'étaient rendus une ou deux fois dans la Ville sainte. Ils s'étaient égarés dans ses ruelles et, par-delà la frontière jordanienne, ils avaient vu le mont du Temple de Salomon, vers lequel toutes leurs prières étaient orientées. Et les jours de shabbat, lorsque madame Sultana trônait comme une reine en tête de table et que son sourire s'illuminait, en libérant des parfums venus du *mellah*, un firmament entre-tissé de tous leurs espoirs se déployait comme un dais entre « ici » et « là-bas », *Béni soit l'Éternel, qui ramène son peuple au pays de Sion dans la paix...*

Mais, pendant la nuit, les champs prenaient l'aspect menaçant d'une mer de ténèbres ; Yémima se concentrait sur les cris des chacals et les aboiements des chiens abandonnés qui s'obstinaient à leur tourner autour, au plus profond de l'obscurité d'où avaient surgi les *fedayins*, de retour sur les ruines de leurs villages, vers les amandiers et les fraisiers qu'ils avaient laissés derrière eux. Les haies de cactus, qui s'élevaient encore autour de ces ruines, étaient un rappel constant de la situation fragile régnant le long de cette frontière, qui n'était qu'« endormie », mais serait un jour forcée, et tout ce qu'on avait construit ici, tout ce qu'on avait planté, serait alors détruit.

À Rigvéi Zion, le village voisin, ils avaient égorgé Mazal et Yéhoudah Benchétrit, qui vivaient dans une maison un peu retirée. C'était un vendredi soir. Les assaillants avaient fait irruption chez eux et les avaient massacrés à coups de couteau. Mazal était enceinte de sept mois. Même après la campagne du Sinaï, au cours de laquelle la brigade de Nissim prit part aux combats, le calme n'était pas revenu dans cette zone.

Un jour, le Conseil régional organisa une visite du site archéologique d'Askelon. On leur expliqua qu'autrefois, une ville s'était dressée sur la route menant vers la mer, qu'il y avait eu un port et des envahisseurs qui guerroyaient pour s'en emparer, puis contrôler ainsi le commerce local, jusqu'à ce que la cité soit rasée, huit cents ans plus tôt. On pouvait encore voir ce qui restait des immenses fortifications. Et Yémima se demandait vers où ces peuples anciens avaient été exilés, ce qu'avait été leur destin.

En fait, la seule chose que savait Yémima, c'était qu'elle pourrait toujours s'appuyer sur son Nissim. Elle, mais aussi les trois enfants qui leur étaient nés. Isaac, l'aîné, Elishéva, et le petit Dany, aussi bouclé que turbulent. Nissim avait été le premier des habitants à agrandir leur maison, à planter dans la cour un prunier, un néflier et un avocatier qui, dès l'année d'après, donnerait ses premiers fruits, tandis que, sur le gazon, les enfants s'ébroueraient dès qu'ils seraient de retour à la maison.

Yémima posa la tête sur son bras et observa son frère, le beau Moïse, qui mangeait avec une sorte d'avidité. Une félicité se répandait dans son corps, comme une montée de lait, lorsqu'elle nourrissait ses enfants au sein. Cependant, elle sentait combien Moïse était tendu depuis la mort de leur mère, combien il s'agitait.

« Alors, Moïse », finit-elle par demander de cette même voix chantante, douce, « comment te portes-tu ? », et en même temps, elle essayait de lire sur son visage, qui ressemblait tellement au sien.

« Maman nous manque », soupira-t-il.

Il leva brièvement les yeux vers Yémima, et elle eut l'impression que son regard avait changé, qu'il s'était fait plus hésitant, presque blessé.

Mais il persistait dans son silence. Comment aurait-il pu dire à sa sœur aînée qu'il ne contrôlait plus du tout la situation ? Qu'il était tombé amoureux d'une gamine et qu'il n'avait plus le choix, sous peine d'être englouti par les vagues ? Comment lui raconter qu'il ne l'avait même pas touchée, parce qu'elle était trop pure ? Et que dire de la peur ? Comment tout cela pouvait-il être transmis à Yémima, qui l'observait comme sa mère (et il l'en remerciait d'ailleurs du fond du cœur) ?

Il préféra baisser les yeux.

« Oui, moi aussi, je ressens un tel vide... », répondit Yémima.

Moïse repoussa délicatement son assiette vide, « merci, c'était fantastique... »

Yémima se leva, revint avec une marmite et servit le poisson accompagné de gombos, le plat qu'il préférait. « Voilà », dit-elle. Et lorsque Moïse goûta la sauce acidulée, à base de coriandre et d'ail, puis que ses yeux se couvrirent d'un voile, ce fut comme si elle lisait dans ses pensées et, d'un seul coup, elle sentit qu'une vague l'emportait avec lui, jusqu'à l'année 43. Père venait de mourir, la désolation avait envahi leur maison, les frères et sœurs, complètement perdus, entouraient leur mère, comme les portraits pendus aux murs, les ustensiles de cuisine et le verre du *kidoush* *, tous devenus subitement orphelins ; seul leur beau petit Moïse déambulait entre eux, et il semblait pris de rage. Commc les autres enfants juifs, on l'avait chassé de l'école française en vertu des lois de Vichy, et on les avait relégués dans une classe qu'assuraient les services de la communauté. Mais l'orphelin de douze ans avait été anéanti par ce bannissement. Il fuyait les cours et, malgré la tension, il partait zoner dans les quartiers arabes, seul. Yémima saisissait ce qui était en train de lui arriver et elle convint avec madame Sultana qu'il fallait avoir un œil sur lui.

Les rues du *mellah* s'étaient emplies de réfugiés juifs, des villageois pour la plupart. Ils parlaient de pogroms, des camps que l'on dressait pour les Juifs en Tunisie. Puis d'autres informations arrivèrent ; il y était question de communautés entières décimées du jour au lendemain. À Corfou, en Sicile ; des voisins parlaient des membres de

* Verre dont on se sert pour bénir le vin.

leur famille qui avaient été pris à Salonique, puis déplacés on ne savait où, en Pologne peut-être ; d'autres disaient avoir perdu tout contact avec leurs cousins d'Alger, et Moïse continuait à vagabonder anxieusement.

Le soir des faits aussi, elle le vit s'en aller. On venait de dîner, la grande table avait été débarrassée, les couverts lavés, et lorsqu'il sortit de la cour, Moïse ne remarqua pas sa sœur qui le suivait. Violant les décrets policiers, il passa la porte du *mellah*, et, quelques pas derrière lui, Yémima s'engagea à son tour, une jeune fille à la chevelure noire, brillante, vêtue d'une large robe de coton ; elle le suivit à travers les rues, puis sur la grande avenue du quartier français, autour de la place Hussein, le long du boulevard Abdallah, avec ses façades cossues, qui descendait vers la mer, jusqu'à l'angle de la rue Ali. Et c'est alors que non loin du port, dans les venelles pleines de monde à la tombée du soir, elle le vit se laisser avaler par la foule, comme s'il se pressait à un rendez-vous. Jusqu'à présent, Yémima ignorait pourquoi elle ne s'était pas mise à crier et n'avait pas interrompu son expédition solitaire.

Une bande de *shebabs** les séparait. Et des cris. Elle ne discernait déjà plus Moïse, seulement les clameurs d'une bagarre et la course poursuite qui commençait. Elle se rua à leur suite jusqu'au port, au-delà des quais, des immeubles qui abritaient les bureaux où son père avait été employé, pour déboucher, hors d'haleine, sur l'obscurité

* Mot arabe signifiant des « jeunes ».

des ruines antiques et la mer déchaînée. Mais, avant même de s'en approcher, elle repéra un regroupement autour d'une rangée de jeunes qui tiraient des flots un noyé. Ils portèrent son corps léger et le déposèrent sur le sable. Et quand elle arriva en courant, elle entendit ceux qui étaient penchés au-dessus de lui prononcer : « C'est un Juif, c'est un Juif. »

C'est alors qu'elle s'adressa à eux et leur apprit qu'elle était sa sœur. Elle vit son visage fin, exsangue, auquel adhéraient des mèches mouillées, surgir sous le garçon qui s'était assis sur lui et faisait pression pour qu'il régurgite l'eau de mer.

Elle prit place à côté de lui dans l'ambulance qui les conduisit à l'hôpital des Sœurs, et plus tard, au cours de la même nuit, rentra pour informer leur mère de l'accident. Le lendemain, lorsque Yémima revint à l'hôpital, elle les observa d'abord à une certaine distance : Moïse, appuyé sur des oreillers, et sa mère penchée au-dessus de son lit d'un blanc immaculé, comme si, de son corps menu et de son visage rayonnant, elle se dressait encore entre ce jeune garçon audacieux et son destin, au cœur de l'hostilité que leur vouait le personnel français, et des menaces venant des Arabes. Seul son voisin de lit, Abou Laatif, un villageois dont la veste de pyjama pendait sur son corps osseux, semblait ignorer que le monde était en guerre, et il offrit des figues cueillies dans son propre jardin à l'enfant juif sauvé des eaux, tandis qu'un sourire édenté, bien que chaleureux, emplissait son visage parcheminé.

« C'est bien que tu donnes un coup de main. » Dans le silence de la maison, Yémima laissa reposer son regard sur Moïse.

« Oui », répondit-il, bien qu'ils sachent que ce n'était pas de cela qu'ils voulaient réellement parler.

Lorsqu'il se leva et remit sa veste, Moïse observa sa sœur qui, malgré les années, était restée jolie ; il discerna l'éclair qui passait dans ses yeux, sous le casque de ses cheveux courts, bien qu'abondants.

Elle se tenait face à lui, dans la pénombre du coin cuisine. La chaleur tapie à l'extérieur montait d'entre les arbres fruitiers et le caquètement des poules. De la chambre vide provenait encore le souffle de son arrachement à ce monde.

Il éprouva une profonde gratitude envers Yémima, qui l'observait, et son cœur se mit à cogner comme lorsque Esther se tenait à la fenêtre et portait son regard transparent vers les lointains.

« Merci, Yémima », murmura-t-il.

Avant de prendre congé, il passa par les toilettes récemment restaurées, où régnait encore l'odeur du ciment et de la chaux. Un instant, il fut pris de vertige et s'appuya contre le mur.

*

Le vent chaud pénétrait par les vitres ouvertes du véhicule et en chassait l'odeur des cigarettes de Moïse, alors qu'il roulait à vive allure vers son hôtel. Lorsqu'il leva la main du levier de vitesse pour la poser sur le volant, il remarqua avec surprise combien il tremblait.

Il avait tant voulu parler à Yémima, mais il n'avait trouvé les mots ni pour lui raconter la vie pourrie qu'il menait à Paris, ni pour évoquer leur mère, et il s'était à moitié étranglé lorsqu'il avait essayé de lui dire quelque chose sur Esther, comme sur ce qu'il lui fallait à présent traverser. Il se sentit aussi impuissant qu'alors, dans le *mellah* saturé de réfugiés, avec son père qui était à l'hôpital, et ses fugues régulières, le plus loin possible de la classe mal éclairée que la communauté avait improvisée pour tous ceux qui étaient marqués et venaient s'entasser là-dedans. Surtout ne pas se retrouver avec eux. Donc, il s'échappait vers la mer, au souk arabe, et c'est ainsi qu'un jour, dans une ruelle, tandis qu'il se tenait juste à côté d'un vendeur de friandises, il l'aperçut. Elle s'était arrêtée devant une échoppe, accompagnée d'une femme. Il l'avait alors observée à travers les étals de nourriture et le claquement des pièces en ivoire sur les tables de jeu ; il s'était empli de la vision de ses cheveux noirs, très lisses, retenus par un bandeau, et de son visage hâlé, finement ciselé – la beauté parfaite. Puis le regard de cette fille s'était posé sur lui, et il n'avait pas compris ce qui lui arrivait, ni pourquoi, d'un seul coup, des palpitations le déchiraient.

Il était sûr que c'était lui qu'elle dévisageait, avec ses yeux noirs, et ses cheveux serrés dans son bandeau. Par la suite, durant toute la période d'hospitalisation de son père, il n'avait plus cessé de rêver d'elle. Jusqu'au jour où il décida de fuir sa classe et de courir au souk, pour y attendre, juste à côté du vendeur de friandises, son retour. Autour de lui, il entendit des commerçants s'entretenir d'une certaine Kahena, et il sut d'emblée qu'ils parlaient de la très jeune fille aux cheveux noirs qui l'avait regardé. Ils disaient que sa grâce surpassait celle de tous les autres enfants, et que lorsqu'une fille était gratifiée d'une telle beauté, il fallait être très vigilant à cause du mauvais œil. La coutume voulait donc qu'on la marie au plus vite, et, si possible, dès l'instant où ses yeux se dessillaient... C'est ainsi qu'on avait précipité ses noces avec Abou Diab... Et Moïse comprit que tout était de sa faute, puisque c'était lui qu'elle avait regardé. Voilà pourquoi on l'avait punie. Les mots qui continuaient à s'échanger au-dessus des plateaux de *shesh-besh** le frappèrent de plein fouet. Ces hommes racontaient comment on avait convié Abou Diab, connu pour sa conduite respectueuse à l'égard de ses trois femmes. Puis comment il avait réagi, en disant qu'il serait ravi de prendre une jeune et nouvelle épouse sous son aile, et sa lèvre avait légèrement frémi lorsqu'on lui avait servi le thé et que tous s'étaient installés autour de lui sur des poufs. Elle s'était enfermée dans sa chambre. Ils parlèrent des journées qu'elle y passa en hurlant, en s'arrachant les cheveux, sans boire ni manger. Au bout d'une semaine, elle céda et se jeta littéralement sur les bols de riz et de raisins secs que l'on posait chaque

* Le *shesh-besh*, ou le « six-cinq », est un « jeu de tables » : *shesh* signifie « six » en langue persane, et *besh* veut dire « cinq » en turc.

jour à sa porte. Ensuite, les femmes qui l'attendaient la prirent en main ; elles la baignèrent ; elles la coiffèrent, et, de là, elle fut amenée, pâle et en sanglots, vers le dais nuptial... Moïse s'en était tenu là.

C'est précisément durant ces jours-là que son père mourut. Et Moïse consacra chaque instant de la période rituelle de deuil à évoquer l'enfant magnifique qui était maintenant mariée à ce vieillard, Abou Diab ; la nuit, des ombres le poursuivaient le long des murs malades de leur maison désolée depuis le décès de son père, et il balançait des coups de pied, fou de rage. Car elle attendait qu'il vienne l'affranchir du bedon velu et des vieilles pattes d'Abou Diab ; cela, il le savait, même si elle n'avait pas échangé un seul mot avec lui ; ensuite, ils fuiraient très loin des guerres et du mal. Et ce même soir, il sortit des limites du *mellah*, ce qui était strictement interdit aux Juifs dès la tombée de la nuit ; il courut jusqu'au quartier arabe et s'arrêta devant la porte en bois sculpté de la maison d'Abou Diab. C'était là, à la fenêtre du premier étage, derrière les volets fermés, qu'elle attendait. Mais, soudain, des jeunes débouchèrent du coin de la rue, peut-être lui avaient-ils tendu une embuscade, et ils lui tombèrent dessus aux cris de *Majnoun* * ! Il leur échappa cependant à travers les venelles du souk, puis, de là, il se rua vers le port, ses agresseurs aux trousses. Une dizaine, peut-être. Un grand type avec une tête patibulaire faillit l'atteindre, et juste à côté de lui, un nabot avec des guibolles toutes

* Mot arabe signifiant « fou ».

tordues braillait d'une voix aiguë. Heureusement qu'il connaissait l'entrée latérale des hangars depuis l'époque où il allait rendre visite à son père – la paix soit sur lui –, lorsqu'il travaillait pour l'entreprise de transport de monsieur Zagury, et qu'il était lui-même passé par là pour se soustraire aux regards des policiers de Vichy. Mais ses poursuivants trouvèrent la brèche et le talonnèrent ; dans le faisceau de lumière d'une torche balayant les allées qui séparaient chaque hangar, on voyait des ombres de corps inclinés, tandis que le petit aux jambes arquées ne cessait de se rapprocher en beuglant. Jusqu'au moment où Moïse arriva à la jetée, puis, de là, s'enfonça dans les ruines, entre les rochers, pendant que sous ses pieds la mer obscure grondait. Il se colla à la paroi humide de la forteresse, puis recula ainsi le long de la corniche glissante, couverte de mousse verte, en s'efforçant de garder les doigts sur les reliefs abrupts, acérés. Et lorsqu'il chuta, il eut encore le temps d'entendre leurs pas qui le rattrapaient. Leurs voix lui parvinrent depuis la corniche jusqu'à ce que la vague le recouvre ; il essayait de nager, ses bras affaiblis frappaient contre les flots, mais les courants l'emportaient : ils le projetèrent contre les fondations de la forteresse, contre les rochers, puis l'attirèrent en arrière, et son corps fut englouti par une ombre épaisse, salée, au sein de laquelle il tangua, avant de s'enfoncer de profondeur en profondeur, sans plus opposer le moindre mouvement.

« Merde », grinça Moïse en s'agrippant au volant malgré sa blessure ; et ensuite, les voix revinrent, des voix excitées qui tentaient de le réveiller, après qu'on l'eut porté et déposé sur le sable ; quelqu'un frappait contre son torse, encore et encore, faisait ressortir l'eau de ses poumons par longs jets ; à travers le cadre que formait l'ombre des têtes penchées au-dessus de lui, il distinguait encore un bout de ciel étoilé, et l'écho sourd des voix disant « c'est un Juif ».

Et soudain, le visage de Yémima s'était mis à planer, comme par-delà les ombres qui l'entouraient. Il replongea au fond des ténèbres, jusqu'à ce qu'il se réveille, cerné par la blancheur des oreillers, des draps, puis le visage de sa mère vint à lui, « Moïse, mon petit Moïse », lui dit-elle.

Et maintenant elle était morte. Morte.

Que lui arrivait-il ? Pourquoi Kahena avait-elle soudainement ressurgi, et pourquoi cette asphyxie de merde ? Il se sentait aussi impuissant que le petit garçon qu'il était alors. Et comme il avait erré depuis ! On aurait dit un chien fou. Dans son cœur, il y avait une blessure. Comme si c'était son propre corps que pétrissait le vieux Abou Diab, et non celui de Kahena, si blanc, si pur. Il se sauvait jusqu'au port, puis se tenait face aux quelques bateaux qui étaient amarrés là en pleine guerre, et il se jurait que lui, le beau Moïse, ne pourrirait pas ici, mais qu'un jour il serait libre ! Et lorsque sa mère leur annonça : « Nous partons à Jérusalem », il fut le seul qui monta sur un bateau en partance pour Marseille, avant d'arriver à Paris. Et désormais, il était un roi du textile avec une maison noire et blanche, un gosse, et une voiture qui démarrait au quart de tour, quand bien même il ne s'appellait plus vraiment

Draï, mais Derand. Alors que pourrait-il encore lui arriver, maintenant ?

La voiture rouge fonçait entre les champs de coton, simple tache lancée sur des terres calcinées par l'été. Elle longea les acacias, les champs de melons, les bottes de foin, les hauts chardons et, de l'autre côté de la route, des rangées de figuiers de barbarie dressées autour des villages arabes en ruines, dans une sécheresse qui s'étendait jusqu'à la chaîne de montagnes découpant l'horizon.

Elle poursuivit le long des bosquets d'eucalyptus – qui étaient tout ce qui restait d'un camp militaire anglais – et des locaux en béton, condamnés, qui servaient autrefois de postes de police ; on les avait construits au sommet de la colline où les cris de guerre, des nuits de mort et d'épouvante, s'étaient tus depuis longtemps.

Il balança son mégot par la vitre et mit un coup d'accélérateur, emporté dans cette fuite qui ne prendrait jamais fin, car lui, le beau Moïse, n'appartenait à rien, à rien.

La voiture s'approcha des HLM à l'extrémité de la petite ville, des terrains vagues, et des maisons de boue abandonnées, où les réfugiés avaient fait halte comme des oiseaux voyageurs. À présent, cette rue qui avait été rénovée abritait des boutiques de vêtements ou d'accessoires, un bureau de poste jouxtant le minaret de la mosquée, et parmi les enseignes des magasins accrochées aux façades des vieilles maisons, on pouvait lire le nom de la poissonnerie Hayim. À la tombée du soir, la foule grossissait. Moïse s'emplissait de l'odeur des ruelles du *mellah*, du grouillement des petits commerces, des appels que lançaient les voisins, du rire des enfants, des prières qui s'élevaient des synagogues.

Une vague de nostalgie le transperça.

Il finit par se garer juste devant l'hôtel Dagon et lissa sa veste en sortant du véhicule.

Et soudain, avec une certitude qui n'avait cessé de croître depuis le matin, il sentit qu'il ne pourrait plus se retenir encore longtemps. Dans des palpitations grandissantes, comme un bourgeon qui s'apprête à déchirer la pellicule qui le recouvre, il éprouva un violent désir de la prendre ; il savait qu'à la fin il y serait forcé, sous peine d'en mourir. Il savait aussi qu'il n'avait jamais rien éprouvé de tel, qu'il ne jouait plus aucune espèce de jeu et qu'il se trouvait entièrement mis à nu par la force qui grandissait en lui. Et il courut presque, affolé à l'idée qu'il l'avait peut-être déjà perdue.

Quand Moïse grimpa les marches pour rentrer à l'hôtel, il nota pour la première fois qu'une couche de sable les recouvrait. Ses chaussures en cuir tressé y imprimèrent les traces de ses pas.

Crépuscule au club de la plage

Esther se tenait à la fenêtre de la chambre de Moïse, et le vent de mer salé passait dans ses cheveux, qui effleuraient ses épaules nues. Derrière elle, Moïse se déplaça, puis, en vertu d'une coutume déjà bien établie entre eux, il servit le Campari. Ils trinquèrent, et leurs souffles se mêlèrent. Mais, lorsqu'elle pencha le verre vers ses lèvres, elle fut prise d'impatience. Le lendemain, elle devait passer les épreuves qui clôtureraient son stage de dactylographie, et juste après, ses copines reviendraient pour se préparer, durant toute une semaine, à leur incorporation dans les rangs de l'armée.

Elle but une petite gorgée et s'étouffa, car elle savait que quelque chose devait se produire pendant le temps qu'il restait.

La veille déjà, elle avait dit dans un sursaut : « Tu sais, dans deux jours, le cours de dactylo prendra fin... Et ensuite, le 1er septembre, je rentrerai à l'armée, où mes amies et moi deviendrons instructrices. » Elle avait continué à énoncer mécaniquement des termes techniques liés à cette fonction militaire, qu'elle avait entendus au cours d'une rencontre préliminaire, organisée pour les filles de terminale. « Nous allons enseigner la langue hébraïque à la population de la périphérie... enfin, tu vois. »

Comme elle s'y attendait, Moïse en fut bouleversé et recula. Elle pouvait le voir serrer les mâchoires.

« Esther, je t'aime, murmura-t-il en suffocant, je dois toujours être avec toi, nous deux, toujours ensemble... », et il referma les bras sur son corps, « toi pas partir, Esther... », dit-il en haletant comme s'il se noyait dans sa chevelure, « je t'aime, je rien qu'avec toi, Esther, Esther, sans ça, je meurs. » Mais il continua en français, la couvrant de mots qu'elle ne pouvait plus saisir, à part son prénom qui ne cessait de revenir et qu'il prononçait avec une incroyable douceur, d'une voix mouillée, montante puis descendante, comme s'il se parlait à lui-même.

Elle sentait déjà son haleine sur ses épaules, ses bras qui l'étreignaient, et, en relevant la tête, elle eut le souffle coupé ; alors elle ferma les yeux et les lèvres de Moïse, qui dégageaient une forte odeur de cigarette, la touchaient presque. Elle se rappelait la chanson du club de la plage, *Only you*... Mais quand ses mains descendirent le long de son dos, comme autonomes, et se glissèrent entre le tissu de sa robe et sa peau, un son mat résonna en elle, son corps se pétrifia, et elle pensa qu'elle s'en fichait, qu'il ne pouvait rien lui faire, car elle était semblable à la femme blanche, et son visage aussi était brisé ; pourtant, elle était en larmes, et elle murmura : « Je ne peux pas... je ne peux pas », mais elle ne détourna pas le visage. Moïse la regarda bizarrement, sa voix chevrota, « je n'ai pas la force, Esther, pas la force... ». Et à nouveau, elle eut le sentiment d'être une poupée aux fils rompus, dont seul le cœur persisterait à battre.

Plus tard, lorsqu'elle sortit et se dirigea vers la voiture, sa tête tournait encore. Non loin du sentier qui descendait vers la plage, le fond blanc d'une affiche qu'on avait accrochée au tronc d'un tamaris l'interpella dans l'obscurité : *Exceptionnel ! Le chanteur Jerry en concert de fin d'été au club de la plage !*

Le club de la plage... Elle rejeta la tête en arrière, effrayée à l'idée que le garçon, qui les avait observés à travers ses cils épais, s'y trouvait.

« Que se passe-t-il ? demanda Moïse, qui s'était tourné vers elle.

– Rien », préféra-t-elle mentir, mais il lui fallait s'agripper très fort à son siège pour réprimer le tremblement mat qui s'amplifiait en elle et allait l'envahir.

« Qu'y a-t-il, Esther ? »

Son cœur qui battait l'empêcha de répondre, comme si elle était entièrement nue. Car, d'un seul coup, ce qu'elle devait faire – elle, ou l'autre – lui apparaissait clairement, et il s'agissait précisément de ce qu'elle avait évité jusqu'ici.

« J'ai cru entendre des tirs..., improvisa-t-elle, il y a parfois des infiltrations de groupes armés par ici... »

Mais Moïse eut un rire de soulagement, « toi, ne pas avoir peur », et à nouveau, il la prit dans ses bras. « Ne pas avoir peur... », et l'odeur profonde de son souffle passa sur le visage d'Esther.

Lorsqu'ils traversèrent la ville, éployée dans le noir comme un éventail sur les collines, pan par pan, elle porta ses regards vers les jardins, déserts à cette heure-ci ; au loin, s'élevaient les gémissements des chacals. Et tandis que son cœur s'emballait, elle sut qu'elle était forcée de continuer. À cause de la peur et des tremblements, ou par la force de quelque chose d'inconnu, encore sans visage, qui se déplaçait au tréfonds de l'ombre. Ils s'engagèrent dans le quartier résidentiel, avec un château d'eau octogonal, et des gens vêtus de chemises blanches qui allaient au cinéma Rachel ou sur les pelouses proches de la maison du Peuple et de l'Horloge, puis ils dépassèrent le centre commercial, les étals d'où montaient des odeurs de pépites grillées – et tout cela, Esther le voyait se projeter sur un écran tendu face à elle, car elle était déjà très loin, elle s'était lancée dans un voyage au plus profond du son mat qui l'emportait.

Voilà pourquoi elle s'éloigna soudain de la fenêtre. « Moïse , dit-elle sur un ton décidé. – Oui ? » Il avait tourné son visage vers elle. « Et si on sortait, ce soir ?, prononça-t-elle en relevant un peu le menton.

– Quoi ?

– On pourrait aller boire quelque chose... au club de la plage. » Les mots sortaient de sa bouche avec une force inconnue.

« On va ensemble au club ? » Moïse éclata d'un rire étonné. « Pourquoi pas ? », et déjà il se retournait, puis il eut un léger mouvement de la tête, comme s'il se glissait dans un nouveau rôle, que lui conférait cette soirée au club de la plage.

Moïse la contourna et prit les clés de la voiture sur la table. Esther le regarda avec gratitude, car il avait accepté d'aller au club, où travaillait le garçon aux longs cils. Elle considéra Moïse, qui était de dos, bien droit dans sa veste dont elle savait l'odeur ; ses cheveux lui tombaient dans la nuque, et, de ses doigts bronzés, il enfonça le trousseau de clés dans sa poche, alors Esther pensa qu'elle aimait cet homme élégant. *Elle l'aimait.* Ces mots la stupéfièrent. Et elle sourit avec une émotion qu'elle ne connaissait pas, comme si le temps s'était arrêté ; ainsi, son cours de dactylo ne prendrait jamais fin, et le rouge du crépuscule les envelopperait pour l'éternité.

*

Depuis la nuit où elle avait enfilé pour la première fois sa robe à bretelles, Esther n'était plus retournée à la plage. À présent, alors qu'ils descendaient le sentier de la falaise, ce vêtement qu'elle avait porté jour après jour lui était devenu une seconde peau, imprégnée de sel et d'une fine couche de sueur. Elle marchait sans chanceler, dissimulant l'émotion qui lui coupait le souffle. La mer, qu'elle voyait s'étendre au dessus de la route, lorsqu'elle s'était rendue à l'hôtel, était maintenant si proche, son vacarme s'écrasait dans la bulle brillante des jours d'été.

Les voix des nageurs du crépuscule montaient du rivage, et les enceintes déversaient une chanson française, *Tombe la neige...*

Ils se rapprochèrent du club en traversant l'étendue de sable encore chaud. Derrière le comptoir se tenaient l'homme moustachu et le garçon aux cheveux noirs. Esther baissa les yeux, son cœur battait. Moïse posa la main sur son dos et la guida. Lorsqu'il poussa une chaise pour qu'elle s'y installe, elle s'assit en se tenant très droite. Elle n'osait pas lever son regard vers le bar.

C'est alors qu'on entendit un aboiement.

« Mercury ! » lança quelqu'un.

Moïse était assis en face d'elle et s'adossait au comptoir, très à l'aise dans sa veste claire, qui convenait si bien aux soirées du club de la plage.

« Nous boire quelque chose ? » demanda Moïse, et la blancheur de son sourire s'illumina. D'un geste condescendant, Moïse fit signe, mais le garçon qui portait un tricot noir s'était déjà approché pour déposer des verres et une carafe d'eau sur la table. Moïse ne s'était aperçu de rien et se pencha vers elle : « Nous boire le Campari ? » Les joues d'Esther devinrent toutes rouges. « Deux Campari », commanda-t-il.

« Puis-je vous verser de l'eau ? » lui parvint la voix du garçon, tandis qu'il s'inclinait déjà vers la carafe, posée tout à côté d'Esther.

Elle acquiesça et finit par lui adresser un sourire pâle. Il la servit ; de sa main, elle entoura le verre et vit le filet d'eau qui s'écoulait, puis un son profond résonna en elle, le son qu'elle connaissait déjà, qui se réveillait en même temps qu'elle le matin, face à la rougeur des hibiscus qui s'insinuait à travers les volets de sa chambre.

Son cœur battait, car Moïse risquait de découvrir ce qui était en train de se passer, et même après le retour du garçon derrière le comptoir, elle craignit d'approcher l'eau de ses lèvres.

Pour gagner un peu de temps, elle demanda : « Qu'en est-il de l'atelier de couture ? » Sa voix était tendue.

À travers son trouble, elle entendait Moïse plaisanter, lui racontant de quelle façon, tandis que Nissim le raccompagnait, le troupeau de chèvres de Bensoussan avait traversé le chemin de terre, et qu'il leur avait fallu patienter jusqu'au passage de la toute dernière bête. Elle riait avec lui sans même y penser. Une chanson française balayait la piste encore vide de danseurs, et un cri dont elle ne saisissait pas le sens – *Aliiiine* – y revenait sans cesse.

Et pendant tout ce temps, elle pouvait sentir le regard dirigé vers elle depuis le bar.

« L'examen de clôture du stage de dactylographie aura lieu demain, dit-elle avec effort. Ils vont nous tester sur nos capacités de saisie à l'aveugle. Chaque lettre sans jamais regarder le clavier... mais aussi la précision, et la vitesse. Je m'en tire plutôt bien avec les lettres, même avec le *p* final, mais je peine sur les deux points, et sur le point-virgule. Pour les chiffres aussi, je suis assez lente. Nous avons eu un examen préparatoire aujourd'hui, j'en suis sortie cinquième de la classe. » Elle s'exprimait rapidement, toujours très droite.

« Je passe mon temps à me préparer pour cet examen final... », et elle posa les deux mains, qu'elle avait fines, sur ses genoux, puis se mit à taper, comme si elle touchait un clavier, ainsi qu'elle s'était habituée à le faire dans l'autobus, ou même dans sa chambre, avant de s'endormir. Elle étirait ses doigts entre le *h*, le *k*, et le *sh* imaginaire, pour lequel elle se servait de son auriculaire. « C'est comme ça qu'on s'y prend », montra-t-elle à Moïse en s'efforçant de camoufler la panique sur son visage.

Moïse éclata d'un rire bruyant, « tu écris excellent ! », dit-il, et s'approchant d'elle au-dessus de la table, « ces belles mains écrivent excellent », et il les prit dans les siennes, en lui faisant une cour explicite.

Le barman revint vers eux. Esther s'empressa de retirer ses mains. Le garçon était comme ankylosé lorsqu'il s'inclina et déposa les deux verres remplis d'un liquide rouge sur la table.

Moïse n'avait encore rien remarqué. Il portait toute son attention au morceau qui venait de commencer. Et juste après l'intro jaillirent les mots : *Elle était si jolie...*

« Tu sais ce que dit cette chanson ? » demanda-t-il, tout excité.

Elle fit non de la tête.

« Écoute, écoute », et Moïse reprit les paroles, puis les traduisit en hébreu : « Elle était si jolie, que je... », il chercha le mot suivant, « ne pas oser l'aimer ». Soudain, sa voix s'étouffa, « elle était si jolie... quand le vent, quand le vent l'a prise », et à nouveau, les flots l'emportèrent dans la nuit, et le visage de verre d'Esther, avec son front bombé, lui apparut de très loin.

« Oui », lança-t-elle en louchant du côté du bar. Elle espérait juste que le garçon n'avait rien vu, ni entendu. Les palpitations l'assourdissaient. Peut-être qu'il lui fallait juste prendre la main de Moïse, avec ses ongles élégamment limés, et la caresser doucement, en le remerciant d'avoir revêtu ce costume, ou en s'excusant de quelque chose qu'elle était incapable de formuler.

Voilà pourquoi elle leva ses grands yeux et lui demanda, d'une voix suppliante :

« Comment s'appelle ton fils ?

– Quoi ?

– J'ai demandé, susurra-t-elle, quel est le prénom de ton fils...

– Jean, et son regard s'appesantit sur elle.

– Un joli prénom...

– Esther aussi est un joli prénom », dit-il, ému, son verre à la main, et il se rapprocha encore d'elle.

Et lorsqu'il dit : « Buvons à la réussite de ton examen, trinquons pour Esther ! », elle frissonna ; d'un geste mécanique, elle leva la main, et il s'en empara pour croiser son bras avec le sien et trinquer.

« Skol, sourit-il, son visage tout proche du sien.

– Skol, murmura-t-elle, docile comme une poupée.

– Tu es si belle », murmura-t-il à son tour.

Et tandis qu'elle approchait le liquide rouge de ses lèvres, elle porta ses regards au-dessus de Moïse, vers les yeux qui les fixaient derrière le bar, et la lumière noire qui perçait entre les cils était si proche, si familière, qu'elle manqua défaillir.

Le bras de Moïse croisait encore le sien lorsqu'il leva les yeux, toujours aveugles à ce qui se passait, et suivit son regard, avant de tourner la tête vers le bar, puis de la ramener vers Esther. Soudain, il la sondait.

« Esther ?

– Quoi ? » et elle recula tel un animal pris au piège.

Au même moment, le barman revint vers eux, bien que Moïse ne l'ait pas appelé.

« Un autre Campari ? » demanda-t-il avec un tendre accent.

Moïse dévisagea un instant Esther, puis passa au garçon se tenait tout près d'eux, les bras ballants.

« Nous ne buvons plus ! » répliqua Moïse, et une ombre mauvaise couvrit son visage. « J'ai dit que nous n'avons besoin de rien ! », ajouta-t-il, oppressé.

Moïse vida son verre cul sec. Esther avala précipitamment ce qui restait de liquide amer, brûlant, et la voix du chanteur enveloppait son corps pétrifié.

Moïse tira de sa poche un mélange de pièces et de billets qu'il jeta sur la table. « On s'en va ! », et il se leva en s'approchant d'Esther, qui s'arracha avec difficulté de sa chaise en osier et resta sans un geste, dans sa robe à bretelles toute froissée.

« Viens ! », il l'avait prise d'une main ferme. « On part, Esther », dit-il en la poussant à travers la piste.

La voix nasillarde continuait à s'élever dans un écho lorsqu'ils traversèrent à pas vifs l'étendue de sable jusqu'à la falaise.

À la chaleur qui régnait à l'intérieur de la voiture rouge, se mêlait une odeur âcre de tabac. Esther colla ses genoux l'un contre l'autre quand elle prit place sur le siège au vieux rembourrage. Elle regardait les doigts de Moïse posés sur la clé du véhicule, mais il ne démarrait pas, comme s'il captait quelque chose qui résonnait en lui à travers la tempête. Il se tourna alors vers elle :

« Dis-moi, Esther, qu'as-tu avec ce garçon qui travaille au bar ?

– Rien...

– Toi le rencontrer ? Dis-moi.

– Je ne le connais même pas...

– Toi mentir à Moïse ! explosa-t-il, ses yeux démesurément grands.

– Non, non..., se recroquevilla-t-elle sur son siège, et le fin tissu de sa robe ne protégeait plus ses genoux.

– Ne dis pas à Moïse que c'est pas vrai. Si tu savoir combien je connais des jolies filles, et je connais aussi... »

Moïse serra à nouveau les mâchoires de toutes ses forces. Il eut encore le temps de discerner le visage exsangue d'Esther. Puis la vague le saisit, et il ne sut si les mots acérés jaillirent d'entre ses lèvres ou s'ils hurlèrent en lui, lorsqu'il fut emporté.

« Lui t'embrasser, pas vrai ?! Parle, Esther ! Tu fais comme si tu étais pure, mais tu joues ! Comme ça tu es avec ce garçon, hein ? Comme ça ? Comme ça ? » et il la secouait par ses épaules frêles, nues, puis, posant ses deux mains sur son visage, il l'attira brutalement vers lui ; même quand ses cheveux s'échappèrent de sa barrette, il ne la lâcha pas, afin qu'elle lui révèle ce qu'il y avait derrière son regard immense, médusé, voilé de larmes, « dis-moi, qu'est-ce que vous faites, lui et toi ? ! », jusqu'à ce qu'il finisse par la libérer, et démarre.

Esther s'enfonça encore sur le siège, sans même arranger ses cheveux en bataille.

Pendant tout le trajet, le silence emplit l'espace minuscule du véhicule. Puis Moïse se gara à l'endroit habituel : il essaya alors de soulever sa main, qui était posée sur son genou, mais elle retomba, inerte. « Esther..., l'implora-t-il, Esther....

– Je dois descendre, maintenant », dit-elle en ramassant son sac. Lorsqu'elle disparut à l'angle de la rue et sortit le chemisier qu'à son habitude elle enfilait sur sa robe à bretelles, elle ne remarqua pas la voiture rouge qui roulait à sa suite. Elle entra dans la cour, avança entre les hauts buissons décoratifs, et, tandis qu'elle refermait précautionneusement la porte d'entrée, la voiture passa juste à côté de la maison.

« Au numéro 15 », se répéta Moïse malgré la panique. Une maison d'humble apparence, basse, puis, pour la première fois, il lui vint à l'esprit qu'Esther avait des parents et qu'ils devaient à coup sûr l'attendre. En s'éloignant, il se cramponnait encore au volant, et c'est le cœur lourd qu'il appuya sur l'accélérateur.

Le tell archéologique

Le lendemain soir, Jerry le chanteur donnait sa dernière prestation de la saison au club de la plage. Dans l'après-midi, Asher sortit chercher du matériel, et Mercury le suivit jusqu'à la camionnette. « Reste avec Alex », cria Asher tandis qu'il repartait.

Les chansons françaises continuaient à passer sur la piste. Alex servit deux verres où flottaient des cubes de glace à un des couples installés là, en plein après-midi, puis il retourna vers le livre de Cortázar qu'il avait laissé ouvert sur le comptoir. Mais il ne parvenait pas à lire et, en relevant le visage vers le sable brillant, il se demanda s'ils reviendraient aujourd'hui. Son regard se laissa porter vers les crêtes blanches des vagues qui s'élevaient au loin, puis déferlaient sur la plage sans jamais faiblir, tout comme l'image de cette jeune fille, Esther, qui ne cessait de le hanter depuis qu'il l'avait regardée pour la première fois et dont les yeux interrogateurs, qui s'étaient posés sur lui, se confondaient avec la chanson *Bésame mucho*. Non, il n'avait pas halluciné, ni lu tout cela dans un livre. Elle avait vraiment tourné la tête en sortant vers l'obscurité avec cet homme, et elle l'avait regardé...

Et soudain, ils étaient revenus hier. Ils étaient venus boire, et cette fois non plus, il n'avait pas osé se tourner vers elle, une véritable humiliation. Il s'était contenté de les servir, et il l'avait fait lentement. Alex étouffa un cri.

Le couple installé à l'autre bout lui fit signe. Il traversa la piste, débarrassa leur table et en rapporta des verres et une bouteille vide. Le tricot noir de Buenos Aires était tendu sur son torse, mais intérieurement il éprouvait une terrible impuissance, comme lorsqu'il était encore Alejandro et qu'il s'esquivait hors de chez lui pour se joindre aux rencontres du club Trotski, ce qu'il continua d'ailleurs à faire même après l'arrestation de son professeur par les phalangistes, au cours de laquelle ils le frappèrent violemment à la tête. Les faits remontaient à sa première année universitaire. Son père hurlait, l'air sombre, en disant que ça avait commencé comme ça à Lvov. Là-bas aussi, au cours des désordres qui avaient éclaté sur le campus, « ils frappaient les professeurs à la tête, bâillonnaient l'intelligentsia, c'est toujours ainsi que ces choses-là commencent. » Puis il lui avait interdit de se rendre au club Trostki, pendant que sa mère le suppliait : « Alejandro... », et son visage se tordait comme une étoffe imprégnée de sanglots et comme s'il était toujours son bébé. Mais il voulait tellement s'impliquer dans la révolution, appartenir, rompre une fois pour toutes avec le mutisme qui l'emmurait. Sauf que même dans les salles enfumées où il écoutait les controverses qui opposaient les partisans de Perón après sa destitution (lesquels entendaient poursuivre la lutte « pour le seul bien du peuple ») et ceux qui appelaient à « provoquer tout de suite la révolution », à ne plus se soumettre aux ordres de l'armée – une distance le séparait toujours du reste des participants. De toute façon, il était incapable de frapper quiconque, ou de tenir une arme. Il ne pourrait donc jamais y prendre part, à cette révolution. Malgré son corps qui s'épanouissait. D'ailleurs, il évitait même les filles qui lui tournaient autour à l'université et se réfugiait dans la chambre où il avait passé son enfance, comme si on avait encore refermé sur lui les lourdes portes en bois du cabinet de psychanalyse de son père, dont l'âcre tabac s'infiltrait dans leur maison. Il baissait les yeux, dans un malaise de culpabilité, lorsque d'entre ses sourcils épais son père posait son regard sur lui. Il se sentait proche des patients du célèbre psychanalyste Ernesto Léon Morgenstern, quand il lui arrivait de les croiser dans l'escalier en colimaçon qu'ils montaient ou descendaient, le regard voilé. Des hommes en veste, des femmes aux lèvres pincées. Dans son enfance, il pensait que, derrière les portes en bois, son père dirigeait un réseau d'espionnage et, pendant les nuits, il essayait d'écouter à travers le mur de sa chambre, mitoyen de la cage d'escalier, les pas de ceux qui grimpaient les marches et venaient peut-être chez eux. Il n'avait jamais complètement cessé de soupçonner son père de mener une double vie. Voilà pourquoi, lors de l'arrestation à San Fernando de « Ricardo Klement », l'homme au visage émacié qui portait des lunettes, dont le nom précédent avait été Adolf Eichmann, il avait épié le moindre geste de son père, qui avait quitté la table précipitamment, et lorsque sa mère l'avait appelé, « Léon, Léon, il a été arrêté ! », il l'avait regardée avec un air contrarié, et ce n'est qu'au bout d'un instant qu'il avait repris, au bord de l'asphyxie, « oui, ils l'ont arrêté », avant de se rendre dans son cabinet, dont il avait claqué la porte derrière lui. Le jeune homme n'existait réellement qu'à travers les livres. Il lisait jusque très tard dans la nuit en s'éclairant d'une petite lampe de poche sous la couverture, afin que sa mère n'en sache rien. Et le lendemain, au petit déjeuner, elle se lamentait : Alejandro était si pâle.

La lumière inondait la piste du club de la plage. Alex essuya les gouttes de boisson qui luisaient sur le bar, et l'image des couples installés là se grava dans ses yeux, comme des négatifs dans une lumière aveuglante. Des chansons veloutées, qu'Asher avait choisies de passer cet après-midi-là, s'écoulaient des enceintes, Frank Sinatra et Paul Anka, mais surtout des titres extraits de sa collection de disques français, Adamo et *Tombe la neige*, Alain Barrière et *Elle était si jolie*, sans oublier le dernier tube de Christophe, avec ce cri – *Aline !* – qu'il aurait pu pousser à sa place, en remplaçant toutefois le prénom par *Esther !* Et d'abord, pourquoi n'avait-il rien dit, hier, quand elle était revenue ? Pourquoi n'avait-il pas osé ? Finalement, ce n'était qu'une gamine qui sortait avec un vieux, essayait-il d'argumenter contre lui-même, afin de faire taire son corps qui explosait. Sauf que tout hurlait en lui. Après tout, c'était la vraie raison qui l'avait poussé à se lever, puis à entamer son voyage. Immaculeta... Il ne pouvait plus camoufler sa honte derrière une idéologie ou des citations littéraires. Il rougissait lorsqu'elle arrivait de la cuisine en poussant la petite table à roulettes, avec sa poitrine colossale qui jaillissait des profondeurs de son décolleté. Elle se tenait très droite, avec un air défi sur son visage hâlé de Quechua, ses cheveux noirs ; elle traversait la salle à manger encombrée de meubles massifs et déchirait le silence qui régnait entre eux autour de la table. Il voyait très bien comment son père changeait, lorsqu'elle se penchait pour lui servir une tranche de gigot dans son assiette ; il notait avec dégoût la façon qu'il avait de lever les sourcils en suivant les deux globes de ses fesses qui rebondissaient avec lassitude et vulgarité, lorsqu'elle ressortait lentement, et comment sa mère détournait la tête.

Alex serra le torchon dans son poing pour étouffer la nausée qui le prit à l'évocation de ces nuits au cours desquelles il rentrait tard, puis allait boire un jus de papaye dans la cuisine, où Immaculeta se matérialisait d'un seul coup et lui soufflait : « T'es déjà un grand garçon, Alejandro » ; ensuite, elle se collait à lui en le défiant, secouée de rires gutturaux, profonds, hispaniques, et il émanait d'elle une odeur de bovins, de hautes montagnes ; « t'es déjà un vrai mec, Alejandrrrooo », s'abandonnait-elle en roulant du cul, et lui, il en restait détruit, son verre à la main.

Puis une nuit, alors qu'un congrès d'étudiants avait dégénéré en une violente émeute, il pénétra dans l'appartement obscur, et Immaculeta se tenait dans le couloir. Elle l'attendait et prit sa main dans la sienne, qui était moite, parsemée de verrues ; ensuite, elle le conduisit jusqu'à la chambre de bonne où elle logeait, malgré ses tentatives de résister à cette masse flasque qui l'écrasait ; il était en nage et il lui semblait perdre le contrôle de son corps ; pourtant, il se retint au linteau de la porte et refusa d'entrer. Immaculeta essuya les larmes du jeune Alejandro, qui s'échappa vers la rue, le corps tremblant de honte. C'est uniquement pour ça qu'il s'était rué à la réunion de crise qui devait se tenir, après minuit, au club Trotski, alors qu'initialement il avait décidé de ne pas y participer. Car il était clair que les choses allaient mal tourner. Il régnait une tension extrême dans la salle, et, lorsque les esprits s'échauffèrent de plus belle, après l'appel à passer à l'action lancé la nuit même, Alejandro se sentit incapable de supporter davantage cette violence. Il était parcouru de tremblements et, sans attirer l'attention, il se faufila à l'extérieur, où il eut le temps de se cacher dans la cour d'à côté, derrière des poubelles, juste avant que la police ne se mette à charger et qu'il ne perçoive les premiers coups de feu. Plus tard, on apprit que des provocateurs s'étaient chargés de perturber la réunion et que c'étaient eux qui avaient incité les agents à tirer. Il les vit ressortir du club, pistolet à la ceinture, et attendit un long moment avant de quitter sa cachette, pour glisser le long du mur d'un bâtiment et disparaître, le cœur battant, dans une rue latérale. Cette nuit-là, il marcha pendant de longues heures, complètement bouleversé, à travers les quartiers de Buenos Aires, autour de la place de Mai, puis vers les bâtiments officiels, et il continua vers le port, contourna les grues, poussa vers les bateaux amarrés dans le Rio de La Plata, devant lesquels il s'arrêta, face aux eaux noires, pétrifié, comme s'il se trouvait devant un mur qui menaçait de déferler violemment contre lui. Comme si, en une vision évanescente du futur, une vision cauchemardesque, il sentait déjà, au cours de cette nuit qui changea sa vie, que la répression faucherait les membres du club Trotski, tous ceux qui avaient participé à la réunion et y avaient prononcé des allocutions enflammées sur la révolution et le salut de l'humanité. Il vit comment tout cela serait broyé, d'abord au cours de la révolte des Montoneros, puis durant les émeutes qui éclateraient lors du retour d'exil de Perón et le putsch fomenté par Videla, Massera et Agosti, qui permettrait l'arrivée au pouvoir d'Isabelita – et, à la fin, d'épaisses ténèbres s'abattraient sur tout cela. Une ombre lourde d'effroi l'avait alors saisi, mais les mots lui manquaient encore, c'était comme si les hurlements de ses camarades du club Trotski montaient depuis le lac, où leurs corps seraient d'ailleurs jetés quelques années après.

Ce n'est qu'aux toutes premières lueurs de l'aube qu'il regagna le quartier d'Once, sans pour autant rentrer chez lui, car il voulait éviter d'y tomber sur Immaculeta. Encore pantelant, il contourna la rue où il vivait et se rendit directement aux bureaux de l'Agence juive.

Yehiel, l'émissaire israélien à qui Alejandro eut affaire, accepta de l'inscrire au tout dernier moment dans un des groupes de l'Alyat Hanoar dont le départ était fixé à la semaine suivante. « Ta révolution, lui dit-il en riant. Au lieu du club Trotski, tu vas exporter ta révolution sur la terre d'Israël, où on a besoin de jeunes comme toi. Qu'est-ce que tu crois ? Là-bas aussi il y a un combat à mener. »

Que pouvait-il dire à son père, qui avait annulé deux rendez-vous pour s'entretenir avec lui ? Précédé par l'odeur de sa pipe, il était entré dans la salle à manger, la veste strictement boutonnée ; il avait contourné la table en bois massif que la mère d'Alejandro avait tenu à dresser en y déposant café et gâteaux, comme s'ils attendaient des invités, puis il avait arpenté la pièce en exhortant son fils à obtenir d'abord son diplôme ; ce n'est qu'ensuite, disait-il, qu'il pourrait éventuellement songer à son départ... Il est vrai qu'eux-mêmes avaient autrefois vaguement pensé à cette terre juive, poursuivit-il plein d'ironie, mais... « Alejandro ! Alejandro ! Aujourd'hui, le seul devoir qu'ont les Juifs, c'est de se préserver, de survivre, tu me suis ? Survivre ! », et ses sourcils épais, les fameux sourcils de Léon Morgenstern, se soulevèrent. Pendant tout ce temps, son fils était resté assis, la tête légèrement inclinée, et il avait réfréné ses sanglots, tétanisé par la culpabilité, par la honte, incapable de prononcer le moindre mot. Son corps se dérobait sous lui, il était saisi d'irrépressibles tremblements.

Alors, sans même qu'on l'ait appelée, Immaculeta arriva de la cuisine. « *Señora*, lança-t-elle, dois-je servir le dîner ? » Son père cessa de hurler. Pendant que lui baissait les yeux, le visage cramoisi.

Après son arrivée en Israël, les liens avec ses camarades du club Trotski et la révolution se dissipèrent. À ses parents non plus, Alejandro n'écrivait quasiment jamais. Comment aurait-il pu leur dire le village de jeunesse où il était logé, la chaleur, les eucalyptus, les cours consacrés à l'étude du mouvement national hébreu et à la littérature biblique – tout cela mêlé au chahut et aux éclaboussements à la piscine ? Privé de nom et de langue, il se laissait emporter par le mouvement de ceux qui se précipitaient dans les douches, au réfectoire, et, dans sa chambre d'internat, lorsqu'il rêvait, il se voyait encore lutter, à la porte de la chambre de bonne, pour échapper aux bras qui se refermaient sur lui.

Seuls les livres l'emportaient vers un lieu où il pouvait reprendre sa respiration et vers une promesse encore obscure, selon laquelle il vivrait.

Ensuite, lorsque tout son groupe d'immigrants fut incorporé à l'armée, il s'épuisa au cours d'exercices qui se déroulaient de l'aube au crépuscule, dans le seul but de s'affranchir du choc dans lequel il s'était cadenassé – et, en fin de journée, il s'affalait, vidé, sur son lit de camp. Jusqu'à l'installation du stand de tir.

En vérité, il ne se souvenait plus vraiment de ce qui s'était passé. L'instant lui-même s'était effacé. Peut-être était-ce le malaise qu'il éprouvait depuis qu'on lui avait remis une arme, cette nausée grandissante qui s'emparait de lui dès qu'il avait cet instrument de mort entre les mains et s'exerçait à le démonter, à le graisser, dans l'ardeur virile qui enflait tout autour de lui, à l'approche du premier exercice de tir. Il s'était donc allongé et avait pris position en agrippant sa mitrailleuse ; avec tous les autres, il attendait un ordre et, comme à chaque fois qu'une vague de violence déferlait sur lui, il était paralysé ; il rapprocha la tête de l'engin métallique, se boucha les oreilles pour ne pas entendre la détonation. Et c'est alors qu'une salve jaillit en sifflant, tout un chargeur, suivie d'une déflagration qui déchira l'air brûlant. Tout le reste s'estompa. Comme si ce n'était pas de sa mitrailleuse que les tirs étaient partis. Le camp continua à étinceler, mais il en était coupé.

Leur commandant lève les bras en hurlant : « Couchés ! Tout le monde se couche ! » Menahem Gozman le pousse en gardant le visage enfoui dans le sable chaud.

Et tout autour, les cris de panique des jeunes de l'Alyat Hanoar, tandis que le commandant vient se planter face à lui, bouche grande ouverte, et hurle quelque chose qu'il n'entend déjà plus. Alors il se relève lentement et, à présent, il règne un silence pétrifié. Quelqu'un lui a pris son arme des mains ; il quitte l'aire de tir sous les regards de tout le groupe et il lui semble marcher pendant une éternité.

Non loin de là s'élançaient quelques eucalyptus, et un vendeur de glaces et de boissons, avec une brouette, s'abritait à leur ombre. Il le dépassa et poursuivit jusqu'au bout des collines couvertes de buissons étiques, pour parvenir derrière les clôtures, là où le ciel se déployait au-delà de la mer.

C'est là-bas qu'il finit par s'asseoir, les chaussures pleines de sable. Et ce n'est qu'alors, face au scintillement de l'azur, qu'il put reprendre sa respiration, tandis que l'écho encore faible d'une conversation semblait se rapprocher, porté par le vent de l'après-midi qui passait dans ses cheveux, ainsi qu'une promesse, qui se leva en lui depuis les profondeurs de l'asphyxie.

Le même jour, l'officier chargé des classes le convoqua, et là, dans un garde-à-vous tendu, on lui signifia qu'il était exclu des entraînements jusqu'à nouvel ordre. Il fit ses affaires avant même que ses camarades ne regagnent leur tente, et nul ne le vit soulever son sac puis sortir de la base pour s'installer sur le bas-côté de la route et y faire du stop.

Il déposa son barda chez sa tante Olga, dans la petite ville d'Askelon, et ressortit immédiatement vers la plage. Ce sont les chansons, leurs mélodies, qui l'attirèrent jusqu'au club. *Put your head on my shoulder*... Il aperçut Asher qui travaillait au bar ; or, en voyant avec quelle concentration il sortait les bouteilles de bière des caisses et s'adressait en riant à Mercury qui revenait en courant, Alejandro comprit que c'était un type bien. Voilà pourquoi il ne tourna pas les talons lorsque Asher demanda à sa place s'il cherchait du boulot et répondit même pour lui : « Ok, alors tu peux commencer. » Depuis, ils bossaient ensemble, et les chansons étaient devenues une part de son propre corps, tout comme l'odeur du sable, et le tumulte des flots, qui le libéraient presque du cri, ce cri sans voix qui nichait toujours en lui, malgré le temps qui avait passé et son départ à l'autre bout du monde. Il coulait dans ses muscles, qui s'étaient développés depuis qu'il avait quitté Buenos Aires, il rampait comme une créature autonome. Jusqu'à ce qu'il se lève à nouveau, au cours de la nuit où il la vit pour la première fois.

C'était comme s'il s'arrachait à un très long sommeil et qu'il était enfin arrivé au bout. D'emblée cependant, la tristesse l'étouffa à l'idée qu'elle s'en irait, qu'il la perdrait ; on aurait pu croire qu'il vivait par anticipation leur toute dernière nuit, à l'image de la chanson...

Bésame, bésame mucho
Como si fuera esta noche
La última vez
Beéame, bésame mucho
Que tengo miedo a perderte
Perderte después

Au loin, les sillons qui parcouraient les eaux scintillaient et, sur le rivage, Mercury courait en traçant de larges cercles, ou alors il défiait les vagues, se ruait vers elles et en ressortait tout mouillé.

Asher n'allait plus tarder à rentrer, et ils brancheraient la sono. Il termina de rincer les verres et les aligna sur l'étagère du bar. Visiblement, cette fille ne se montrerait pas aujourd'hui, *Perderte, perderte después...*

*

Ce matin-là, il y avait eu l'examen de clôture du stage de dactylo. Toutes celles qui l'avaient suivi se retrouvèrent dans une salle du lycée professionnel où elles prirent place, l'une à côté de l'autre, sur des chaises en bois ; des jeunes filles à la peau de pêche, recouverte d'un duvet de sel, et dont les corps avait l'odeur enivrante d'une mixture de sueur et de parfum. Leurs doigts couraient sur les claviers des machines à écrire, traçant des lignes de lettres sur les pages insérées dans les cylindres, actionnant les petits marteaux contre les rouleaux d'encre, avec le tintement des cloches en fin de lignes. Parmi elles, Esther tapait avec célérité, malgré la tension qui la gagnait.

Elle était assise bien droite, entre Rosa et Aliza, un air concentré sur son visage, ses lèvres articulant silencieusement les lettres, noires et hâtives. À la fin de la journée, elles rendirent à la direction les manuels dont elles s'étaient servies durant le stage et se quittèrent avec émotion, en se disant qu'il était merveilleux d'avoir passé ensemble tout ce temps. En étreignant Rosa, Esther sentit l'odeur piquante que dégageait son corps et, à nouveau, elle fut prise d'un vertige. Lorsqu'elles se séparèrent, toutes lui souhaitèrent bonne chance à l'armée.

Elle sortit et, à cette heure-ci, l'asphalte brûlant rejetait les rayons de soleil qu'il avait absorbés durant la journée. Sur son épaule, le sac de toile était désormais vide, privé du poids des manuels pour le stabiliser. Elle traversa rapidement jusqu'à l'arrêt d'autobus. À cet endroit, le souffle de la mer s'insinuait entre les immeubles. Son cœur se mit à battre.

Elle ne s'expliquait pas la pulsion qui la menait jusqu'à la plage. Non pas vers Moïse, qui l'attendait dans sa chambre d'hôtel. Mais vers le garçon aux cils épais du club. Elle n'avait aucune idée des courants qui emportaient sa vie et qui semblaient enfouis en profondeur sous les strates du tell, à la surface duquel elle marchait, comme s'il n'y avait là qu'une poussière de grès.

Elle se tenait à la station d'autobus et ajusta son chemisier. Son corps tremblait à la pensée de l'ombre projetée par les cils épais, en un mélange de proximité et de doux rejet. Était-ce donc cela, qu'on appelait l'amour ? se demanda-t-elle, et à ce moment-là la voiture rouge de Moïse passa sur la route.

Esther se pétrifia, il comprendrait tout de suite qu'elle n'allait pas le retrouver, lui, alors il freinerait, « monte ! », lancerait-il, avant de se mettre à la secouer comme la veille, et il la retiendrait à jamais, comme il l'avait dit. Mais, dans le véhicule qui s'éloignait, elle discerna le profil d'un étranger. Ses genoux s'entrechoquèrent et elle faillit s'évanouir.

Dans le bus, il lui sembla voir à nouveau une voiture rouge, comme si toute la petite ville s'était soudain remplie de voitures rouges, desquelles on lui tendait la main.

Elle s'écarta de la vitre, mais quand le bus s'engagea à travers les plantations à l'abandon, puis qu'il prit la voie menant à la mer, en se rapprochant du site archéologique,

Esther se sentit envahie d'une joie dont elle ignorait l'existence avant cet été, alors qu'à présent elle gagnait tout son corps et étouffait la peur dans une explosion de bonheur, vivre !

Esther marcha le long de la mer, guidée par la force de son corps, tout à la fois lourd et léger. Au même moment, Moïse se tenait à la fenêtre et l'observait, elle ou l'autre Esther.

Le vent léger soulevait ses mèches, même si son visage était brisé. Elle sentait le frottement du tissu de sa robe à chaque pas, puis elle passa devant l'affiche où elle lut : *Préparez-vous à l'arrivée du chanteur Jerry*, et le sel effleura ses narines, alors elle se mentit : ce n'était que pour ce chanteur qu'elle venait de prendre la direction du club.

Elle descendit le sentier de la falaise et ne s'arrêta que lorsqu'elle fut tout en bas. Juste derrière un rocher se dévoilaient le club et sa piste de danse. Par-delà, non loin du rivage, un chien à la fourrure jaune courait, propulsant du sable tout autour de lui. Il repartit torse bombé, en fonçant vers les vagues, et, après avoir tracé des courbes rapides sur la surface de l'eau, réapparut sur le rivage.

Peut-être est-ce pour cela qu'Esther sourit, en approchant dans la lumière vive qui balayait la plage et les chaises autour de la piste. Elle évoluait, engourdie, son corps projetait un trait d'ombre, comme l'aiguille d'un cadran solaire.

*

Féla se tenait à côté de Zvi-Hirsch, dans la poissonnerie. Comme à son habitude, elle accueillait les clients d'un air doux et souriant, assommait les poissons, les éventrait, les vidait et les déposait sur le comptoir emballés dans du papier journal. « Je vous en prie – et bonne santé ! » ajoutait-elle avec un mouvement de la tête qui, à lui seul, avait fidélisé les clients à cette poissonnerie, dont ils aimaient les bruissements d'eaux vives. Sauf qu'aujourd'hui, tout s'embrasait en elle.

Zvi-Hirsch tournait sa manivelle, accompagnant les mouvements infinis de la vis de métal et des cannelures de la roue qui recrachait en spirale une bouillie de poisson. Féla tourna les yeux vers l'homme dont l'univers intime était comme un livre scellé devant elle. Elle n'attendait déjà plus qu'il brise le silence qui entourait ses tours de hachoir, qu'il ponctuait de légers balancements de la tête, comme pendant la prière. Cela faisait des années qu'ils avaient perdu l'habitude de se parler. Mais, quand la boutique se vida, Zvi-Hirsch abandonna la manivelle, puis se redressa :

« Et Esther ? » demanda-t-il en se raclant la gorge, mais il n'ajouta rien.

Les mains de Féla se posèrent sur le comptoir, des frémissements les agitaient.

« C'est aujourd'hui que se termine le stage de dactylographie, elle avait un examen, et... ». Féla n'acheva pas sa phrase, qui resta en suspens comme une question.

« Oui... », une idée sembla passer sur le visage de Zvi-Hirsch. « Elle a beaucoup grandi... qu'elle soit préservée du mauvais œil, dit-il en relevant son menton pointu. Elle suit déjà sa propre voie... », lâcha-t-il, puis il se remit à tourner la manivelle du hachoir.

« Oui », s'inquiéta Féla. Est-ce que Zvi-Hirsch pensait aussi à ce qu'elle-même n'arrivait pas à s'avouer ?

Prise dans son tablier maculé par des restes de poissons, sa poitrine se soulevait et redescendait au rythme de sa respiration qui s'emballait. Comment pouvait-elle dire à Zvi-Hirsch que l'angoisse l'empêchait de dormir la nuit ou qu'elle était troublée par des images de ce même été, des images qui revenaient et, au terme d'un long sommeil, éveillaient quelque chose en elle, comme si le souffle du vent repassait sur son corps alourdi par l'odeur amère des poissons, un souffle léger, effleurant les bras d'une jeune femme en chemisier blanc.

« Dans une semaine, Estherleh rentre à l'armée, murmura-t-elle, le 1er septembre », comme si, en énonçant ceci, tout était dit, et elle effleura une mèche échappée de son foulard.

« Que Dieu garde Estherleh, finit par dire Zvi-Hirsch, en hochant la tête.

– Oui », lui fit écho Féla.

Ils n'en dirent pas davantage. Quelques clients entrèrent, ressortirent, saluèrent cette femme au corps gracieux, et son mari silencieux, qui avait un regard de sage ; juste avant l'arrivée du soir, Zvi-Hirsch quitta la poissonnerie pour se rendre à la synagogue située sur les hauteurs de l'ancien souk. Féla oublia de lui demander d'abaisser le rideau de fer pour la protéger du soleil couchant, qui perçait depuis déjà quelques jours entre les immeubles. Elle s'essuya les mains dans son tablier et suivit du regard le rayon de lumière qui embrasait l'eau du bassin et les écailles des poissons, en parsemant de points brillants les carreaux de faïence.

Zvi-Hirsch fit démarrer son scooter, auquel était accrochée la petite remorque, et mit le chapeau marron qu'il portait par-dessus sa calotte, hiver comme été. La chaleur du soir frappait son visage. Le scooter traversa le seule rue du centre-ville, qui était pleine de monde, comme si, à la tombée de la nuit, ils sortaient tous pour retenir les dernières parcelles de lumière.

Et c'est alors qu'entre les passants il crut apercevoir Estherleh. Était-ce elle ? sursauta-t-il. Il n'avait pas vraiment eu le temps de regarder, et la jeune fille montait déjà dans l'autobus qui allait vers la plage. « Voilà, maintenant, tu as une fille qui est arrivée à l'âge adulte. Et que fera-t-on le jour où il sera question d'elle ? » se demanda-t-il en levant un sourcil, avec cet humour pince-sans-rire auquel il recourait d'habitude face à lui-même.

Qu'arrivait-il donc à Estherleh ? Qu'avait-elle à détourner son visage d'eux dans la cuisine, lorsqu'elle rentrait tard et répondait avec effronterie à Féla ? Des conflits, des mini-drames : voilà ce qui arrive lorsqu'on a une fille de cet âge-là. Il essuya la sueur qui coulait sur son front et repoussa son chapeau en arrière, en se demandant s'il ne devrait pas rebrousser chemin, s'assurer qu'il s'agissait bien d'elle. Mais comment la retrouver, alors que l'autobus s'était déjà ébranlé et que nul ne savait à quel arrêt elle descendrait ?

L'air moite se mêlait aux soubresauts de la remorque du scooter. Estherleh, c'est ainsi qu'elle l'avait appelée, du nom de sa propre mère.

Il tenait à peine sur ses jambes pendant la prière, lorsque l'aumônier de l'armée britannique avait fait approcher une femme habillée d'une robe en tissu, avec des cheveux clairs qui retombaient sur son front. « Féla », dit le rabbin en la lui présentant ; puis juste après, se tournant vers lui : « Zvi-Hirsch Weiss ». Il les laissa échanger quelques mots ; ville natale, âge. Lui, il dit : « Henyah », et en poursuivant, il eut l'impression d'étouffer : « Rouhaleh, la petite Tzipa et Yankel, le dernier. » Puis Féla dit à son tour : « Il s'appelait Henekh, nous étions fiancés, il étudiait à la faculté de médecine de Lvov », et sans raison particulière, elle ajouta : « Tout était merveilleux, tout s'épanouissait, en ce temps-là. »

Il fallait tout recommencer à partir de rien et rassembler, en invoquant la miséricorde des cieux, un corps disloqué. C'est à peine s'il s'autorisa à coucher avec la femme qu'il venait d'épouser. Et pourtant, Dieu leur donna une descendance, alors qu'ils se trouvaient encore dans le camp pour personnes déplacées. Prodigieuses sont les voies du Seigneur. Il ne songea même pas à donner au bébé le nom d'Henyah, ni ceux de Rouhaleh ou de la petite Tzipa. Il ne fallait pas troubler leur repos, ils devaient dormir beaucoup. Dieu a donné et Dieu a repris.

Le scooter de Zvi-Hirsch dépassa les collines de sable, sur la voie reliant les quartiers disséminés qui formaient la petite ville. Le vent chaud du soir frappait son visage.

Comme tout cela lui revenait maintenant ! Féla et lui transférés d'un camp à l'autre. Trois ans de déplacements incessants, y compris après la naissance de leur petite fille. Et cette image, lorsqu'ils étaient entassés sur le pont du bateau, juste avant que les Britanniques ne les interceptent. Féla, si belle, soulève le bébé, et son sourire illumine d'un puissant éclat son geste, dans son chemisier blanc. Et lui se tenait un peu en retrait et ne faisait que les regarder, les regarder sans dire un mot. Cette image était restée.

Oui, ils s'étaient débrouillés, grâce à Dieu. Même lorsqu'ils finirent par arriver ici, lorsqu'il n'y avait que des camps de tentes disposées non loin de la mer. Et quand les responsables du logement mirent à la disposition des habitants des locaux commerciaux dans le centre abandonné, Féla et Zvi-Hirsch ouvrirent une poissonnerie, car les Juifs consommeraient toujours du poisson pendant les repas de shabbat. Au début, ils rapprochaient leurs lits pendant la nuit. Mais, après qu'ils eurent cédè leur chambre à Esther, ils cessèrent de dormir ensemble. Cependant – Dieu soit loué ! – ils avaient enfin trouvé la paix. Féla avait sa fille ; Zvi-Hirsch, ses prières.

Durant la fête des Cabanes, il remplaçait les fines lattes de bois qui lui servaient de toit par des branches d'eucalyptus, à l'ombre desquelles il s'endormait. Ensuite, Esther et Féla l'y rejoignaient pour prendre leurs repas, et, dans la cabane improvisée sur le balcon, les *Ushpizin* * – sa famille morte et sa famille vivante – prenaient place, puis l'entouraient jusqu'à l'aube.

Le matin, très tôt, il passait au marché de produits en gros, puis à la plage, chez les pêcheurs qui revenaient dans leurs bottes en caoutchouc avec des filets pleins. Féla se trouvait déjà dans la boutique lorsqu'il arrivait, la remorque du scooter débordant de poissons. Il transvasait la marchandise fraîchement pêchée dans le bassin aux eaux ondoyantes. Carpes, poissons de rivière et de mer, dorades, petites fritures, ou même mulet, selon la saison. Ensuite, il se tournait vers le hachoir, afin de préparer la pâte du *gefiltefish* **, et Féla était à ses côtés, les cheveux serrés dans un foulard. Il voyait de quelle façon elle levait les bras, en retirant les poissons frémissants à l'aide d'un filet.

Et pourtant, ils avaient une maison. Pour lui, pour Féla et pour l'enfant. Un gagne-pain. Même s'ils resteraient dans la gêne jusqu'à ce qu'ils remboursent l'emprunt contracté pour l'achat du freezer. Estherleh était arrivée à l'âge adulte. Que Dieu soit loué. En soi, c'était déjà un miracle, songea-t-il, et sur son visage

* Ushpizin : mot araméen désignant les sept « invités » qui, selon certaines légendes mystiques, se joignent à ceux qui résident sous leur « cabane ».

** Carpe farcie. Spécialité d'Europe de l'Est.

émacié, intelligent, ses sourcils se levèrent en signe de stupéfaction.

Pourquoi pensait-il à tout cela maintenant ? se demandait Zvi-Hirsch en aspirant l'air chaud du soir. « Que Dieu protège Estherleh... », murmura-t-il, inquiet, à la jeune fille qui avait germé de son propre corps et avait soudain mûri. Et, très bientôt, elle irait à l'armée. Le 1er septembre. Chaque jour, il arrachait une page à l'éphéméride... Ici, on prenait même les femmes à l'armée ! Donc, ici non plus, il ne saurait y avoir de repos, car ici aussi, des persécuteurs se lèveraient – « que Dieu nous prenne en pitié ! »

Le scooter traversait déjà les terrains abandonnés qui cernaient les habitations du quartier de Majdal, avec le haut minaret de la mosquée, qu'on avait rebaptisé Migdal. Et à nouveau, Zvi-Hirsch déplaça son chapeau d'avant en arrière, tout en plissant le front de surprise, face au petit jardin public qu'il vit sur la route, avec des balançoires et des arbres et des buissons. Voici ! Malgré tout, il y avait de la vie dans la cité de Samson et Dalila, et, au printemps, il serait même possible d'y réciter la bénédiction sur les arbres en fleurs ; d'ailleurs, le matin même, monsieur Sternfeld – le voisin qui possédait un atelier de sacs – avait couru derrière la remorque de son scooter et insisté pour que Zvi-Hirsch accepte une botte de persil frais, qu'il cultivait dans un potager collectif, situé non loin de leur immeuble : « Prenez, monsieur Weiss, c'est bon avec le poisson, distribuez-le à vos clients. »

« Prodigieuses sont les voies du Seigneur », se répéta Zvi-Hirsch en garant son scooter.

Il se dirigea vers la synagogue, bâtie à l'ombre d'immenses eucalyptus qui témoignaient d'une époque révolue. Il aimait prier là-bas, dans le petit oratoire. Il y restait entre les prières de l'après-midi et du soir, pour y lire une page du Talmud ou quelques versets. Il avait d'ailleurs prononcé un vœu, selon lequel il méditerait chaque jour sur un passage des Saintes Écritures.

*

Sur l'Avenida Corrientes, à Buenos Aires, Léon Morgenstern referma derrière lui les portes de son cabinet de psychanalyse. Depuis le matin, il souffrait d'une migraine. Cette année, les jours qui précédaient le 1er septembre s'avéraient particulièrement éprouvants. Voilà pourquoi, dès la fin du déjeuner, il avait bu debout la tasse de café noir qu'Immaculeta lui avait servie, avant de dire à Hanka qu'il retournait à son cabinet, où il consacrerait sa pause de l'après-midi à lire des publications scientifiques.

Il se laissa tomber dans son siège en cuir, vêtu d'une veste en tweed qui rehaussait le reflet argenté de son abondante chevelure, qu'il coiffait en arrière. Sa fine moustache était un trait de son argentinité, et ses sourcils touffus, hirsutes, étaient devenus sa marque professionnelle, tout comme le « point de vue analytique » qu'il avait rigoureusement élaboré dans son cabinet, bien carré au centre de son fauteuil, avec d'un côté le divan, les têtes de ses patients, et de l'autre, le lourd bureau avec les « outils de travail » – les pipes aux longs tuyaux, les cure-pipes en feutre torsadé et, au cœur de tout ça, le cendrier en onyx noir, « l'autel des cendres de la culpabilité », comme il le disait ironiquement, en penchant un peu la tête. Ainsi, tout en écoutant le patient, il pouvait triturer avec naturel le tabac qui s'éteignait, le rallumer et prendre une longue bouffée avant de relever les yeux, sous ses sourcils épais, vers le regard qui se portait sur lui, quand la séance touchait à sa fin, puis marmonner une sorte de résumé assez ésotérique pour maintenir la tension du patient jusqu'au prochain rendez-vous. Ce n'est que lorsqu'il tendait la main vers les billets qu'il lâchait sa pipe encore fumante dans l'autel en onyx. Mais juste après s'être séparé du patient en lui serrant la main, puis avoir refermé la porte, il la reprenait, la suçotait goulûment, et le contact du bec en bois chaud sur ses lèvres apaisait une pensée qui l'obsédait : en vérité, il était incapable de faire quoi que ce soit pour ses patients.

Léon approcha donc la pipe de ses lèvres, mais ce qui restait des événements du matin emplissait sa bouche d'amertume. Il n'y avait pas un seul mot susceptible d'expliquer ce qui lui arrivait ces derniers temps, pendant les quelques secondes qui s'écoulaient entre le moment où sonnait le téléphone et celui où il soulevait le combiné. Dans un soudain vertige, il hallucina à nouveau une voix d'homme, qui se présentait à lui avec un accent allemand. C'était le señor Gonzales Gerhard

Muller (tandis que, lors de l'appel précédent, il s'agissait d'Alfonso Alfred Fleishman), et tandis que ce mirage récurrent se déployait, il s'y soumit une fois de plus, en acceptant de recevoir ce patient, alors qu'il s'était juré de ne jamais laisser entrer un seul d'entre eux dans son cabinet. Accablé, il comprit qu'ils l'avaient déjà repéré – Léon, que l'on appelait chez lui Aryeh, Morgenstern, à propos duquel les anciens des *Einsatzgruppen* *, réfugiés à Buenos Aires, se transmettaient diverses informations ; à présent, avec leur flair, ils l'avaient retrouvé et s'apprêtaient à lui tomber dessus, dans son bureau de l'Avenida Corrientes, tout en sachant qu'il n'aurait d'autre choix – lui, le traître – que de collaborer. Non, il ne pouvait plus échapper à la culpabilité. La sueur perlait déjà sur son front lorsque, dans le combiné, lui parvint la voix d'une femme à l'accent typiquement argentin.

Chaque année, à l'approche de la date maudite, l'anxiété revenait et le torturait. Mais cette année, depuis qu'Alejandro n'était plus à la maison, il était hanté par des visions qui, chaque fois, étaient précédées de coups à la porte, puis un patient au regard bleu, avec un visage long, chevalin, et un costume ordinaire, se tenait dans l'entrée, en disant « *buenos días* » ; alors, malgré l'horreur qu'il éprouvait, le docteur Morgenstern l'invitait à entrer, attendait qu'il s'allonge sur le divan et s'asseyait à son tour.

Il lui suffisait de s'imaginer avec l'homme au regard bleu dans un même espace pour sentir son cœur défaillir.

---

* Escadrons de la mort nazis.

Ensuite, c'était toujours la même image qui lui apparaissait, celle des chaussures couvertes de poussière du patient sur le divan, dont ni le pseudonyme – « señor Gonzales » – ni la langue espagnole ne parvenaient à maintenir le voile de duplicité professionnelle entre lui et Léon, qui était assis sur son fauteuil d'analyste, dégoulinant de sueur, et se méprisait d'espérer qu'en écoutant les confessions de Gonzales Gerhard, allongé devant lui, le poids de sa culpabilité s'en trouverait finalement allégé.

Mais, aujourd'hui, la vaine panique qu'avait suscitée en lui cet appel ne l'avait pas lâché depuis le matin. À présent, depuis qu'il s'était installé sur le fauteuil, il ne pouvait s'empêcher d'imaginer la façon qu'avait ce patient à l'accent germanique, qui se plaignait de dysfonctionnement sexuel ou de terreurs nocturnes, de parler avec clarté, après un accès de toux psychosomatique, du front de l'Est et d'égrener tous les noms, Berditchev, Nemirov, Toultchine, Babi Yar. Puis, après un nouveau raclement de gorge, il disait cette phrase, en espagnol : « J'étais avec les premières unités qui firent incursion en Pologne. Le 1er septembre 1939... », et lui, dans son fauteuil, mordait très fort le bout de sa pipe, et pouvait à peine prononcer le « oui ? » psychanalytique de circonstance, en attendant, le cœur battant, que la voix monte à nouveau du divan.

« C'est précisément le premier jour qui me revient avec beaucoup de force. »

Malgré la panique qui s'intensifiait, il continuait à imaginer qu'il avait juste le temps d'inscrire, dans le registre tremblant sous sa main, les mots qui, cette fois, étaient sortis comme il l'avait redouté au cours de toutes ces années, et il se voyait alors pétrifié dans son fauteuil, où il ne faisait qu'écouter. « Vers la fin de l'été, nous sommes passés là-bas en camion. Tout était en pleine floraison. Le pire, c'est que nul d'entre ces Polonais, qui nous adressaient des grands signes de paix, ne comprenait encore ce qui se passait vraiment. Nous avons un peu tiré, juste pour nous amuser... et ceux qui étaient fauchés ne semblaient pas moins surpris que nous autres... »

Devant Léon, tout s'obscurcissait. La floraison, l'asphyxie, et l'impuissance face à cette vieille histoire qui continuait à le poursuivre à travers ses hallucinations. La honte aussi, celle de sa propre disgrâce, était encore brute, tout comme la lâcheté avec laquelle il avait pris la fuite par la suite, n'avait pas répondu à ses lettres, avait rompu tout contact : on aurait pu croire que, depuis, le temps ne s'était pas écoulé.

Léon s'agitait anxieusement sur son fauteuil. Comment avait-il pu se raconter, au long de ces années, que tout n'était qu'une question de temps et de distance ? Comme à l'époque, lorsqu'il avait obtenu un visa pour l'Argentine. Du consulat, il avait couru vers les Champs Élysées, sous les arbres roussis par l'automne et la chute des feuilles, et l'éclat des cieux, qui se déployaient au-dessus de lui.

Il courait et lançait sa casquette en l'air ; il en avait le droit, lui aussi ! Ensuite, au cours des longues semaines, sur un bateau qui allait vers le sud, avec Hanka, il fit mine de penser qu'il lui serait donné de tout recommencer. Hanka, il l'avait rencontrée après avoir reçu la lettre d'Olga, la seule d'entre les siens qui avait survécu. Elle l'avait retrouvé grâce à l'intervention des services du Joint * et lui écrivit quelques lignes concises à propos de Yourek, qu'elle avait rencontré dans le ghetto, où ils s'étaient mariés. Elle était déjà enceinte lorsqu'ils avaient été déportés à Płaszów, puis, de là, vers Auschwitz, alors que les Juifs étaient décimés dans toute la Galicie. *Là-bas, j'ai tout perdu : Yourek et notre enfant. Je n'avais pas le choix : à partir du cinquième mois, il ne m'était plus possible de dissimuler ma grossesse.* À présent, elle aspirait à un lieu sûr et à bâtir un foyer *là où sera fondé notre État hébreu.* À la fin de la lettre, elle ajoutait qu'une de ses camarades de block allait arriver à Paris et lui demandait s'il pourrait l'aider. Elles avaient fait ensemble la marche de la mort, avant d'être libérées à Bergen-Belsen.

Dès le premier soir, après avoir rencontré cette réfugiée complètement perdue qu'il invita au restaurant, il l'amena dans sa chambre et coucha avec elle. Et quand elle cessa d'avoir ses règles, il assuma la paternité de l'enfant qu'elle portait. C'était sans doute la première fois dans sa vie qu'il engageait sa responsabilité. Puis il épousa Hanka sans aucune raison logique, hormis le sentiment de culpabilité – la force occulte qui orientait sa vie depuis cet été de 1939. Et depuis la naissance d'Alejandro, Léon aimait penser que, dans un certain sens, cet enfant était

* Organisme d'aide aux réfugiés.

aussi celui qu'Olga n'avait pas eu ; c'est ainsi qu'il tentait de se tranquilliser, en se disant qu'il expiait pour n'avoir jamais répondu à sa lettre.

Durant la traversée des immensités océanes, il avait cultivé l'illusion de laisser derrière lui tout ce qui l'attachait encore au Vieux Monde, mais soudain, lorsqu'ils quittèrent le bateau entre les rescapés à l'air harassé, tandis que Léon portait les valises et avançait derrière Hanka qui était en fin de grossesse, ils distinguèrent juste en face d'eux, parmi le flux des immigrants qui descendaient à terre, des voyageurs différents, blonds, élancés, qui commencèrent par jeter des regards inquiets autour d'eux, mais reprirent bien vite leur assurance. L'effroi, dès ce moment-là, le saisit : d'ici non plus, il ne pourrait s'enfuir.

Il décida de se spécialiser dans la médecine de l'esprit, ce qui était le meilleur moyen d'occulter sa propre réalité. Il acheva ses études, entreprises auprès du célèbre professeur David Beljar, avec d'excellents résultats, et après un stage à la Société de psychanalyse de Buenos Aires, dont la langue quasi officielle était alors l'allemand parlé à Vienne, il ouvrit son propre cabinet.

Avec ses confrères de l'institut psychanalytique de l'APA *, il plaisantait en disant qu'on leur rendait une sorte de justice historique, car ici, à Buenos Aires, « capitale de l'accablement », le salaire des psychanalystes était assuré, y compris pour ceux qui avaient fui l'enfer européen et gagné ce havre de paix qu'était l'Argentine. Le sarcasme

* American Psychoanalytic Association.

leur permettait aussi d'éviter les sujets qu'ils ne tenaient pas à évoquer, comme par exemple la solide amitié qui avait lié Perón à Mussolini, ou bien la neutralité ambiguë de l'Argentine pendant la guerre, qui avait d'ailleurs rapporté de gros bénéfices, grâce auxquels le pays avait pu ouvrir ses portes à des réfugiés européens dans leur genre. De la communauté allemande grandissante, ils préféraient ne pas parler, ni des clubs pleins d'enfants aux cheveux dorés, qui se tenaient au garde-à-vous à la fin des congrès qu'ils organisaient et entonnaient des chants d'autrefois. Même l'enlèvement d'Adolf Eichmann, et la crise diplomatique qu'il provoqua, furent d'emblée passés sous silence, tout comme les témoignages qui émanaient du tribunal de Jérusalem, et les cendres du dirigeant nazi dispersées en mer : a priori, rien de tout cela ne laissait de trace réelle sur l'histoire de l'Argentine. Pourtant, Léon savait que rien n'était effacé, et surtout pas sa propre culpabilité. Elle continuait à vivre en lui et s'exacerbait chaque année, à l'approche du 1er septembre.

L'amour n'avait jamais joué le moindre rôle dans l'accord qui le liait à Hanka ; le surplus hormonal qu'elle ne pouvait satisfaire, il l'épanchait chez des putains qui logeaient dans des petites chambres de Buenos Aires, du côté du port et de ses ruelles. Ou alors il s'arrangeait avec lui-même, comme il s'apprêtait d'ailleurs maintenant à le faire ; assis dans son fauteuil, il écarta les jambes, se laissa partir en arrière, mais, au dernier moment, il renonça. Aujourd'hui, il ne tripoterait pas la sueur de son pubis, et ne s'octroierait pas l'« auto-thérapie » qui culminait généralement dans l'image mentale du corps immense d'Immaculeta, la *cabecita negra* bien en chair qui était venue vivre chez eux, avec son parler chantant de Quechua et son odeur de transpiration mêlée à celle d'un savon ordinaire qu'elle répandait dans l'appartement, où son arrivée avait contribué à apaiser cet aspect de l'existence de Léon. Sauf que, ces derniers temps, même cela s'estompait.

Oui, quelque chose s'était brisé depuis le départ d'Alejandro, dont le silence bouleversait l'équilibre de son père. En fait, il se contentait de saluer ses parents en ajoutant quelques lignes au bas des lettres qu'Olga leur adressait ; des lettres qui étaient toujours pleines de grands mots, *notre État, un État souverain*, et que Léon déchiffrait en se tordant les lèvres. L'échec caractérisait sa relation avec son fils Alejandro, sans oublier les accès grotesques de jalousie auxquels il était sujet vis-à-vis de ce garçon qu'il avait élevé, quand Immaculeta passait entre eux avec son derrière imposant. Tout simplement jaloux de lui... Non, il n'avait pas su dissimuler tout cela. Et lorsque Alejandro lui annonça soudain son départ, il le convoqua pour une conversation qui risquait d'être éprouvante, mais, en vérité, tout ce qu'il souhaitait, c'était de voir enfin partir son fils, afin qu'il libère l'atmosphère domestique de sa jeune virilité et le laisse faire, une fois seul, son examen de conscience. Lui, Léon (Aryeh pour sa famille) Morgenstern, un homme pusillanime, flanqué d'une épouse qu'il n'avait jamais aimée, et sa culpabilité, qui demeurait intacte.

Léon ouvrit sa pochette de tabac Windsor, inclina sa pipe et commença à la bourrer, tandis que, dans la cage d'escalier, on entendait les pas du prochain patient, qui entra dans la petite salle d'attente bien avant l'heure de son rendez-vous. Un tremblement parcourut alors Léon et son visage se couvrit de sueur, mais il se ressaisit. Non, ce n'était pas le señor Muller, c'en était juste l'hallucination, et Léon, fébrile, se demandait s'il ne ferait pas mieux de reprendre sa propre analyse auprès de son mentor, Marko Perlman. Lorsqu'il se leva en balayant de la main les miettes de tabac qui s'étaient répandues, il se souvint de vérifier la braguette à boutons de son pantalon. Son cœur battait sous son veston en tweed, parfaitement ajusté, lorsqu'il ouvrit la porte et que, sous ses puissantes arcades, il dirigea un regard franc vers la femme de petite taille qui se tenait là, « *buenos días* ».

Éblouissements

Les cieux brûlaient et venaient lécher la surface des eaux. Le soleil déclinant frappait de plein fouet le visage d'Alex, qui était derrière le comptoir. À travers les rayons aveuglants, il ne vit pas Esther qui arrivait de la plage et, lorsqu'il finit par la remarquer, elle était déjà sur la piste.

Tu la vois. C'est tout ce qu'il eut le temps de se dire, et il recula.

Esther remarqua un mouvement dans la pénombre où était plongé le bar. Elle franchit la distance qui l'en séparait lentement, pas à pas, à travers la musique assourdissante, prête à lui servir l'explication qu'elle avait préparée et selon laquelle elle venait-vérifier-si-un-chanteur-était-au-programme-de-ce-soir.

Elle faillit vaciller. Ce n'est qu'au moment où elle se laissa tomber sur une chaise du bar, une jambe posée sur le sol, qu'elle leva enfin les yeux. D'entre les cils humides, un murmure ambré vint à elle, puis un éclair éclaboussa la rangée de bouteilles au-dessus du bar, et les mots s'évanouirent sur ses lèvres.

« Tu bois quelque chose ? » perça la voix qu'elle connaissait déjà.

Elle ne répondit rien. Mais par-delà le vertige, le doux accent venait de la toucher.

« Je te sers de l'eau ? »

Elle s'efforça de dire : « Je pensais qu'il fallait commander un jus de fruit, ou du Tempo... », et soudain, elle se mit à sourire, car les deux voyelles formant le nom de cette boisson, *tempppo*, lui plaisaient.

« Pas forcément, je peux aussi t'apporter de l'eau. » Mais, lorsque le garçon posa le verre dans la flaque de lumière qui recouvrait le bar, elle n'osa s'en emparer, comme la veille. Et quand il la servit, elle fut incapable de détacher les yeux de ses doigts.

« Je sais quel est ton prénom. Je t'ai entendue le dire... Esther.

– Et toi, comment t'appelles-tu ? murmura-t-elle à peine.

– Alejandro... mais, ici, on m'appelle Alex, lui dit-il en toute simplicité.

– A-le-jan-dro ? », répéta Esther avec surprise, et en levant son verre, elle rougit, car il l'avait vue trinquer la veille avec Moïse, comme si jour après jour, lorsqu'elle s'était rendue à l'hôtel dans sa robe à bretelles, puis qu'elle s'était tenue à la fenêtre en buvant du Campari, Alejandro avait été à ses côtés, car ils se connaissaient depuis longtemps, elle et le garçon au tricot noir...

Maintenant, elle revenait à lui, souillée, après qu'on l'avait déjà touchée, elle ou l'autre Esther. Pendant un instant, tout ce qui allait leur arriver vint se dresser, comme recroquevillé, entre eux. Et quand elle leva la main vers ses cheveux, ce fut à nouveau celle de sa mère qui arrangeait une de ses mèches.

« Oui, c'est comme cela que je m'appelais à Buenos Aires », vit-elle ses lèvres lui répondre, sans l'entendre.

« Je vois que tu as une invitée ! » résonna soudain la voix d'Asher, mâtinée de soleil et de cigarettes. Esther se retourna vers le moustachu qui venait d'entrer dans le club, les bras encombrés du matériel de sonorisation. Depuis les vagues, Mercury se lança vers eux, dégoulinant, aboyant, entourant Asher, ivre de joie et agitant sa queue jaune.

« Bon chien », dit Asher en caressant sa fourrure humide, sa tête ; Mercury n'était plus si jeune et semblait hors d'haleine ; pourtant, il ne fit que lever les yeux vers Asher et repartit en trombe jusqu'aux vagues.

Asher fut stupéfait de voir la jeune fille aux cheveux clairs, relevés, qui se tenait près d'Alex. Depuis la veille, lorsqu'elle était revenue en compagnie d'un homme mûr, son image ne l'avait pas quitté ; or, à présent, un courant passait dans son corps, tel le bruissement oublié d'un été lointain, des vagues, et il ressentit ce qui émanait d'Esther et Alex. Son cœur se mit à battre. Il n'en revenait pas. Qu'était-ce, au juste ? Car des siècles s'étaient écoulés depuis que ce cœur avait battu ainsi pour la dernière fois.

Alex s'empressa d'aller l'aider.

« C'est bon, je m'en tire tout seul », mais, en vérité, Asher craignait d'avoir déchiré quelque chose entre eux et il s'efforçait de camoufler ses émotions derrière un ton banal. « Que dirais-tu d'amener ton invitée faire un tour à la plage ? lança-t-il à Alex, ici, l'agitation ne commencera que plus tard. » Et il ajouta en riant : « C'est beau chez nous ! », puis il commença à tendre un câble, depuis le centre de la piste vers les haut-parleurs.

Asher ne savait comment dire au garçon argentin, bouleversé, qui se tenait face à lui, à quel point sa présence avait adouci sa propre vie, et à quel point sa jeunesse le touchait quand il le voyait tirer un livre en espagnol de sa poche, puis s'absorber dans sa lecture. Et maintenant, il y avait cette jeune fille claire. Pendant des années, une blessure avait accompagné Asher : celle qu'avait laissée en lui cet été d'autrefois, une douleur sourde, vertigineuse, comme si alors, pendant quelques jours, on lui avait redonné une chance de vivre...

Cette fois encore, Mercury se fit l'émissaire des pensées d'Asher, lorsqu'il revint en courant de son tour à la plage et se dirigea tout droit vers Esther. Il la renifla, agitant la queue, et enfonça la tête dans la poitrine de la jeune fille, avant de se dresser et de lancer ses deux pattes vers ses épaules.

Esther fit de son mieux pour se protéger des aboiements et des bonds de la fourrure jaune. Elle ne savait pas quelle attitude adopter face à une telle explosion de joie ; chez elle, il n'y avait jamais eu de chien. Mais elle céda vite à ce flot de sympathie, et posa sa main, en faisant bien attention, sur la fourrure humide.

« Viens ici, Mercury », dit Alex-Alejandro en s'approchant.

Le chien frotta sa tête contre lui.

« Tu veux qu'on sorte un peu ? » demanda Alex à Esther, lorsqu'il fut devant elle.

Esther accepta d'un bref mouvement de la tête, presque honteusement, et lissa sa robe qu'avait froissée le chien. Alex la précéda, sa silhouette se découpant dans l'éclat de lumière qui aveuglait Esther ; pourtant, elle eut l'impression que le corps d'Alex était le sien, et elle sentit la fermeté de son torse, qui était prêt à exploser.

Ils avancèrent sur le sable. Mercury allait au-devant d'eux, il avait déjà atteint le bas de la falaise, l'extrémité de la plage qu'enveloppait un rideau de vapeur.

Derrière eux, amusé, Asher cria : « N'oubliez pas de revenir... Ce soir, nous accueillons un chanteur... »

Alex sourit, mais la flèche de sympathie que venait de lui décocher Asher le mit mal à l'aise, tout comme le fait qu'en marchant il était si proche d'Esther qu'il touchait presque son chemisier.

Ils s'éloignèrent de la plage publique, du point d'observation des maîtres nageurs, des baigneurs, des bébés avec des seaux, des garçons engagés dans des parties de frescobol *, et des quelques filles aux corps ciselés dans de minuscules maillots de bain. Ici, l'étendue de sable était presque vide. Le soleil déclinant balayait la falaise d'une lumière frontale. Dans l'eau, un jeune homme manœuvrait un canoë. Il portait un slip de toile noir et son corps

* Jeu de raquettes, appelé *matkot* en hébreu, qui se pratique généralement en bord de plage.

semblait taillé dans du bois d'ébène. Il inclinait vigoureusement l'aviron de droite à gauche, se hissait au sommet des vagues et basculait dans l'abysse qui s'y ouvrait. À l'ombre de la falaise, quelques garçons étaient allongés et fumaient ; juste au bord de l'eau, un homme âgé passa devant leur groupe, l'air concentré dans son short kaki et son maillot de corps. À l'autre bout, dans la lumière qui s'estompait, les colonnes de marbre du site archéologique se dressaient.

Ils marchaient en silence sur le sable chaud. Esther et Alex – ou, plutôt, Alejandro, puisqu'à présent elle savait que le garçon au tricot noir s'appelait ainsi. Elle respirait l'odeur des pins mêlée à la sueur qui montait de son corps et avançait dans le tumulte de la mer, le tissu de sa robe ondulant autour d'elle. Alex soulevait ses sandales qui s'enfonçaient dans le sable. Il ne disait rien, son corps dans le sillage de la mince jeune fille au dos nu. *Elle s'appelle donc Esther*, se dit-il en espagnol, car, dans la nouvelle langue qu'il pratiquait pourtant depuis son arrivée ici, il ne trouvait pas le moindre mot. Alors quelque chose d'inconnu l'étreignit ; comme si, à l'instar d'un personnage de Cortázar, pensa-t-il un instant, il changeait d'identité, et l'écho de la chanson l'envahissait, *Bésame, bésame mucho.*

À l'autre bout de la plage, Mercury réapparut et s'élança vers eux, se frotta, haleta contre Alex qui lui caressa la tête ; le chien leva alors les yeux, plissa le front et eut un regard humide, comme s'il s'absorbait dans quelque conclusion, puis il repartit d'un bond, en propulsant des trombes de sable sur les hanches d'Esther. Cette fois pourtant, elle tendit les bras vers les sauts de l'animal, dont elle n'avait plus peur.

« Il est amoureux de toi », lui dit Alex, qui traduisait d'une langue à l'autre, surpris par une telle audace. Il donna une petite tape sur le dos du chien, « cours Mercury, repars là-bas », lui dit-il en roulant les *r*, « cours chez Asher, aide-le au bar à ma place », ajouta-t-il d'un geste de la main, et il fit un saut en avant pour exciter le chien.

« Allez ! » ; à présent, il courait à ses côtés, et son corps s'affranchit du poids qui le pétrifiait.

Il revint vers Esther le souffle court. Mais, au loin, Mercury s'était arrêté et tournait la tête vers eux ; un instant, il les considéra, presque interrogateur, et ce n'est qu'alors, comme s'il comprenait, qu'il baissa les oreilles et repartit vers le club de la plage.

Ils éclatèrent d'un rire léger comme la course de la flèche en fourrure qui venait de s'élancer. Alex revint de son état de choc et ce rire embarrassé, joyeux, à cause d'un chien qui l'avait léchée, de la lumière montant de la mer vers les cils du garçon, étonna Esther, comme si un courant de chaleur l'enveloppait entièrement.

« Mercury est un bon chien », dit Alex, et il poursuivit : « Quant à moi, je suis de Buenos Aires, il y a là-bas un port et un lac aussi vaste que l'océan. »

Il parlait pour se libérer, pour être avec elle. Ici et maintenant. « J'étais membre du club Trotski... »

Esther n'osa pas demander ce que c'était. Son corps éprouvait la proximité du corps qui avançait à côté d'elle, de son parler à l'accent si doux, dans la moiteur de l'air saturé de sel.

Ils continuèrent, comme si là-bas, à l'ombre de la falaise, la question qui accompagnait le bruit de leur marche trouverait sa solution.

Alex parla du village de jeunesse, des entraînements qu'il reprendrait bientôt, car il n'était là, installé chez sa tante Olga, que temporairement ; de son côté, Esther lui raconta sans effort qu'elle venait d'achever ses études au lycée Froomkin et que toutes ses amies se trouvaient encore au séminaire du village Yessod Haémouna, qu'elles ne quitteraient que cinq jours avant leur incorporation, le 1er septembre. Leurs mots étaient pris dans un filet transparent qui vibrait sur la mer.

« Tu connais Borges ? demanda-t-il en murmurant.

– Non.

– C'est un écrivain. En espagnol, dit-il, ému. Je l'aime beaucoup, et Alex n'arrivait pas à croire qu'il osait énoncer tout haut ce qu'en imagination il avait déjà expliqué à Esther, lorsqu'il marchait seul, pendant les nuits, au bord de la plage. « Vois-tu, j'ai le sentiment qu'il dit quelque chose que je possède au fond de moi, quelque chose que je ne peux cependant pas exprimer... Car il y a des choses que nous ne voyons pas, et pourtant elles existent... C'est ce que nous révèlent les écrivains.

– Oui, je comprends... »

Son cœur battait. Pourrait-elle lui raconter à son tour qui fut Bialik ? En réalité, elle n'avait jamais songé qu'elle serait un jour capable de dire à quel point l'avait émue la lecture du récit de ce garçon aux yeux clairs qui se tenait sur un roc noir et ne savait rien de son âme, qui était noire, et blanche. Car les braises s'étaient déjà éteintes sur l'autel, et la dernière boucle de lumière s'était obscurcie... Non, elle n'avait jamais cru qu'elle pourrait parler de tout cela à quelqu'un. D'ailleurs, elle ne savait même plus si elle avait effectivement parlé, ou si les mots n'avaient fait que résonner, si proches, dans sa tête, tandis que seuls l'enveloppaient les yeux couverts de cils épais, qu'elle connaissait depuis longtemps, et que les mots brûlaient en elle, puis devenaient sa propre respiration.

Elle cessa de marcher et considéra les orteils carrés d'Alex dans ses sandales.

« Regarde... », dit-il en se baissant vers un petit tas de coquillages concassés, qui scintillaient au bord de l'eau ; il ramassa une coquille rose, sinueuse, qu'il colla à son oreille, et il écouta...

« Écoute, écoute donc ces voix », et en lui tendant la coquille froide, couverte de sable, sa main effleura celle d'Esther. Elle posa la coquille contre son oreille. Le bruit sourd qu'elle perçut la stupéfia, « c'est fantastique », murmura-t-elle, en écoutant le tumulte qui redoublait celui des vagues.

« Quelles sont ces voix prisonnières ? » La voix d'Alex était fébrile. « D'où sont-elles venues, avec les vagues, jusqu'ici ? Que nous racontent-elles ? De quoi sont-elles le signe ? »

Esther frissonna. Elle leva les yeux vers les cils d'Alex, qui battirent aussitôt. Derrière le tas de coquillages, les vagues brillaient et approchaient en rugissant ; elles unissaient dans la cuve qu'elles formaient l'embrasement du soleil et le murmure de l'ombre des profondeurs.

Alex se pencha et traça quelque chose en riant. « Qu'est-ce que c'est ? rit-elle avec lui. – Lis... » Sur le sable humide, les traits se déployaient puis s'unissaient pour former une figure. « Aleph ? – Oui », et il tourna vers elle son visage qu'illuminait un sourire. « C'est le titre d'un récit de Borges que j'aime beaucoup. *L'Aleph*. J'y pense énormément. Borges y parle d'une cave, située en un lieu dont nul n'a jamais entendu parler, où est gravée la lettre *aleph* ; celle-ci a le pouvoir de mener vers tout ce qui a existé auparavant ; grâce à elle, tout le passé se dévoile en une seule fois, un peu comme dans cette coquille, où logent ces voix lointaines, venues des immensités marines. »

Esther tremblait toujours. Et les paroles du poète, que renfermaient-elles ? Pourquoi le garçon n'attendait-il pas la jeune fille et choisissait-il de fuir l'île dévastée où les flammes consumaient encore les ruines ?

Cette question, Esther n'avait jamais osé la poser jusqu'ici. Pourrait-elle en parler à Alex ? Étaient-ils si proches ? De violents battements d'ailes claquèrent en elle, dans des cris de joie et de ténèbres.

« Et c'est aussi la première lettre de nos prénoms... Esther, Alejandro... L'*Aleph*. » La roue de feu disparut. À l'horizon, le garçon en canoë continuait à manœuvrer sur l'éclat frémissant. Le tumulte de la mer augmenta.

« Nous pouvons aussi graver cet instant, voici », et il se baissa, tira une autre coquille du petit tas, puis l'approcha du front d'Esther. « Inscrivons l'Aleph.

– Oui, murmura Esther au contact du coquillage glacé. Inscrivons que je te vois et que tu me vois. »

Le garçon en canoë traversait les vagues, disparaissait derrière les crêtes et ressortait ; les cheveux d'Esther effleuraient ses épaules, dans le vent chaud.

Quand allait-il donc prendre sa main, qui tenait le coquillage, et la poser sur son propre front ? Quand écouterait-il ce qui grondait à l'intérieur ? Elle faillit lui prendre la main, mais elle attendit encore, et une douce tristesse se mêla à sa respiration, puis papillonna entre eux comme une aile transparente. Quand allait-il approcher son visage du sien ? Quand l'attirerait-il vers l'odeur de résine qui émanait de son corps ? Esther voulait lui dire qu'elle n'avait plus le choix, qu'il lui ressemblait tellement, et que le tumulte les recouvrait déjà... Elle faillit trébucher.

Alex se tenait tout à côté d'elle. Maintenant que les mots s'étaient libérés, il baissa les bras, le coquillage qu'il avait tenu jusque-là lui échappa et tomba sur le sable. La chaude respiration d'Esther touchait son visage. Il éprouvait physiquement son attente, pourtant, la panique l'avait déjà déconnecté et l'emprisonnait dans le labyrinthe qui se refermait sur lui, au fur et à mesure que le silence s'installait.

Et les vagues se levaient, s'écrasaient, refluaient, privées de langue.

Un grand oiseau blanc glissait sur la ligne des eaux en picorant les bulles de mousse. Le souffle du vent, qui s'était refroidi d'un seul coup avec le crépuscule, la fit grelotter, et Esther entoura son corps de ses bras. Alors le tumulte ensorcelant qui l'enveloppait un instant plus tôt se défit ; à présent, elle était nue dans sa robe à bretelles, et la rage du désir – qu'il se rapproche enfin, qu'il la prenne ! – l'envahissait, comme le jour où elle avait entendu, juste derrière elle, le bruit pétillant de la boisson dont on emplissait les verres, suivi des pas de Moïse qui s'approchait, puis se penchait vers elle à travers le liquide rouge, « skol ».

« Je... », Esther s'efforça de s'excuser pour le poids qui, à cet instant, les avait déjà déchirés. Alex esquissa un mouvement et, même par la suite, il fut incapable de s'expliquer pourquoi il avait soudain lancé, désespéré, uniquement pour fuir ce qui le pétrifiait : « Je voulais te dire que... »

D'une voix qui n'était pas la sienne, comme s'il avait cité une histoire de Cortázar, « je voulais te dire que tu n'as rien à faire avec lui ! C'est un vieux, et toi... »

Les mots qui sortaient de ses lèvres l'effrayèrent, « pardon, mais je suis forcé de te dire cela... » ; il suffoquait, pleurait pour elle, pour lui-même, pour ce qui demeurait suspendu entre eux.

Dans sa gêne, Esther bafouilla. Les battements de son cœur s'accélérèrent, et quelque chose la poussa à répondre avec animosité : « Ça ne te regarde pas ! », mais en même temps, la douceur du désir l'étranglait. Pour qui se prenait donc cet Alex, cet Alejandro, qui lui parlait comme ça ! ? Il n'oserait tout de même pas aller plus loin... Quand bien même portait-il ce tricot noir... quand bien même ses cils la faisaient-ils fondre... Après tout, ce n'était que pour lui qu'elle était sortie avec Moïse ; c'est lui qu'elle avait regardé quand ils avaient quitté le club pour s'enfoncer dans l'obscurité. Et, à ce moment-là, Alex n'avait rien fait pour les arrêter. Seul Moïse avait vu à quel point elle était noire, et lui seul avait eu la force de la retenir, voilà pourquoi elle l'avait suivi. Un instant, elle voulut tourner Alex en ridicule, à cause de sa faiblesse ; elle voulut s'arracher à la douceur de sa respiration, comme de l'obscurité qui régnait en elle. Ou alors juste se mettre à pleurer, « ne me quitte pas, Alex », pleurer. Car, à nouveau, elle était prise par l'ombre, et, dans le vent violent qui surgissait de la gueule des ténèbres, quelque chose semblait papillonner. Mais elle fut incapable de murmurer autre chose que « je... ».

D'un long mouvement de pagaie, le garçon en canoë dirigea la proue en bois à travers les vagues qui viraient au gris en refluant vers le rivage. Le souffle du soir charriait des écrans de sable, des brins de paille et des bâtons d'esquimaux ; il plaquait le tissu de la robe d'Esther contre son corps.

C'est alors qu'elle éprouva un saisissement et tourna la tête avec effroi. Derrière eux, depuis les lointains du rivage, Moïse s'approchait en courant. À chaque instant, elle avait su qu'il les cherchait, et maintenant, il les avait trouvés.

« Qu'est-ce qui se passe ?

– Rien du tout », les battements de son cœur effaçaient le tracé de la côte qui s'assombrissait.

« Que se passe-t-il, Esther ? »

Elle se tenait pétrifiée, son corps était aussi dur que celui d'une marionnette de bois. Mais, à travers la panique, elle finit par discerner un rocher proéminent, qu'elle avait pris pour Moïse lancé dans sa course. La peur, cependant, l'avait emporté, et elle tremblait à la pensée que Moïse l'attendait dans sa chambre, où plus le temps passait, plus sa colère grandissait.

« Je dois y aller maintenant », dit-elle d'une voix cassante. Et déjà, elle se demandait avec angoisse comment, malgré la pesanteur du sable, elle allait partir en courant et monter le sentier jusqu'à l'hôtel.

« Je dois vraiment m'en aller ! »

Elle agrippa son sac et se mit en route sans attendre.

Alex la suivit. « Moi aussi, je dois y aller, pour aider Asher. Jerry le chanteur ne va plus tarder », bredouilla-t-il, tête baissée.

Ils rentrèrent en se taisant, d'un pas pressé. Le soir dissimulait les fleurs sur la falaise, et les jeunes garçons avaient quitté la petite dune de sable. Alex devait faire un effort pour ne pas exploser en sanglots lorsqu'il butait sur des tas de coquillages dans les flaques d'eau stagnante.

Ils s'approchèrent du rocher qui formait une marche menant vers le sentier de la falaise. Plus bas sur la plage, non loin du club, une Susita * de type commercial

---

* Marque de voitures israéliennes des années 60.

était garée à côté de la camionnette. Jerry était déjà là et avait fini d'installer la sono avec Asher. Les échos de la conversation et des rires des deux hommes furent bientôt recouverts par les voix de ceux qui arrivaient à peine.

Esther s'arrêta, dit rapidement « au revoir », puis s'engagea sur le sentier.

Alex n'osa pas lui demander si elle reviendrait, s'il la reverrait. Il serra les mâchoires et s'éloigna à son tour, tête basse.

« Un, deux, un, deux, trois », Jerry essayait son micro, mais un bruit de larsen montait de son ampli. « Un travail très spirituel », décréta Asher, puis il vérifia les branchements.

À travers les ombres du soir, il vit Alex qui rentrait seul de la plage et il comprit tout de suite.

« Viens, l'appela-t-il, prends donc ce câble, puisque tu as les mains vides. »

*

Moïse tournait en rond dans la chambre. Il s'était déjà servi deux verres dans la bouteille de Campari qu'il avait achetée l'avant-veille au marché de Migdal, entre les magasins de l'ancien quartier arabe. « C'est tout ce que cette gamine sait boire », ironisait-il, ému, en faisant glisser des pièces de monnaie dans sa poche. Il allait du lit à la commode que drapait une lumière rougissante, puis il revenait à la fenêtre. Les heures s'étiraient, et Esther n'arrivait toujours pas.

Il composa, comme s'il y était forcé, le numéro de la réception : « Le robinet de la douche ne ferme pas », c'est l'excuse qu'il avait trouvée pour tenter de vérifier auprès du spectre au long visage qui était en bas, derrière le comptoir, s'il savait quelque chose, puisqu'eux seuls étaient témoins de la visite qu'Esther lui rendait chaque jour, dans l'après-midi.

La réponse du réceptionniste, qui avait une voix monocorde, tomba à l'autre bout du fil.

Moïse se planta face au soleil embrasé qui soulignait chaque repli de la mer ; dans la paume de sa main, il appuya le verre de Campari contre la cicatrice. Elle lui avait menti. L'image d'Esther au club de la plage, la veille, lorsqu'elle avait dirigé ses yeux vers le barman, lui revint. Depuis le début, elle était avec l'autre ! Comment n'avait-il rien vu ?

Une tache noire grava l'image du rivage sur ses pupilles, et c'est aussi pour cette raison qu'il ne sut si c'était Esther qui marchait là-bas, près de l'eau, à côté du garçon au tricot noir, ou si ce n'était qu'une vision. La douleur le transperça. Il but précipitamment les dernières gouttes de Campari, et une quinte de toux l'étouffa.

Il savait, avec une certitude effroyable, qu'il se noyait, que ses bras étaient privés de force, maintenant que sa mère était morte, et il savait aussi qu'à la fin la vague l'emporterait.

Dans l'asphyxie, il vit encore flotter devant lui Catherine, Jean, et la maison aussi, avec la chambre à coucher noire et blanche, et tout ce qu'il n'avait jamais cessé de fuir.

Dans les battements de son cœur, il saisissait aussi qu'il ne pourrait vivre sans cette fille, Esther. Qu'elle ne le quitte pas, merde ! Une boule de lave dégoulina vers le bleu fondant de la mer, et aussitôt le rougeoiement s'estompa sur les murs de la chambre. Mais Moïse ne voyait déjà plus rien. Il s'agrippait, impuissant, à son verre vide. Aveuglé.

Il se rinça le visage dans la salle de bains et, en se recoiffant, le contact du peigne sur son crâne le fit sursauter. Il boutonna sa veste, comme il le faisait avant chacune de leurs rencontres, s'efforça de se redresser et sortit.

À l'entrée de l'hôtel, l'ombre de Siméon s'agitait derrière le comptoir. Moïse eut un mouvement de recul en l'apercevant, puis il explosa : « Je ne veux pas recevoir le moindre message de Paris, tu m'entends ?

– Pardon monsieur », l'ombre recula, « mais pour le robinet, je voulais savoir... » Moïse avait complètement oublié qu'il l'avait appelé à ce sujet. « Je voulais savoir combien de jours monsieur souhaite encore garder la chambre, c'est le plombier qui demande... »

Moïse eut un geste de dénégation, car comment pouvait-il répondre à cette question ? Il n'avait rien à chercher ici, hormis les grands yeux qu'Esther levait vers lui. Dès qu'il referma la porte vitrée de l'hôtel Dagon, Moïse s'immobilisa. Il ne savait tout simplement pas où aller. Il repoussa l'idée, dans une sensation d'asphyxie, de se mettre à courir sans attendre vers le club de la plage, de l'y chercher. C'est par habitude qu'il ouvrit la portière de la voiture rouge : il y resta assis un moment, puis mit le contact et démarra.

Moïse roula longtemps à travers la petite ville que le soir recouvrait. Il dirigeait le véhicule mécaniquement, sachant seulement qu'il lui fallait poursuivre, dans l'attente d'une voix qui, du sein de la confusion, finirait par s'éclaircir en lui. Il conduisait lentement, sous le poids qui contrariait sa respiration, comme s'il faisait face à un malheur qui approchait, ou peut-être à un grand bonheur qui le déchirerait. La voiture traversa les territoires du couchant, les rues éclairées par les lampadaires publics, au pied desquels se formaient des ronds réduits de lumière ; le vent chaud, montant du crépuscule qui s'étirait au-dessus de la mer, passait dans ses cheveux. Sur un terrain vide, poussiéreux, des corbeaux s'étaient rassemblés en une seule bande, et ils picoraient, sautaient lourdement, en poussant des cris stridents.

À l'autre bout d'une rangée de magasins, un kiosque était encore ouvert, malgré l'heure tardive. Dans le rectangle de lumière, les paquets de cigarettes, les bouteilles de jus de fruits, des cartes postales criardes et des tubes remplis de chewing-gums scintillaient. À l'entrée, dans des seaux d'eau, on avait disposé plusieurs bouquets. Dans l'obscurité, leur image se révéla à Moïse en un doux bruissement qui évoquait un souffle. Il freina, sans trop comprendre ce qu'il faisait.

Un homme au visage rond et au regard doux sortit du kiosque ; vêtu d'une vieille veste de toile, il passait lentement la main sur sa calvitie. Il s'apprêtait déjà à rentrer les seaux et à ranger les fleurs invendues dans un réfrigérateur, lorsque l'homme en costume approcha.

« J'achète ces fleurs », dit-il en indiquant un bouquet de roses rouges, retenues par un élastique. Il n'en demanda même pas le prix et continua dans une sorte d'ivresse : « Celles-là aussi, et celles-ci... J'achète tout ! »

Un sourire étonné emplit le visage du vendeur, monsieur Pinhas Neufeld, « oui, oui... » dit-il, emporté par l'émotion de cet acheteur à l'accent étranger, et il sortit les bouquets l'un après l'autre en s'extasiant face à tant de beauté, « celui-ci est magnifique, et avec celui-là, vous aurez le plus beau bouquet ! » ; maintenant, il déversait sur l'étranger qui venait soudain d'apparaître tout ce qu'il avait sur le cœur, « il y a peu de temps que j'ai commencé à vendre des fleurs au kiosque. Les gens aiment les fleurs, ils en font cadeau, en ramènent chez eux, voilà ce que je pensais, et pourtant ça ne marche pas. Les fleurs restent là et se fanent. C'est vraiment dommage. Des roses pareilles... », et il tira, sous le comptoir, un rouleau de papier cellophane, « quel magnifique bouquet ! ».

Voilà pourquoi, lorsque l'homme au costume demanda : « Tu peux envoyer ça ? », il s'abstint de lui expliquer qu'ici on ne s'encombrait pas de livraison et que, dans la petite ville, nul n'attendait qu'on lui fasse porter quoi que ce soit, chacun se chargeant seul de son propre fardeau, comme ces valises et toutes ces affaires qu'ils avaient rapportées de très loin, « oui, oui », fit-il de la tête, en se disant qu'après la fermeture du kiosque il emporterait en autobus l'immense bouquet.

« Où dois-je les livrer ? » demanda-t-il. Et c'est alors que Moïse cessa de s'agiter : « Esther Weiss, 15 rue des Bâtisseurs » – il énonça avec hésitation, et de son accent étranger, le nom, l'adresse, le numéro sur la façade de la maison.

Monsieur Neufeld répondit aussitôt : « C'est parfait ! », et il pensa que c'était justement sur sa route ; après la livraison, il continuerait sur la même ligne d'autobus. Il secoua sa tête à la calvitie brillante.

« Vous souhaitez peut-être y joindre une petite carte ? proposa-t-il, piqué par l'écho qu'éveillaient en lui les bonnes manières désormais oubliées de l'homme au costume.

– Non, non, sans rien », murmura Moïse. Et soudain, il paniqua : « Tu apportes les fleurs ce soir, oui ? !

– Je les apporterai... je n'y manquerai pas », Moïse entendait encore la voix de monsieur Neufeld lorsqu'il revint à la voiture, épuisé comme on peut l'être après un terrible effort.

Il s'appuya contre le volant et resta ainsi un moment indéterminé. De l'autre côté de la route, dans le kiosque encore éclairé, il aperçut la calvitie du fleuriste qui se démenait encore. Entre-temps, la nuit avait entièrement recouvert la petite ville.

*

Dans le couloir de l'hôtel, Esther était essoufflée d'avoir tant couru. Elle frappa en tremblant à la porte de

Moïse. Et ce n'est qu'au bout d'un long moment qu'elle s'éloigna de la chambre.

Elle redescendit lourdement. Pour la première fois, elle s'arrêta devant la tête qui flottait au-dessus du comptoir de la réception. « Je voudrais laisser un message... pour la chambre 205... », et elle put à peine achever sa phrase, « dites qu'Esther est venue... », avant que sa voix ne se brise.

Dehors, ses sandales se posèrent sur la fine couche de sable qui recouvrait les marches de l'entrée. Elle continua lentement, jusqu'à l'arrêt d'autobus, à l'ombre des tamaris. Le soir était déjà tombé sur la route de la plage et la station était déserte. Une faiblesse se répandait dans ses membres.

Elle s'assit à même la terre et s'appuya contre le tronc d'un tamaris ; elle n'avait aucun but précis ; elle enfila son chemisier sur ses épaules nues. Des aiguilles de tamaris et des éclats de pierres adhéraient à sa robe, à ses jambes croisées en tailleur.

Elle était épuisée. Dans la pesanteur qui l'envahissait, elle ne savait plus très bien envers qui elle était coupable : Moïse, qui l'avait attendue puis était sorti, ou Alex-Alejandro, dont la sueur à l'odeur de pin l'enveloppait encore, tandis qu'il la regardait à travers ses cils épais ? Peut-être était-elle immensément coupable devant ses parents, qui, à cette heure ci, rentraient silencieusement dans la maison vide...

Le corps d'Esther disparut sous son propre poids, et elle s'assoupit. Par-delà l'ombre, elle vit avec angoisse son père allongé sur le sol de la maison, drapé de son châle de prières qui recouvrait même son visage, comme un linceul. Sa mère aussi se trouvait là, les bras tendus en un geste de supplication, la robe déchirée, ses cheveux jaillissant hors du foulard à moitié arraché. Mais, soudain, elle leva les yeux et vit Esther qui se tenait là et les observait. Elle voulait fuir, mais elle n'y arrivait pas et se contentait donc de les regarder, le corps paralysé. Féla lui prit alors le bras de force et hurla : « Estherleh ! Estherleh ! Qu'Estherleh ne s'en aille pas ! », et c'est alors que, en tirant très fort, Esther se libéra. Elle y avait été forcée ; il lui avait fallu s'arracher aux cris de sa mère, s'esquiver comme un poisson qui ondule. Quand elle tourna la tête, elle vit avec horreur que le châle de prières s'était défait, révélant les yeux morts de son père, qui se plantèrent en elle avec une tristesse infinie. Alors, les mots qu'elle avait récités à la fin de l'année scolaire sortirent de ses lèvres dans un grincement : « *Plus jamais, je n'oserai porter mes yeux vers les cieux ; je les abaisserai vers le gouffre de mon âme enténébrée* », et elle resta clouée sur place, envoûtée par les yeux sans vie et grands ouverts de son père, qui avaient vu comme elle entourait son propre corps, entièrement nu, de ses bras.

Lorsqu'elle s'éveilla, son corps était perclus de froid. Ses jambes étaient engourdies. Elle lissa les bords de son chemisier, *Je Te remercie – Toi qui dans Ta bonté m'a restitué mon âme.*

Elle se leva, secoua les aiguilles de tamaris et les grains de sable.

Elle prit la direction de la falaise, dont le sentier descendait jusqu'à la plage. C'était comme si elle revenait de lointaines contrées. Ce qui venait de se passer se brouilla, et une force étrangère la poussa à travers le vent de la nuit. Au bout du sentier s'ouvrait l'espace marin, noir, lardé de luisances qui apparaissaient et, aussitôt, disparaissaient. Au loin, une blancheur se profila sur l'écume, qui poursuivait sa course vers l'immense coupe des ténèbres.

Le tumulte de la mer se fit plus proche d'elle. Esther continuait à descendre en tâtonnant, et, à son passage, les fleurs jaunes des onagres étincelèrent, attirant vers leur pollen collant le bourdonnement des insectes, et se rassemblèrent autour d'elle.

Plus bas, la piste du club scintillait telle une boîte à bijoux. Vague après vague, les échos de la voix suave d'un chanteur s'élevaient jusqu'à elle. Esther se fraya un chemin, attirée par la lumière, le souffle tendu et silencieux.

Danse

Les enceintes diffusaient des disques avant la prestation de Jerry et faisaient déjà bouger les premiers danseurs sur la piste. Sur l'étendue des flots, perçait l'ultime lumière d'après le crépuscule, mais, entre les spots installés spécialement pour le concert, on ne pouvait déjà plus la distinguer.

Sur la route, que l'on avait tracée à l'époque turque, on voyait s'approcher tous ceux qui étaient devenus, durant cet été, des habitués du club ; des bandes joyeuses progressaient à pied, à vélo ou à bord de l'unique autobus ; les quelques propriétaires de voiture ou de moto filaient comme un vent de tempête ; puis ils se garaient au sommet de la falaise, non loin du tell archéologique, et en redescendaient à grands éclats de voix, jusqu'à la tache de lumière sur le rivage obscur, au dessus duquel, telle une révélation, une pleine lune était suspendue.

La piste s'emplit rapidement. Des jeunes garçons aux mèches rebelles, en pantalon moulant, qui riaient tout haut, s'interpellaient en criant d'un bout à l'autre de la piste, *Just say I love her*, attiraient les filles vers eux pour danser, avec leurs jupes ultracourtes et leurs cheveux lisses. Il était clair que le plus intéressant de la soirée n'avait pas encore commencé.

Le club était maintenant bourré de monde, comme au cours de ces nuits d'été un peu particulières où Jerry se produisait, emportant le public sur les tempos d'Elvis ou le berçant de sa voix veloutée en reprenant les morceaux de Paul Anka, de Los Paraguayos, d'Adamo.

Jerry allait donner son dernier concert de la saison. Comme d'habitude, il avait débarqué de Tel-Aviv à bord de sa Susita avec Yossi, son percussionniste, qui l'accompagnait tantôt sur des rythmes de bongos, tantôt avec ses balais en métal. Yossi ne connaissait pas le sud du pays et il n'accorda aucune attention particulière à l'amitié virile avec laquelle les accueillit Asher, le propriétaire du club, un moustachu au regard chaleureux et aux doigts amputés, qui trinqua au whisky avec Jerry avant le concert. Pour Yossi, rien n'existait hormis les danseurs et les filles qui regardaient ses baguettes avec admiration, surtout lorsqu'il ponctuait d'un rire profond les solos que lui accordait Jerry ; et, à la fin, elles venaient toutes l'entourer. Puis il repartait avec Jerry au cœur de la nuit, dans la Susita chargée de matériel, auréolé par les rythmes et un nuage de bière, pour retrouver la petite chambre de Kerem Hatémanim* qu'il partageait avec son frère. Quant à la grande question – ou ce que Jerry entendait lorsqu'il lui demandait : « Tu comptes faire quoi de ta vie au juste ? » –, Yossi n'y avait toujours pas répondu.

* Quartier yéménite de Tel-Aviv, naguère très pauvre.

Pour Jerry, le voyage vers le sud – en longeant les routes bordées d'eucalyptus et les anciens postes de police qui se dressaient sur les collines – ne ressemblait à aucun autre de ses déplacements qui le menaient dans des clubs disséminés à travers tout le pays. Ce voyage le ramenait vers des lieux, vers des noms, où il se produisait avec pour seul contrat une solide poignée qu'il échangeait avec Asher, sans y ajouter un seul mot. Les regards suffisaient, ainsi que le contact de la main aux doigts amputés d'Asher, au beau milieu des aboiements de joie de Mercury. Et, à nouveau, ils sentaient le goût amer de la peur, des nuits qui enveloppaient le poste de commandement – une unité composée d'hommes encore jeunes, silencieux, serrés les uns contre les autres, face aux contingents de l'armée égyptienne qui les encerclaient, privés de visages, dans l'obscurité.

La fumée des cigarettes et les voix excitées saturaient le club lorsque Jerry et Yossi montèrent sur la petite scène et que chacun se dirigea vers sa place sous la lumière des spots et les applaudissements des jeunes. Yossi s'installa derrière son kit de batterie, et Jerry saisit le micro, « Salut les amis ! », dit-il en brandissant sa guitare électrique, puis il releva la tête, comme s'il captait un son lointain, attaqua les arpèges qui marquaient l'ouverture du concert et fit un signe à Yossi, qui abattit ses baguettes.

Jerry chantait, sa guitare en bandoulière sur sa chemise noire, ouverte jusqu'à la ceinture, dévoilant les poils de son torse, sa peau rougie par la chaleur et l'effort. Il se déhanchait dans son jean serré sur son corps qui n'était plus tout jeune, et, de sa voix, il ensorcelait les spectateurs comme s'il leur servait une potion épaisse venue du cœur de l'été. D'un ton suraigu, il entama *Speedy Gonzales*, et la piste se remplit de corps qui se contorsionnaient, de cris et de grands mouvements de bras. Puis il passa aux reprises des Platters, s'inclina vers le micro et, d'une voix sourde, attaqua *Only You*, tandis que les danseurs déchaînés cédaient la place aux couples qu'Asher surveillait en tamisant la lumière derrière le bar. Il était fasciné par les déhanchements de Jerry face à son micro. Qui eût cru qu'après des années il réapparaîtrait avec une guitare électrique, une mèche impeccable et un visage maquillé, du fond des mélodies qui jaillissaient du petit harmonica de Gershon Lifshitz ? Un projecteur éclairait la moitié de son beau visage lorsque, entre les paumes de ses mains, il faisait danser l'harmonica tel un corps vivant ; les sons chauds qu'il en tirait ouvraient alors une brèche dans la peur qui leur restait en travers de la gorge, dans la jeunesse qu'ils avaient passée l'un contre l'autre, dans le rêve qui les avait marqués, dans l'asphyxie déchirante de l'innocence, de l'espoir, dans la fraternité où ils s'étaient trouvés et qu'ils ne retrouvèrent plus jamais, comme tout ce qui avait été détruit au cours de cette nuit où on les avait abandonnés sur leur position avancée, encerclés, équipés de quelques misérables fusils et de grenades, face aux chars d'assaut, à l'infanterie égyptienne – lorsque soudain, au cœur du feu, le contact avait été rompu ; juste après, les chaînes des tanks se mirent à crisser, il y eut des hurlements, et l'odeur du sang imprégna leur position.

Leur évacuation n'eut lieu qu'à l'aube, et il leur fallut porter les cadavres encore chauds d'Itsik Lerner et de Menashe Lauterman, un nouvel immigrant d'Argentine, qui avait insisté pour se joindre à leur unité. Juste avant de mourir entre leurs mains, il avait encore eu le temps de dire quelque chose en espagnol. Nul ne comprit. Là-bas, à l'arrière, les regards se détournèrent d'eux, comme s'ils avaient failli à leur mission, et quand le médecin finit par arriver, Asher lui tendit la paume de la main, qu'il avait bandée dans sa chemise en lambeaux, puis il hurla : « Coupe ! Finissons-en avec ça ! Ampute ! »

Un instant les sons de l'harmonica avaient retenti en lui dans l'ombre de la mort, ainsi qu'une espérance, qu'il n'oublierait jamais. Ensuite, chacun avait suivi son chemin vers un monde uniquement préoccupé de lui-même et qui ne cessa de tourner afin d'essayer de saisir ce qu'ils avaient perdu là-bas. Mercury était à ses pieds. Asher posa un doigt entre les deux yeux de l'animal et le fit passer sur son pelage soyeux.

L'obscurité se refermait sur la bulle de lumière du dancing. Alex sortit du réfrigérateur des bouteilles de bière dont il fit sauter les capsules, servit, puis rassembla les pièces et les billets, son corps coupé du monde extérieur. Sa poitrine brûlait, il n'entendait pas le brouhaha qui régnait dans le club. La voix de Jerry montait des haut-parleurs, *Speeeedy Gonzales*, et rejaillissait entre les jeunes qui se trémoussaient en dansant le twist ; seul Alex-Alejandro demeurait extérieur, détaché du flux de vie qui passait sur la piste. Tout s'était refermé devant lui. Tout le refoulait très loin, lui, l'étranger parmi les voix des fêtards.

Il travaillait mécaniquement, son éternel tricot noir tendu sur le corps. Il était encore hanté par les senteurs piquantes du sel, par les coquillages dans la lumière déclinante, face à l'homme qui glissait en canoë, et par les rires clairs, presque transparents, d'Esther. Il avait pensé lui traduire la chanson *Bésame, bésame mucho*, mais il avait attendu qu'elle relève le bras et que ses grands yeux s'accrochent à lui, comme lors de la toute première nuit, lorsqu'il l'avait vue en sachant tout de suite qu'il la connaissait, la connaissait depuis longtemps. Il saisit quatre bouteilles de bière à la fois entre scs doigts et les porta comme s'il s'agissait d'éperons qui, entre ses mains, ne serviraient à rien, il le savait très bien.

Juste à côté d'Alex, Asher se partageait entre les consommateurs qui se pressaient au bar et le réglage des lumières. Ils travaillaient côte à côte. Entreposaient les bouteilles vides dans une caisse et réapprovisionnaient le bar. Depuis qu'Alex était revenu seul du bord de plage, Asher ne lui avait pas posé la moindre question. Mais la tension qui émanait du jeune homme silencieux était presque palpable et plongeait Asher dans une sorte d'expectative. Comme si du sein des ténèbres, et avant même que la nuit ne s'achève, il parviendrait enfin à décrypter une question qui sommeillait encore. Une question restée si longtemps sans réponse qu'il avait fini par l'oublier. Et, à présent, elle venait de se réveiller.

Il était déjà tard. Sur la petite scène, Jerry se pencha vers son micro et tira des notes stridentes de sa guitare électrique. Son cou luisait, et le maquillage coulait sur son visage. Il chantait face aux rugissements des jeunes gens emportés par la danse ; ils ne marquaient qu'une brève pause à la fin de chaque chanson, puis le rythme soulevait à nouveau leurs corps couverts de sueur et bouillants de désir. Vivre !

Et tout autour, l'obscurité enveloppait la piste de danse, qui ressemblait à une arche lumineuse flottant dans le calice de la nuit.

Soudain, Jerry s'interrompit et il fit signe à Yossi de cesser ses roulements de batterie. Les jeunes cessèrent à leur tour de danser et s'immobilisèrent.

Jerry empoigna le pied du micro, leva son visage, sur lequel luisaient encore des restes de maquillage, et d'un signe de la main invita le public à faire silence.

« Je vais maintenant vous chanter quelque chose d'un peu spécial, dit-il. C'est une chanson d'ici, mes amis, une chanson bien à nous. »

Il s'exprimait lentement, ses yeux regardant au loin, et la sueur dégoulinant le long de ses tempes, perlant sur sa coupe de cheveux aux longues pattes, dans le style d'Elvis, sur ses joues pâlissantes et son sourire forcé, qui parut trembler un instant.

Il se tourna vers un étui d'accordéon, passa les sangles de l'instrument sur ses épaules, et le reflet des touches vermeilles du clavier brilla sur son visage.

De sa place, derrière le bar, Asher regardait son ami avec surprise. Dès l'instant où Jerry avait levé le visage vers les danseurs en les invitant au silence, quelque chose d'inexpliqué l'avait troublé. Même plus tard, il fut incapable de se souvenir de l'ordre des choses. Était-ce le personnage d'Esther qui, en se matérialisant depuis le bord de mer, avait forcé Jerry à s'interrompre et éveillé en lui une mélodie d'autrefois ? Ou peut-être était-ce sa voix, brisée par la nostalgie, qui avait attiré la jeune fille, tel un papillon, vers la lumière. À moins qu'à cet instant, depuis les hauteurs de la falaise, une ombre vêtue d'un costume se soit détachée, prête à déchirer le voile des ténèbres – d'où le léger sanglot qu'avait eu Mercury, qui se tenait aux pieds d'Asher.

À présent, alors que les danseurs s'étaient dispersés, le silence était retombé sur la piste ; seuls régnaient la magie de l'émotion de Jerry et son visage qui prenait un air de plus en plus grave.

Même Yossi se tendit sur son siège dans la solennité de l'instant et il entama l'introduction.

C'est alors que montèrent les premières notes du soufflet de l'accordéon, tandis que les doigts de Jerry couraient sur les touches, ainsi que sa voix profonde :

Tu étais mon étoile
Tu es partie et n'es pas encore revenue...

Lorsqu'elle acheva sa descente vers la plage, Esther se tint un moment au pied de la falaise. L'étendue de sable qui la séparait de la piste du club était striée d'ombre et de lumière. Elle ne s'était pas encore remise des visions qu'elle avait eues sous les tamaris. La chaleur du soir imprégnait son corps, et chaque élément la traversait, se déployait en elle comme un arpège, dans un doux ronronnement.

Les sons de guitare et de batterie arrivaient jusqu'à elle d'entre les roseaux et les branches des jujubiers. Les silhouettes des danseurs se projetaient sur le sable, telles d'immenses créatures se contorsionnant. La voix du chanteur – celui dont il était question sur l'affiche – s'élevait avec le mugissement des flots qui se rapprochait, vague par vague.

L'immense fracas, le sel, les ombres qui montaient de la piste et même l'amertume des buissons d'inule visqueuse pénétraient chaque pore de sa peau. La nuit chaude reposait sur son corps qui tremblait. Et, à travers son engourdissement, l'écho du rythme l'effleura, par-delà la distance qui la coupait encore de la piste éclairée, des danseurs, de la joie, et d'Alex, d'Alejandro qui évoluait là-bas, derrière le bar. Un moment, elle tenta de se protéger du vent en étreignant son propre corps, puis ramassa son sac à moitié vide.

C'est alors que le silence s'installa. Esther se tendit de tout son être vers la voix du chanteur qui s'élevait...

Tu étais mon étoile
Le vent sur les lointains
La lumière au bout du combat
Tu es partie et n'es plus jamais revenue

La nuit emportait les sons à même les haut-parleurs, par-delà les jeunes gens qui écoutaient, debout, et les attirait vers l'obscurité de la plage, jusqu'à Esther, qui s'approchait lentement dans un crissement de sable, attirée par la voix empreinte de langueur qui la touchait – non par les mots, mais par son timbre. Comme une plaie qui s'ouvrirait et envahirait son âme d'un flot d'émotions. « *Écoute Israël...* », murmura-t-elle.

Elle se tint à la lisière de la piste, écoutant ce qui, du sein de la voix de Jerry, se déployait en échos jusqu'au bout de la nuit immense.

Tu étais mon étoile
Le soleil de l'Ouest
L'eau dans la canicule
Tu es partie et n'es toujours pas revenue...

Et c'est alors qu'une brise légère passa par le corps d'Esther. Elle avança vers l'intérieur de la piste, traversa le cercle du public debout, dépassa le bar sans y jeter un regard ; elle progressait à petits pas, comme en rêve, portée par la vague qui s'était soulevée au loin, pour venir se briser contre ses mouvements.

Les jeunes, stoppés dans leur élan par la chanson inconnue de Jerry, ne s'étaient pas encore remis à danser, et quand Esther se présenta sur la piste, un cercle silencieux persista autour d'elle. Un instant, elle ne fit qu'écouter, la tête légèrement penchée, le regard tourné vers ce qui se jouait en elle, un sourire léger sur le visage.

Puis elle souleva doucement le talon. Son corps, presque immobile, s'inclinait à peine, un genou fléchissant, comme si elle se tenait au bord d'un seuil. Sa cheville pivota lentement, la plante de ses pieds se creusa dans ses sandales et elle ouvrit grand les bras. La lumière descendait sur ses cheveux lisses, sur le chemisier qui couvrait ses épaules, sur sa robe qui, depuis ses hanches, ondulait légèrement ; une transparence drapait son corps menu d'un halo, elle semblait ne pouvoir conserver son centre de gravité plus d'un instant, avant que ses jambes ne se soulèvent, prêtes à l'envol.

Esther se mouvait, exposée à la nuit, à tous ceux qui s'étaient regroupés autour de la piste. Elle n'avait aucun mot pour exprimer ce qui s'était levé en elle dans des pépiements d'oiseaux et la submergeait à son insu ; quelque chose saignait depuis la voix qui chantait, comme les mots du poète qu'elle avait déclamés ; des mots consumés par les flammes qui détruisirent le Temple de Jérusalem, où un ultime frisson traversa les braises. Son corps était porté vers quelque chose qu'elle ne contrôlait pas et dont les branches, lourdes de cris d'oiseaux, l'enchevêtraient à Moïse, à Alex-Alejandro, à ses parents qui l'attendaient à la maison, autour de la table de la cuisine. Car la femme blanche au visage brisé, c'était elle ; seul le vent l'avait arrachée aux abîmes de la mort, la déchirant de son souffle immense. Vivre !

Stupéfait, Asher avait vu la jeune fille qui s'était promenée sur la plage en compagnie d'Alex pénétrer sur la piste. Il était certain qu'il ne la reverrait jamais, et voici qu'elle arrivait depuis l'obscurité, avec son visage fin, transparent.

Pourtant, elle ne s'était pas dirigée vers le bar, vers Alex, mais se tenait au cœur de la piste, le regard saturé, et elle commençait à se mouvoir lentement. Asher sentit que sa stupéfaction gagnait aussi les jeunes qui entouraient Esther, tandis que de sa voix nue, dans le silence que rien ne venait contrarier, Jerry continuait à prononcer des mots simples, comme si, maintenant, même lui ne chantait plus que pour cette jeune fille qui évoluait, seule, sur la piste.

Tu étais mon étoile
Le vent des lointains
La lumière au bout du combat
Toi, toi, toi...

Asher se pencha sur le comptoir, regarda Jerry qui se cramponnait à l'accordéon, comme s'il était lui-même défait par cette jeune fille qui tournait lentement, en plein milieu de la piste. En cet instant, tout jaillissait de sa voix étranglée, l'errance, les années de déception et d'amours amères ; ils resteraient à jamais des jeunes gens blessés au sourire figé, comme celui de leurs amis tombés là-bas et dont ils ne se remettraient jamais de la perte. Seul un effort soutenu leur permettait de tenir, ainsi qu'une culpabilité dévorante, comme le sanglot léger, fidèle, de Mercury, et, en face d'eux, la jeune fille flottait dans une aura transparente, tel un papillon tremblant à la lumière un seul instant, mais dans un infini d'amour.

Le frottement des balais métalliques de Yossi faisait écho à la pétrification de ceux qui se tenaient autour de la jeune fille nimbée de lumière. Pourvu qu'elle ne s'arrête pas, qu'elle ne cesse pas de se mouvoir.

La douleur se réveilla dans les moignons d'Asher, perça subitement.

Oui, cet instant resterait gravé en lui comme si l'éternité s'était arrêtée. Alors, quand Jerry ne chantait déjà plus, mais priait avec les poumons gémissants de l'accordéon, et que sa voix fusionna avec le corps planant de la jeune fille, Esther recueillit en elle, tel un coquillage, le marmonnement des vagues, le murmure de ceux qui étaient enterrés sous les couches du tell, les bribes de vie emportées vers les côtes de la petite ville.

Des années après tout ce qui se produisit au cours de cet été, lorsque, par une nuit de tempête, une vague immense monta de la mer et emporta le club et la piste, Asher se souvint de cet instant précis, unique par sa beauté, au point qu'il transperçait l'épaisseur de la vie – l'instant où les jeunes se tenaient autour de la piste, tandis que quelques filles murmuraient : « C'est Esther, regardez ! »

Et lorsque, au terme d'une série d'errances et de reconversions professionnelles, il deviendrait un guide avec un large chapeau de toile et conduirait des groupes de touristes vers les statues blanches dont les reliefs se découpaient sur le tell archéologique, il leur dirait : « Voici Niké, déesse de la victoire. » Puis il leur expliquerait qu'elle se tenait là tandis qu'à ses pieds « Atlas portait le globe terrestre sur ses épaules ».

Et cela suffisait ; lui, il n'était déjà plus si jeune ; les mains fourrées dans les poches de son pantalon, il taisait tout ce qu'il ne pouvait formuler en recourant au langage usuel, et parfois, chez lui, lorsque les 33-tours passaient sur sa vieille platine, sa main se souvenait du désir qu'avait éveillé en lui, telle une douleur fantôme, cette jeune fille, Esther, au cours de ce même été lointain.

Qui eût pensé qu'au soir de sa vie, par une nuit de tempête, se détacherait à nouveau du rocher la statue blanche d'une femme extraordinairement belle, le vent soufflant dans sa cape ?

Tu es la lumière au bout du combat
Tu étais mon étoile
Toi, toi, toi...

Alex quitta le bar et se plaça juste derrière les spectateurs. Il observa Esther au cœur du cercle de silence, et Jerry en face d'elle, le soufflet de l'accordéon béant, *tu étais mon étoile*, son cœur battait. Il la regardait lentement passer son poids d'une cheville à l'autre, planant avec un sourire de songe, son sac de toile comme une aile à son épaule.

Que disait sa danse ? Il tentait de déchiffrer le personnage qui évoluait là... Il pouvait sentir ses fines omoplates, qui jaillissaient sous sa robe, sa respiration, d'où s'élevait une douce vapeur, comme s'ils marchaient encore ensemble et que son corps cheminait juste à côté du sien. Le sourire songeur d'Esther passa sur le visage d'Alex, ses poings s'ouvrirent, quelque chose fondit, monta en lui, perça le poids qui était en son sein, se répandit, revêtit une forme nouvelle, puis déferla depuis des profondeurs qu'il ignorait.

Et déjà il s'apprêtait à traverser le cercle des spectateurs vers le sourire illuminé d'Esther ; maintenant, il pouvait enfin approcher, retirer le sac de son épaule, avec son prénom sur les lèvres, Esther...

C'est alors que tout arriva, avec une incroyable rapidité.

Il était déjà tard lorsque Moïse décida de descendre le sentier de la falaise. Il était épuisé d'avoir tant cherché Esther en conduisant au hasard des rues de la petite ville, et maintenant la mer de ténèbres s'ouvrait face à lui. De loin, on pouvait apercevoir la lumière du club ; les enceintes déversaient des sons de guitare, de batterie, et même la voix d'un chanteur. Comment n'avait-il pas deviné plus tôt où elle était allée...

Mais, lorsqu'il parvint au bas du sentier, le silence était retombé. Depuis la piste du club, on entendait le son profond d'un accordéon, et une voix déchirée par la douleur, une voix convoquant une douleur dont ce lieu même avait été le théâtre des années auparavant, dans l'obscurité des champs où à présent blanchissait le coton. En cet instant, la douleur à laquelle il n'avait pas été attentif depuis qu'il avait entamé son voyage solitaire, désespéré, coula en lui comme d'une blessure partagée.

Ses jambes le portaient en avant, il était aveuglé par la lumière des spots. Et c'est alors qu'il la vit vraiment, à travers le cercle des jeunes gens, là-bas, au cœur de la piste… Elle évoluait, seule, alors que son corps semblait à peine bouger. Sa tête était inclinée, un sourire passait sur ses lèvres. Sa jambe était légèrement pliée, et elle tournait, comme privée de poids. Elle semblait encore plus jeune, avec son chemisier boutonné sur sa fine robe, dont le tissu bleu dérivait lentement. Il s'immobilisa. En un cri sans voix. Comme depuis le commencement. Bouleversé face à la beauté illuminée d'Esther, dont il n'avait jamais osé croire que ses mains pourraient la toucher.

Alors Esther baissa la tête, comme si elle regardait au loin. Ses cheveux s'étaient échappés et balayaient son cou. Elle leva un bras, et ils se répandirent comme une aura, elle bougeait comme en rêve, dans une chanson dont les échos la traversaient *toi, toi, toi…*

Alex discerna la silhouette d'un homme qui approchait depuis le rivage. Il apparut au bord de la piste, se tint à la lisière de l'obscurité. L'homme qui était avec elle, la veille, au club ! Il le vit debout, essoufflé, dans son costume clair, les cheveux défaits, plissant les yeux comme un chacal piégé dans un faisceau de lumière, le visage béant comme un masque.

La vague envahit Moïse qui perdit le contrôle de lui-même en une douleur aiguë de jalousie. De toutes ses forces, il tenta de se retenir, mais la démence le dominait déjà. Il ignorait qu'il pouvait être aussi jaloux de cette extraordinaire beauté qui évoluait lentement aux yeux de tous… Mais il s'était déjà transformé en un taureau blanc, surgi hors des vagues, le corps lourd, la gueule couverte d'écume, ouverte en un meuglement, les yeux vitreux, aveuglés. Il s'élança, les bras tendus vers la colonne de marbre du corps de la jeune fille, Esther... Esther...

Asher prit peur, s'apprêta à courir, mais l'ombre de l'homme piégé traversait déjà, courbée, le cercle des spectateurs et se ruait dans les lueurs de son costume. Et avant même qu'Asher ait eu le temps de crier, l'homme saisit le bras d'Esther et la traîna derrière lui le long de la piste, alors qu'elle était encore enveloppée par un voile de lumière.

Alex hurla avec une colère qu'Asher ne lui avait jamais vue : « Laisse-la ! Tu entends ? Laisse-la ! » Il se précipita vers eux.

Un instant, tous les danseurs se tournèrent vers l'homme qui tirait la jeune fille et le garçon qui courait après eux. Mais, après la stupéfaction, ce fut comme si un écran retombait sur les jeunes gens présents au club de la plage et recouvrait tout ce qui était au-delà du petit cercle de lumière. Yossi rompit le silence par un solo endiablé, tandis que Jerry se débarrassait de l'accordéon et entamait d'une voix métallique *All Shook Up*, accueilli par l'explosion de voix qui retentit sur la piste, comme si la mélopée aux accents nostalgiques ne s'était jamais élevée ici et que le cercle prodigieux ne s'était jamais formé autour de la jeune fille claire qui semblait planer.

Même Asher resta à sa place, paralysé comme sous l'effet d'un sort, et sachant pertinemment, grâce à cette impression que seuls les hommes qui ont connu la guerre et la mort éprouvent en un clin d'œil, que Moïse n'avait pas seulement enlevé la jeune fille, mais également sa propre personne, qu'il avait tenté de se repêcher dans un geste désespéré, et peut-être même tous ceux qui étaient sur la piste, comme si le club était une arche renversée que les vagues emporteraient loin de cet été.

Seul Mercury s'était lancé, avec des aboiements rauques, derrière Alex, sorti en courant à la suite de l'homme en costume traînant la jeune fille vers la nuit.

*

« Tu viens maintenant ! »

Moïse avait empoigné le bras d'Esther et la tirait vers l'étendue de sable obscure. « Je cherche Esther ! Comme un fou ! Pourquoi pas venue ? ! », gémissait-il.

À cet instant, Alex arriva en courant derrière eux ; il vit Moïse s'accrocher à Esther, et son visage tordu penché au-dessus d'elle.

« Laisse-la tranquille ! » bondit-il sur Moïse.

« Dégage ! », Moïse relâcha Esther et repoussa violemment Alex qui tomba sur le sable, mais se releva aussitôt : « Tu es, tu es... », prononça Alex au bord de l'asphyxie, tandis que ses poings s'abattaient sur la veste de l'homme de toute la force qui jaillissait de la prison de son corps.

Pendant un instant, ils s'agrippèrent l'un à l'autre, le sable fusant sous leurs coups de genoux, l'homme au costume clair et le garçon aux larges épaules, dont le visage s'était subitement durci. Ils chutèrent, la tête d'Alex s'enfonça dans le sable, Moïse lui écrasa la nuque, puis ils se retournèrent, Alex bourrant le torse de Moïse de coups de poing, et ils roulèrent à nouveau, enchevêtrés, tandis que Mercury aboyait follement autour d'eux.

Esther recula vers l'obscurité en étreignant son corps. Le voile lumineux de la piste s'était dissipé autour d'elle, seuls les battements de son cœur cognaient comme le bruit des vagues. Tout était de sa faute ; c'était à cause de ce qu'il y avait de sombre en elle qu'ils se battaient, à cause de ce qui était totalement brisé en elle, comme une malédiction, comme une aile noire battant dans l'obscurité. Autour d'elle, tout s'était mis à tourner, et son corps, qui juste avant avait plané, privé de poids, dans la lumière de la piste, se figea de stupéfaction.

Puis, d'un seul coup, elle s'arracha de là, sans attendre de voir ce qui allait se passer. Elle courut vers le haut du sentier et le tumulte des vagues se fit alors assourdissant.

« Esther ! Esther ! », la voix de Moïse, ou peut-être celle d'Alex, montait de très loin vers elle, ainsi que l'écho des aboiements de Mercury, tandis qu'elle avançait toujours plus vite, le souffle saccadé.

Moïse apparut, à bout de souffle, en haut du sentier, entra dans la voiture et démarra dans l'affolement. Les phares fouillèrent l'obscurité de la route côtière, jusqu'au moment où il la vit marcher rapidement. Il ralentit à côté d'elle. Mais elle ne tourna même pas la tête et persista à avancer le plus vite possible.

« Esther ? ! », il conduisait tout près d'elle, « Viens, monte maintenant. Viens, je te prendre à la maison. »

Esther accéléra le pas.

« Rentre ! » Il s'éjecta du véhicule et l'attrapa par le bras, en essayant de l'attirer à l'intérieur.

Le visage transparent d'Esther était devant lui. Ses narines s'ouvraient et se refermaient au gré de sa respiration paniquée, ses yeux étaient écarquillés. Et c'est précisément son mutisme qui exacerba en lui la peur de ce qu'il avait déjà brisé.

Plus tard, Moïse tenterait de comprendre la vague qui l'avait emporté. Après tout, il avait seulement voulu la prendre avec délicatesse, tel un fin rayon de lumière... Comme si elle avait dansé pour lui sur la piste... il voulait juste la supplier, « toi ne pas s'en aller, Esther, toi non ». Mais ses mains ne l'avaient pas entendu ainsi, et il l'avait secouée comme un corps sans vie contre la voiture. La douleur jaillissait hors de lui sans qu'il la maîtrise, « comment toi danser comme ça, hein ? Comment ? ! Tu pas honte danser comme ça ? Tu es comme une putain ! ».

Ses mains parcouraient son corps, à travers le chemisier boutonné, il la prit par les épaules, attira son visage vers le sien – « Tu vas avec personne, compris ? » – et il plaqua ses lèvres contre les siennes ; il ouvrait littéralement Esther de sa langue, de ses dents, il s'enfonçait en elle jusqu'au plus profond, malgré sa voix ténue, « non, Moïse, non, non » – sa voix qui ne faisait que l'effrayer davantage, mais il était forcé de continuer, de frapper la vague aveugle, car autrement il en mourrait, « Esther, Esther... je t'aime ». Il s'interrompit en pleurant : « Je quitte tout, Esther. Tu comprends ? ! Tu es ma femme, tu comprends ? »

Jusqu'au moment où sa voix se brisa. C'est alors qu'il lâcha réellement prise. Comme s'il avait broyé un tendre oisillon entre les paumes de ses mains. Paralysé, il regarda Esther qui rassemblait les pans de son chemisier, serrait la sangle de son sac de toile, les yeux privés d'expression. Dans la même succession silencieuse de mouvements, elle commença à marcher, le corps raidi. Elle vacillait, mais continuait.

Aussitôt, la nuit avala son image derrière les ombres des tamaris. Et lorsqu'elle se retourna brièvement, son regard blessé s'accrocha à Moïse, comme en une prophétie.

Il retourna vers la voiture et finit par démarrer, les mains tremblantes. D'entre les troncs, il la vit s'en aller avec effort, les cheveux défaits, en se balançant un peu. Son cœur sombra. Pourvu qu'elle ne fasse pas un geste de désespoir.

Derrière les arbres, l'autobus approchait. Le chauffeur n'était autre qu'Ezra qui bouclait son service nocturne. L'arrêt de la plage était vide, mais il savait que les jeunes attendaient le dernier moment pour gravir en courant le chemin de la falaise et s'engouffrer tous ensemble dans le véhicule, en y apportant leurs éclats de rire du club. Voilà pourquoi il attendit sur place, dans les ronronnements du moteur. Il s'apprêtait à repartir lorsqu'une silhouette solitaire apparut. Un *fedayin* ! se figea Ezra. Il posa la main sur son revolver. C'est alors qu'il vit que ce n'était qu'une jeune fille qui courait dans la lumière des lampadaires, et il discerna tout de suite la voiture rouge qui émergeait à sa suite.

Quand elle monta, les cheveux en bataille, il reconnut la jeune fille qui empruntait cette ligne, et lorsqu'elle tendit un bras mince, pour lui présenter son titre de transport, il voulut lui demander : « Qu'est-ce qui t'arrive ? » Mais elle passa devant lui en silence, si transparente.

Pendant le trajet, Ezra observa dans son rétroviseur l'unique voyageuse, le visage appuyé contre la fenêtre. L'autobus était secoué comme la proue d'un navire face aux lumières scintillantes, et si fragiles, dans la nuit. Pour une raison qui lui échappait, il n'osa pas s'adresser à elle, lui remonter le moral par une plaisanterie, ni lui proposer de boire du thé qu'il conservait dans son thermos. Seule la chanson sur les citrons et le soir bleuté l'envahissaient dans son malaise, *querida*. Mais lorsqu'elle actionna le signal d'arrêt, ce ne fut pas à l'endroit où elle était descendue la dernière fois, et il fut pris d'angoisse.

Elle sortit par la porte arrière et, en s'éloignant de la station, il ne la distinguait déjà plus dans l'obscurité.

Tard

Esther se retrouva dans une rue inconnue dont toutes les maisons étaient plongées dans l'obscurité. Elle n'avait toujours pas repris son souffle. Son corps était meurtri par l'effort pour se soustraire à l'emprise de Moïse. Elle essaya encore de ramasser ses cheveux. Elle marchait sans savoir où, car elle ne pouvait tout de même pas rentrer à la maison dans cet état.

Elle traversa des terrains obscurs, des petites rues qui ne menaient nulle part. Elle finit par entendre des voix au loin qui l'attirèrent jusqu'à un petit centre commercial dont tous les magasins était fermés. Seul un débit de boissons et de cigarettes restait ouvert ; sur le trottoir, quelques tables en formica, éclairées par des ampoules nues. Tout autour, une bande de jeunes s'était rassemblée, certains d'entre eux affalés sur des chaises, d'autres à cheval sur la barrière de métal qui longeait la route. Il y en avait aussi qui portaient l'uniforme ; visiblement, ils étaient en permission pour quelques heures, à moins qu'ils n'aient filé d'une base militaire située dans les environs. Deux jeunes filles, vêtues d'habits criards, bon marché, se joignaient à leurs éclats de rire. La première avait des cheveux bruns, tirés en arrière, et la seconde, plutôt ronde, portait un tee-shirt rose.

Esther traversa la rue et s'approcha. La lumière l'enveloppa. En un instant, les regards se tournèrent vers elle, « hey la douce, viens, assieds-toi avec nous ! »

Elle avait soif. L'attention qu'ils lui portaient l'attendrit. De toute façon, elle ne savait pas où aller à cette heure-ci. Elle sourit.

La fille avec le tee-shirt rose reprit son porte-monnaie en plastique, qui était posé sur la chaise d'à côté. « Voilà, je t'ai fait une place », dit-elle sur un ton amical.

Esther s'installa. Au bout de la table, nul ne l'importuna. Tout autour, une conversation joyeuse se poursuivait, et Esther souriait avec un certain retard par rapport aux éclats de rire.

De loin, elle entendit la fille avec les cheveux ramassés raconter qu'elle n'avait aucune idée de ce qu'elle allait faire maintenant, puisque ses parents ne l'avaient pas laissée s'engager à l'armée. Elle parlait rapidement. « Je vais être obligée d'aller travailler. Peut-être à Rehovot, ou alors à Tel-Aviv. Mais mes parents ne m'y autoriseront pas, ils ont trop peur pour moi. C'est comme ça que les choses se passent au sein de notre communauté. On y veille sur les filles comme sur un trésor... »

À un moment, la conversation se concentra sur ceux qui portaient l'uniforme et se plaignaient des alertes trop fréquentes : « Cette frontière n'est qu'un tas de merde, d'où il ne sort que de la merde. » Puis ils se laissèrent aller à raconter des histoires d'héroïsme guerrier, avec une grande ferveur dans la voix. Tout excitée, la fille assise à côté d'Esther n'en perdait pas une miette – mais Esther, elle, n'écoutait pas vraiment. À la fin, elle capta quelques mots, peut-être à cause de la voix du soldat qui muait : « Ils ont ouvert une brèche dans la barrière, et c'est alors qu'on les a eus. Ils étaient trois. Armés jusqu'aux dents. On leur est tombés dessus depuis l'endroit où nous étions embusqués. Les ordures ! Ils ont répliqué en tirant d'entre les ronces. Il y en avait un quatrième qui les couvrait depuis la colline. Le fils de pute ! Alors on a foncé et on en a tout de suite liquidé un. Les autres ont pu fuir. Nos soldats les ont pris en chasse, mais le commandant m'a dit de monter la garde à côté de celui que nous avions abattu. Je me suis donc retrouvé avec lui. Je suis resté là, assis toute la nuit, seul avec ce cadavre. Rien que moi et ce macchabée, à côté d'un buisson merdeux qui n'a pas arrêté de grincer comme si un mort pleurait à l'intérieur, et d'un nid de fourmis qui commençaient déjà à grimper sur le cadavre. Et tout d'un coup j'ai vu que les yeux de cet enfant de putain étaient ouverts ! Comme deux billes qui me regardaient. La chatte à sa mère, il m'a foutu une de ces frousses ! Et puis après, j'ai coupé ça avec mon canif », expliquait-il à ses admirateurs. « Bien sûr, il est strictement interdit de prélever ce genre de *souvenirs*, mais le commandant n'a rien vu. »

Il eut une grimace de mépris et, d'entre les pans de sa chemise, il tira la chaîne de sa plaque d'identité militaire, eut un ricanement, puis exhiba face à toute l'assemblée ce qui y était accroché. Esther ne vit rien à travers ceux qui entouraient fébrilement le soldat, lequel éclata d'un rire vulgaire. « Regardez, regardez ! »

Même la fille qui avait parlé de ses projets se pencha vers la chemise grande ouverte du soldat, « beurk ! c'est dégoûtant », fit-elle en reculant.

Et la fille au tee-shirt rose hurla dans un mélange d'horreur et d'enthousiasme, au son de la voix enjouée de l'orateur.

Soudain, le regard du soldat tomba sur Esther, assise un peu à part. « Tiens, regarde », dit-il en se tournant vers elle, par-delà ceux qui s'étaient rassemblés autour de lui, et il tendit en direction d'Esther la chaîne de sa plaque, « regarde... », puis il lui mit carrément sous les yeux un fragment desséché.

Esther en fut retournée. Son cœur se mit à battre, et les tremblements la reprirent. Ce n'est qu'au bout d'un instant qu'elle saisit que ce bout de chair tout fripé n'était pas ce qu'elle avait d'abord pensé, mais un lobe d'oreille déformé. La nausée, la peur la firent frissonner. Elle se leva. Elle allait s'évanouir. Et, sans dire un mot, elle se mit à marcher rapidement.

De loin, elle perçut encore la voix de la fille en rose, « c'est quoi ? Une vraie oreille ? », et celle de l'autre qui continuait à hurler « beurk ! »

Esther ajusta la sangle de son sac de toile, comme si c'était là tout ce qui demeurait de son identité, quelque chose qui se balançait à côté d'elle.

Les échos des palpitations d'Esther, mêlés au bruit de ses sandales sur l'asphalte, résonnèrent encore longtemps, tout comme l'angoisse à l'idée qu'elle ne pourrait jamais aimer quiconque, jamais, car elle était noire, et blanche. L'image de l'organe sur la poitrine du soldat l'avait frappée par une étrangeté qu'elle ne maîtrisait pas, comme tout ce qui lui était arrivé. Elle ajusta son chemisier. Ses pensées erraient, coupées de tout. Un instant, elle se coula au sein de la voix habitée du chanteur, et ses jambes se soulevèrent dans la lumière crue de la piste ; à nouveau, une vague sombre couvrit le visage en pleurs de Moïse qui la secouait, elle respira l'odeur de résine qui émanait de la transpiration d'Alex, dans la fraîcheur du coquillage qui contenait le monde celé de l'*Aleph*. La mèche du feu scintillait et tremblait entre les pierres brûlées du mont du Temple, où la dernière braise de l'autel ne s'était pas encore éteinte, il en montait encore des flammes, et, sous peu, elles détruiraient tout le sanctuaire, lorsqu'elle s'engagera, le 1er septembre, par-delà la frontière, là où bruit le danger, le lieu où sanglotent les chacals.

Esther finit par revenir vers son quartier, avec ses maisons qui se dressaient dans l'obscurité. Elle les dépassa comme si elle visitait une ville inconnue. Plus elle s'approchait de la rue des Bâtisseurs, plus ses pas se faisaient lourds. Elle rentrait si tard. Les ombres de ses parents se dressaient, complètement étrangères. Comment pouvait-elle seulement être leur fille ? Deux corps défaits. Une bouillie d'effroi. Elle ne leur échapperait jamais. Simultanément noire, et blanche.

Des perles de sueur coulaient sur son front, sur sa nuque. Comme toujours, elle craignait les chauves-souris qui s'élançaient depuis de sombres hauteurs. On prétend d'ailleurs qu'elles s'accrochent aux cheveux des passants.

Nuit des roses

Féla frissonna un peu dans son peignoir de nuit dont elle rabattit les pans ; le fin tissu, cependant, ne repoussa pas le froid d'après minuit. Elle s'appuya sur la barrière de pierres, à l'extérieur du jardin. Ses jambes nues étaient lourdes dans ses pantoufles. Il était bon de pouvoir se reposer ainsi ; elle arrangea le foulard qu'elle avait posé sur ses cheveux en se pressant lorsqu'elle était soudain sortie, parce qu'Estherleh n'était pas encore revenue.

Ils étaient déjà allés dormir. Zvi-Hirsch s'était retiré dans la petite pièce que constituait le balcon et, dans le salon, elle avait ouvert le convertible, dans un claquement de ressorts qui avait révélé le ventre blanc de la literie imprégnée des odeurs de son corps. Et Estherleh qui ne rentrait toujours pas. Seul le bouquet de roses, immense et rouge, se dressait sur la table. Dans un déferlement d'angoisse, Féla revêtit son peignoir sur son pyjama et, en longeant le couloir, elle entendit la voix posée de Zvi-Hirsch derrière sa porte : « *Pardonne nous, notre Père, tous nos péchés... toutes nos transgressions... Efface toutes nos fautes...* »

Féla sentait contre son dos les branches qui jaillissaient du jardin, avec de grosses fleurs rouges. Des perles d'humidité refroidissaient sur son visage clair. Quelque chose de sa beauté passée persistait sur ses joues, qui s'étaient pourtant relâchées avec les années, sur son nez fin et ses yeux bleus. Et maintenant, elle n'en revenait pas de se tenir là, en pleine nuit, dans la rue. Déjà une heure qu'elle était dehors, afin d'être la première à recevoir la nouvelle... Non ! Que Dieu nous en préserve ! Elle serra les pans de son peignoir ; pourvu que les choses ne se déroulent pas comme alors, lorsqu'elle avait reçu la nouvelle concernant Henekh. Mais comment pouvait-elle seulement comparer... ? Faites qu'il ne soit rien arrivé à Esther ! En même temps, à quoi rimaient ces roses qu'on venait de lui livrer ? Comme leur maison s'était soudain remplie d'une senteur enivrante.

C'était elle qui avait ouvert la porte au bruissement de l'immense bouquet, derrière lequel était apparue la tête chauve d'un homme.

« Weiss, c'est ici ?

– Oui... », s'étonna-t-elle. Des roses ? Quelqu'un lui avait envoyé un bouquet de roses ? Et, un instant, son cœur fut transpercé d'une émotion que Féla ne pensait plus être capable d'éprouver... « Esther Weiss est ici ? » Estherleh ? Elle saisit tout de suite. « Elle n'est pas à la maison... », son cœur commençait à cogner, la panique l'étouffait.

L'homme au visage rond, surpris, se mit à parler rapidement à travers la masse des roses, sans même remarquer l'émotion de Féla. « J'ai un petit magasin situé à Afridar, des ustensiles domestiques, papeterie, et même des boissons. Alors, récemment, j'ai commencé à y apporter aussi des fleurs et des petits objets qui peuvent servir de cadeaux. Je pensais que ça marcherait. Mais ce que nous croyons ne ressemble pas toujours à ce qui nous arrive dans la vie, pas vrai ? Et voilà, mes bouquets ne se vendent pas ! Quel dommage pour ces fleurs… mais alors aujourd'hui, au moment où je m'apprêtais à fermer, un homme élégant est arrivé, avec un costume européen, j'ai tout de suite vu qu'il n'était pas d'ici… eh bien, figurez-vous qu'il a acheté toutes mes roses ! Toutes ! répéta-t-il, stupéfait. Il a dit que c'était pour Esther Weiss, en me demandant de les livrer ici », et, à présent, l'homme riait, son visage rond comme sa calvitie tressautaient au-dessus des roses, « cette ville est vraiment trop petite, et il y trop de sable », s'esclaffa-t-il, au point d'en ébranler le bouquet de roses. « Alors moi, je me suis dit *pourquoi pas ?* – et j'ai accepté, madame Weiss », se pencha-t-il amicalement vers Féla, comme si, en cet instant, il décrétait qu'un grand bond en avant venait d'être accompli dans le domaine du commerce des fleurs, « eh oui, nous pouvons aussi livrer ! »

La calvitie de l'homme ne faisait déjà plus qu'une avec le rouge des fleurs, avec les battements du cœur de Féla, avec la chaleur humide de la nuit ; qu'avait-il pu se passer, pour qu'on envoie ainsi des fleurs à Estherleh ? !

« Tenez, je vous en prie », l'homme déposa avec précaution l'immense bouquet dans les bras de Féla, comme s'il lui confiait un somptueux trésor.

Et, à travers le parfum rafraîchissant qui se répandit, elle fut incapable de prononcer des mots de remerciement.

Mais, de toute façon, l'homme se souvint qu'il était pressé, « ravi d'avoir fait votre connaissance ; à propos, je m'appelle Pinhas Neufeld – Enchantée... », et il sembla à Féla que, avant de se retourner pour s'engager dans la rue, monsieur Neufeld lui fit une petite révérence. À moins que cette vision ne lui soit parvenue, tout comme le parfum des fleurs, d'une autre époque, d'un autre lieu.

Combien de temps s'écoula avant qu'elle quitte l'entrée, des roses plein les bras – elle ne le savait pas, mais elle finit par traîner ses jambes vers la cuisine, où elle défit dans un souffle toute cette efflorescence sur le marbre et grimpa sur une chaise pour extraire du dessus de l'armoire à ustensiles le vase en cristal qu'elle épousseta, remplit d'eau ; ensuite, elle posa délicatement le bouquet dans le récipient débordant et serra alors contre elle le bruissement rougissant, les épines, le vert et la douceur d'une puissante odeur, puis apporta le tout au salon. Là, elle resta face aux roses qui attiraient en un seul tourbillon les motifs géométriques de la nappe au crochet, lesquels se couvrirent d'une ombre pourpre, tout comme l'étoffe du canapé et, à travers l'angoisse, ses palpitations.

C'est alors qu'elle tourna la tête. Zvi-Hirsch se tenait derrière elle.

« Qu'est-ce que c'est ? demanda-t-il doucement.

– C'est pour Estherleh...

– Au nom du Ciel ! Qui a envoyé ça ?, et il releva la tête, sur laquelle était posée sa large calotte noire.

– Je ne sais pas. Un monsieur Neufeld les a apportées », et elle étira les syllabes de ce nom, Neu-fe-ld, « elles viennent de son magasin, à Afridar, précisa-t-elle, et lui, il est venu jusqu'ici en autobus », comme si ce dernier détail pouvait expliquer quoi que ce soit... « Il a dit que c'est un homme qui les a achetées, prononça-t-elle encore d'une voix qui semblait ne pas être la sienne.

– Un homme ?

– C'est ce qu'il a dit. »

Puis, après un long silence, elle ajouta :

« Il y a une carte avec son nom : Esther. Esther Weiss. »

Zvi-Hirsh se mit à se tasser sous ses yeux, et il recula, avec son visage anguleux, son duvet de barbe et ses yeux enfoncés – puis il fut comme aspiré par le rouge.

« Qu'arrive-t-il donc à Esther ? » Sa voix montait de loin.

« Qui sait, murmura-t-elle depuis le vertige rouge qui l'avalait.

– Peut-être qu'un drame est arrivé, que le Ciel nous en préserve, et il releva son menton pointu.

– Non ! » Féla laissa échapper un cri étouffé, comme celui d'un oiseau auquel on aurait tordu le cou, « non... »

Même lorsque Zvi-Hirsch se retira dans sa chambre, le vertige de Féla ne s'était pas dissipé.

Alors les heures se figèrent et Esther ne rentra pas, même très tard dans la soirée, comme elle avait pris l'habitude de le faire ces derniers temps. Plus tôt dans la soirée, ils s'étaient installés sans un mot autour du dîner, et seul le claquement des cuillères résonnait dans la cuisine. À un moment, Féla avait bondi, car elle croyait avoir entendu un coup à la porte, et, en passant près du salon, le murmure de la brise brûlante lui était parvenu. Lorsqu'elle revint, Zvi-Hirsch enfonçait la tête dans son assiette.

Ensuite, elle fit la vaisselle, puis la posa sur l'égouttoir, et, sur un coin de la table, il ne restait qu'une seule assiette pour Esther. Zvi-Hirsch était penché au-dessus de ses livres de comptes, et finit par dodeliner du chef, comme s'il concluait une conversation qu'il avait menée avec lui-même, « et maintenant, Esther a mûri... ». Il se leva pour rejoindre sa chambre, tandis que Féla essuyait déjà les couverts, avant de les replacer dans le grand tiroir à vaisselle, puis de replier les serviettes de table, dans le même mouvement circulaire qu'elle exécuta pour séparer comme un éventail les couches de papier transparent. Ensuite, Féla resta encore à côté de la table de la cuisine et posa ses deux mains sur la nappe cirée dont les angles étaient fendus. Plus les heures passaient, plus il lui paraissait difficile de se lever, car elle sentait un poids grandissant reposer sur elle ; finalement, elle ouvrit le canapé du salon et passa la main sur la blancheur des draps, sur la surpiqûre du monogramme F. W., Féla Weiss, qu'elle avait été si fière, l'an passé, de faire coudre sur toute la literie, la sienne, celle de Zvi-Hirsch et de leur fille... C'est alors que l'angoisse eut raison d'elle.

Féla rabattit les pans du peignoir sur son corps. La fraîcheur montait de la mer jusqu'à la rue plongée dans l'obscurité.

Esther avait donc reçu des roses... d'un homme... vêtu d'un costume... Ses pensées cognaient en elle. Elle n'avait donc pas cessé de leur mentir... Ce n'étaient pas ses copines du cours de dactylo qu'elle fréquentait, mais un homme... Voilà pourquoi elle rentrait si tard... Que se passait-il ? Qu'était-il en train de lui arriver à cette heure-ci ?

Féla se tenait là, une petite femme enveloppée d'un peignoir, son foulard mal noué. Ses lèvres en forme de cœur étaient entrouvertes, comme si elles tentaient de dire quelque chose. La cour de la maison répandait l'odeur amère des buissons qui avaient poussé sur cette terre aride. La rumeur de la petite ville retentissait dans la nuit, ainsi que le sanglot déchirant des chacals, là-bas, à proximité de la frontière, qui emplissait Féla de terreur.

Ses jambes étaient lourdes dans ses pantoufles. Le sol vacillait, comme si le poids de l'errance ne s'était pas encore dissipé en elle. Mais cette nuit – à travers l'ébranlement de l'anxiété, comme à travers les strates poussiéreuses du tell archéologique – surgirent aussi des odeurs d'efflorescence et de verdure qui étaient profondément enfouies en elle. Elles l'enivrèrent, comme l'immense bouquet de roses qui avait fait son apparition dans l'appartement, et ses pensées se mirent à errer : quand avait-elle respiré ces odeurs ? C'est alors qu'elle eut clairement la vision d'une extraordinaire floraison et de l'éclat du printemps, qui lui étaient apparus par la fenêtre de l'infirmerie du camp, lorsqu'elle s'y était réveillée, après la libération. Des fleurs ? Telle fut sa première pensée, en ouvrant les yeux sur le lit blanc, dans un corps sans vie, aussi maigre que celui d'une fillette... « Des fleurs... », s'efforçait-elle de montrer au médecin de l'armée britannique, puis elle sombra à nouveau. C'était comme si, après tout ce qu'il avait enduré, le corps se souvenait encore... après qu'il était presque mort dans la boue, de faim, en poussant des charrettes ou dévoré par les poux sur un châlit... Et soudain, des fleurs... Même ensuite, dans le dispensaire du camp pour personnes déplacées, non loin de Munich, lorsque l'infirmière allemande avait posé sur son sein le bébé au visage congestionné, ridé par l'effort de la naissance, et qu'elle avait reçu le souffle de ce bloc de chair tiède, qui doublait les battements de son propre cœur – même ensuite, donc, déchirée par un épuisement de bonheur, elle avait vu des fleurs dans un vase, juste à côté de son lit... Ce n'est qu'au bout de deux semaines, alors qu'elle avait déjà repris quelque force, qu'on lui ramena le bébé, avec lequel elle regagna les cabanes du camp, entre les rangées de barbelés, où les attendait Zvi-Hirsch. Autour de Féla se pressèrent de nombreuses femmes avec des landaus et des bébés qui étaient nés d'un seul coup, sortis de corps qui revenaient à la vie ; quant aux orphelins, qui étaient en cours de gym avec les émissaires de Palestine lorsque Féla fut de retour, ils posèrent sur elle et les nourrissons des yeux implorants. Elle plongea dans la douceur qui enveloppait son bébé ; elle approchait délicatement le biberon, rempli de poudre lactée, vers les lèvres minuscules ; Féla était comme ivre du souffle un peu sucré de l'enfant, de ses cheveux de soie sur son crâne, dont la fontanelle ne s'était pas encore fermée. Elle éclatait de rire lorsque la petite tâtonnait dans le vide puis lui prenait le doigt ; elle se libérait alors délicatement de son emprise et berçait tout ensemble son propre corps et celui du bébé, comme si, par là, elle cherchait tout d'abord à se tranquilliser. Une fois, elle avait trouvé une fleur jaune, solitaire, qui avait poussé dans le camp, et elle l'avait cueillie pour la petite, qui tendit ses mains et sourit.

Féla fit quelques mouvements dans son peignoir et, pendant un instant, seul le bonheur l'emplit, comme s'il perçait toutes les strates de sa vie depuis le cœur du tremblement.

Ce bonheur là serait celui qui emporterait, avant le 1er septembre, tous les instants d'espoir qui viendraient par la suite. Était-ce à cause de lui qu'elle avait eu peur, puis qu'elle était sortie ? Avait-elle eu peur de ses roses qui libéraient leur parfum, de la blancheur lumineuse qui surplombait les pétales, lorsque Henekh, qui venait de monter sur son vélo, s'était penché vers elle, l'avait enlacée et qu'une vapeur de son gilet de laine l'avait enveloppée ; il avait attiré son visage et s'était d'abord mis à rire, « Feltchéniou », puis son visage, d'un seul coup, était devenu grave, et un éclair marron avait traversé ses yeux, si proches d'elle, quand il avait prononcé : « Rien ne nous séparera, ni colère, ni querelle, nous serons toujours ensemble, toujours, toujours » ; elle avait alors tendu un bras lumineux, à moitié couvert par la manche brodée de son chemisier blanc, vers son visage pour l'étreindre.

Et au-dessus, la cime des arbres – où se découpaient les contours du visage de Henekh – s'agitait lorsque Féla ouvrit les yeux depuis la profondeur d'un baiser. Henekh se redressa en s'appuyant sur la pédale et partit d'un éclat de rire ; il se retourna une dernière fois, fit un geste de la main dans sa direction, avant que son dos ne soit avalé par le mouvement qui l'emportait.

Tout le reste s'était effacé : comment elle avait encore passé un jour supplémentaire là-bas, et comment le train était déjà bondé, lorsqu'elle était revenue toute seule, d'une foule de voyageurs inquiets. Seul le cri résonnait encore, quand on sonna à la porte de chez elle, qu'elle ouvrit, et qu'un homme casqué lui transmit la nouvelle. Elle cria, s'évanouit et s'écroula sur le seuil.

Féla serra son peignoir, s'appuya contre la barrière, où les grandes fleurs se plantaient dans son dos. Ces fleurs, de par leur taille démesurée, lui avaient toujours semblé dépourvues d'élégance. D'ailleurs, quel était le nom de leur espèce ? Si rouges, avec des gueules grandes ouvertes. Peut-être avait-elle déjà appris à aimer les nuits différentes d'ici, les buissons rugueux qui projetaient leur ombre dans l'obscurité saturée de vapeurs marines. Et au loin, depuis les régions du danger, les chacals levaient la tête vers les étoiles et gémissaient. Comme son Estherleh avait grandi... Désormais, elle recevait des roses... Émue, le souffle coupé, Féla détourna la tête... Elle ne croyait plus que, à l'instar d'une jeune femme, elle pourrait être à nouveau touchée par le souffle de ce qu'on appelle *amour*...

Mais où était Estherleh à cette heure-ci, dans les ténèbres ? Et du sein de toute cette douceur qui l'envahissait, l'effroi revint. Où était-elle, en pleine nuit ? ! Pourvu qu'il ne lui soit rien arrivé... Féla étouffait de peur, d'amour, et elle désirait tellement étreindre Estherleh, la serrer fort, fort.

Du bout de la rue, une silhouette se détacha, dans son sillage, des bruits de pas. Féla se déplaça brusquement, et son peignoir s'ouvrit. Elle tendit alors ces deux mains en un cri : « Estherleh ! »

*

Bien après minuit, Esther était entrée dans la rue des Bâtisseurs. Elle approchait avec crainte de la maison et s'imaginait déjà glisser la clé dans la serrure, filer dans le couloir sans réveiller ses parents, qui la guettaient jusque dans leur sommeil. Voilà pourquoi elle ne reconnut pas le profil qui se détacha en face d'elle, depuis la barrière buissonneuse.

« Estherleh... ? »

Puis, dans cette femme en peignoir qui lui tendait le bras, elle reconnut sa mère. Qu'est-ce que sa mère pouvait bien faire dehors, en pleine nuit ? ! Elle recula.

« Estherleh, où étais-tu ? Que t'est-il arrivé ? »

Un bref instant, une main légère effleura Esther et se posa sur son corps frêle, il y eut un murmure, « Esther-leh... », et déjà, elle voulait se jeter sur cette femme au peignoir défait, en pantoufles, qui se tenait là, dans la nuit, puis crier « mère ! » et l'étreindre. Sauf qu'elle ne savait pas comment. Elle n'avait jamais touché sa mère ainsi, et, d'ordinaire, c'est à peine si elle osait lever les yeux au-dessus de leurs habitudes les mieux ancrées, pendant les repas qu'ils prenaient autour de la table de la cuisine. L'odeur de leurs corps, imprégnant la serviette commune, se nichait dans la pénombre de la salle de bains.

Elle ne s'était jamais retournée vers le battement obscur, elle n'avait pas vu comment, à trois, ils se balançaient sur une barque funèbre, tandis que d'entre les vagues surgissaient les bras décharnés de ceux qui s'étaient noyés et qui exigeaient à présent de ses parents qu'ils leur livrent Esther. Et durant les nuits, les cris semblables aux appels suppliants d'une bête, qui montaient du canapé de sa mère dans le salon, et du balcon fermé de son père, cognaient en elle comme sur les poissons qui se contorsionnaient sur le comptoir, et elle enfonçait alors la tête dans son oreiller. Alors, à présent, comment pouvait-elle se rapprocher de sa mère à travers la distance immense qui la séparait de cette femme tendre, et les arrachait l'une à l'autre ? Voilà pourquoi elle se contenta de serrer son sac de toile. Et lorsque Féla leva la main pour arranger une mèche, Esther s'effraya et crut que sa mère s'apprêtait à la corriger, puisque c'était ce qu'elle méritait. Autour d'elles, tout s'enténébra.

« Estherleh, où étais-tu ? Que t'est-il arrivé ? interrogea la voix derrière elle.

– Ce n'est pas ton affaire », dit-elle en passant près de sa mère, la tête baissée, attendant que le coup s'abatte sur son dos. Elle continua d'un pas régulier le long du sentier, entre les buissons d'hibiscus aux larges fleurs, jusqu'à la porte de la maison, le corps pétrifié par la honte, ou l'incapacité d'agir.

Féla la suivit, se retenant aux pans de son peignoir et observant avec tendresse sa fille qui était de retour et marchait ainsi débraillée, toute secouée d'amour... Quel miracle qu'elle soit revenue ! fondit son cœur. Elle marchait sur les traces de sa fille qui avait grandi, embelli, et, malgré l'angoisse, Féla fut envahie de bonheur.

Comment allait-elle parler à sa fille ? Comment s'y prendrait-elle pour lui dire ?

« Estherleh, finit-elle par prononcer d'une voix douce, pleine de reconnaissance, on t'a apporté des fleurs. »

Esther, frappée, s'immobilisa.

Moïse lui avait envoyé des fleurs ! Il avait découvert son adresse... dès lors, il allait bientôt venir la chercher ! Avec la voiture rouge... Il avait bien dit qu'il voulait qu'elle lui appartienne à jamais. Et maintenant qu'il savait où elle vivait, il allait venir la prendre... Et elle n'entendit pas la suite.

« Un certain monsieur Neufeld est venu ici et a apporté ces fleurs... il a dit que c'était pour toi, Estherleh, et qu'un homme les avait envoyées. C'est un grand bouquet... de roses ! »

Esther se balançait.

« Estherleh, qui t'a envoyé ces fleurs ? implora Féla.

– Je ne sais pas, mentit-elle, le cœur battant. Je ne sais pas... », et elle s'engouffra dans l'entrée, vers l'obscurité de la maison.

Depuis la porte du salon, l'immense bouquet de roses serrées les unes contre les autres dans le vase lui apparut ; elles empourpraient la blancheur du lit de sa mère, ses vêtements posés sur la chaise, son corset, sa robe, sa culotte montante. Ses frissons s'intensifiaient, malgré l'air saturé, brûlant.

Au bout du couloir, une porte s'ouvrit et Zvi-Hirsch apparut un peu voûté sur le seuil. Il tenait un rituel de prières et regardait comment Esther s'appuyait au mur.

« Esherleh ? », il tendit son menton pointu vers elle et, dans sa voix légère, il n'y avait aucune remontrance.

Mais, dans l'épuisement qui avait eu raison d'elle, Esther releva son visage clair, enfantin, au front haut, face à ses père et mère, puis un cri éclata : « Laissez-moi ! »

Elle hurla, impuissante, incapable de se contrôler : « Qu'est-ce que cela peut vous faire si un homme m'envoie des fleurs ? Qu'est-ce qu'il y a ? C'est quelqu'un que j'ai rencontré ! Ce n'est pas votre affaire ! C'est ma vie, ma vie – vous saisissez ? ! »

Puis elle courut vers sa chambre et referma la porte derrière elle avant de tomber sur le lit, frissonnant dans les vagues de sanglots qui frappaient son corps frêle, ses cheveux défaits, ses bras privés de force, « laissez-moi...

laissez-moi... », continua-t-elle dans le sursaut de larmes qui avaient fini par monter en elle, « laissez-moi... laissez-moi... ».

Au bout d'un long moment seulement, Esther releva les jambes sur sa poitrine et demeura dans cette position, son corps entre ses bras. De violentes palpitations résonnaient dans sa poitrine, se firent de plus en plus sourdes, l'aspirant vers un tunnel, à l'autre bout duquel elle ressortirait complètement transformée.

Lorsqu'elle se réveilla en pleine nuit, la fièvre avait augmenté. Esther était brûlante et couverte de sueur. Et quand elle quitta les draps et posa ses pieds nus sur le carrelage froid, il lui fallut avancer en prenant appui sur le mur, et c'est à peine si elle eut la force de se verser un verre d'eau. En passant près de la porte ouverte du salon, elle fut saisie par les flammes surgissant du bouquet et, sur le seuil de sa chambre, elle entrevit l'ombre de son père, qui passait sa main sur son duvet de barbe rousse aux poils grisonnants et l'observait à travers un brouillard. Elle se laissa choir sur son lit. Le lendemain, lorsqu'elle s'arracha au sommeil, elle gisait, malade, dans une fournaise d'où elle tentait de s'extraire, mais où, chaque fois, elle finissait par retomber.

*

Zvi-Hirsch traversa avant l'aube le couloir sombre et se dirigea vers les toilettes. « Le corps te fait courir, leva-t-il un sourcil, toujours pince-sans-rire, espèce de vieux débris. »

Cette nuit, les habitudes de leur foyer avaient été bouleversées, et, à présent, le sommeil le fuyait. Dans la soirée, après le dîner, il avait refermé selon son habitude la porte de sa chambre ; en dépit de l'inquiétude pour son Estherleh qui n'était pas rentrée, et cette histoire bizarre de bouquet, il fit l'effort de se pencher au-dessus d'une page du Talmud, mais ses pensées l'en détournaient, et il finit par prononcer sa prière au lit. Après minuit, il entendit le bruit des pas de Féla dans ses pantoufles, suivi de celui de la porte quand elle sortit chercher leur fille... à une heure pareille de la nuit... toute seule... Pourtant, il n'avait pas trouvé en lui la force de sortir avec elle et il s'apprêta à réciter les prières de minuit. D'ailleurs, songea-t-il en haussant les épaules, était-il encore capable de faire autre chose que prier ?

Son dos maigre se voûta, fit trembler le châle de prières, les rayures de son pyjama. « *Jusqu'à quand, ô Éternel, seras-Tu irrité, Ton ardeur sera-t-elle brûlante comme le feu ? Ne nous impute point les fautes passées, et que Ta pitié vienne promptement à nous, car nous sommes misérables...* » Mais, à nouveau, l'inquiétude pour Esther embrumait sa concentration.

C'est alors que montèrent depuis la rue des bruits de pas et un bref échange de mots, avant qu'Estherleh n'explose dans le couloir. Il s'était tenu sur le seuil de sa chambre, et elle était passée devant lui en hurlant d'une voix bizarre : « Laissez-moi tranquille ! », avec ses cheveux hirsutes et ses yeux brûlants, puis il avait entendu sa voix sanglotante, et pendant tout ce temps, il ne fit que serrer son livre de prières, effrayé, sans articuler un mot. De toute façon, il n'avait jamais dit davantage que le strict minimum, à Estherleh comme à Féla... Alors quels mots allait-il prononcer à présent ? Et même lorsqu'elles allèrent dormir, puis que le silence descendit sur la maison, il continua à se retourner d'inquiétude dans son lit en s'efforçant de déchiffrer le sens de tous ces événements, et ce qui serait la meilleure façon d'agir avec la seule fille qui lui restait. Il ne put fermer l'œil jusqu'à l'arrivée de l'aube.

Zvi-Hirsch se faufila dans l'espace réduit des toilettes ; au-dessus de lui se trouvait le réservoir d'eau duquel pendait une chaînette en fer et une poignée. Dans un coin, il y avait la canule avec les viscères de caoutchouc dont il se servait pour ses lavages d'intestins, qui n'avaient jamais guéri. « Le siège du jugement du corps », décrétait-il avant de s'asseoir sur la cuvette et, lorsqu'il en avait terminé, il prononçait une bénédiction : « *Bénis sois-Tu Éternel, qui a formé l'homme avec sagesse et a créé en lui des orifices...* », ici, Zvi-Hirsch remuait généralement un peu la tête, puis il reprenait : « *Et si face à Ton trône de gloire, un seul d'entre eux cédait ou s'obstruait, il serait impossible d'y survivre ne serait-ce qu'un seul instant...* » Cette bénédiction, il la prononçait même à l'époque, entre les corps accroupis dans la cabane gelée des latrines, et les membres décharnés d'où montait de la buée... Même alors, quand Dieu sur son Trône de gloire repoussa ses adorateurs et que leurs corps montèrent en fumée vers les oiseaux du ciel ou servirent de chair aux animaux de la terre – il avait dit cette bénédiction. « Un Juif ne doit pas prier uniquement pour son âme, mais aussi pour le sanctuaire de son corps que Tu créas avec sagesse, et que les bourreaux voulurent anéantir. Car qu'est-ce que l'homme... ? »

Il attacha de ses doigts fins le lacet de son pyjama et sortit. Cette nuit, Féla avait oublié de refermer la porte du salon derrière elle et, depuis l'entrée, il vit ses cheveux clairs étalés sur l'oreiller.

C'est alors que le rouge du bouquet lui sauta aux yeux, comme jaillissant du milieu de la pièce en une fontaine de feu. Zvi-Hirsch se balança un peu et la bénédiction jaillit d'entre ses lèvres : « *Béni sois-Tu, Toi qui es l'auteur de l'Œuvre du Commencement...* », et juste après il ajouta : « *Béni sois-Tu, Toi qui a créé toutes sortes de senteurs* »... Il fut pris d'un vertige, comme si tout ce bourgeonnement montait de sa propre dépouille, se sustentait de ses tripes quasiment desséchées et poussait de son cadavre et de celui de Féla. Comme Estherleh était entrée hors d'elle dans la maison, les cheveux en bataille et les vêtements souillés ! Elle brûlait comme la majesté d'une rose... Ainsi qu'il est écrit dans la Bible : *Je suis à mon amant, et mon amant est à moi, c'est un berger parmi les roses...* Il s'appuya, soudain affaibli, contre le mur du couloir. Était-ce là le signe ? Était-ce le secret de son prénom, Esther *, comme dans le rouleau biblique qui évoque l'occultation divine : *Et moi,*

* Esther signifie « l'occulte », « la mystérieuse ».

J'occulterai ma face ce jour-là. Comment Zvi-Hirsch pouvait-il remédier à cela ?

Et, déjà, ses doigts n'aspiraient plus qu'au contact brûlant des lettres sacrées, afin d'y découvrir une explication. Car un miracle s'était produit en sa faveur lorsqu'au retour du travail forcé, dans le crépuscule hivernal, il avait trouvé ces lettres, à moins que ce ne soient elles qui l'aient appelé, luisantes dans la boue... Il s'était affaissé au milieu de la tourbe des prisonniers, avant de s'écrouler sur ceux qui étaient devant, ou derrière, puis, d'une flaque de vase, il avait ramassé un lambeau de page sur lequel étaient imprimées ces lettres ; il l'avait alors serré dans la paume de sa main comme une braise brûlante, y compris pendant qu'il creusait avec les autres déportés, puis sur le chemin de retour au camp. À la fin, il ne sentait plus ses doigts. Ce n'est que la nuit, lorsqu'il monta sur le châlit, derrière Tennenbaum et Goldberg, deux hommes rachitiques qu'on avait poussés là avec lui, qu'il rouvrit le poing et déchiffra le bout de papier froissé. Qu'était-ce ? Il se pencha et distingua les lettres *Aleph*, *Beth*, accompagnées de divers signes diacritiques... Il avait trouvé une page de l'Écriture sainte couverte de lettres hébraïques ! Rien que des lettres surmontées de petites couronnes – peut-être venaient-elle d'un rituel de prières ? D'un livre destiné à l'édification des enfants ? Quelle était l'allusion cachée ? Était-ce pour le soumettre à l'épreuve de transformer ces lettres en prières ? Peut-être aussi que cette page disait – le ciel nous en préserve ! – qu'un Juif peut oublier le sens de son propre *Aleph*, du *Beth*, et que la catastrophe fut si violente qu'elle nous balaya presque tous ? Lui, *le pauvre hère dépourvu de tout mérite.* Lui qui était resté seul, seul. Sans Henyah, et sans Rouhaleh et la petite Tzipa ; sans Yankeleh, qui fut le dernier à demeurer à ses côtés.

Mais peut-être était-ce une épreuve qu'on lui imposait pour n'avoir pas su préserver Yankeleh, ce garçon de onze ans qui avait mûri d'un seul coup. Pourtant, durant les longues marches dans la neige qui les menaient aux travaux forcés, Zvi-Hirsch se mettait toujours juste derrière lui ; il l'avait relevé lorsqu'il s'était tordu le pied dans son sabot de bois et s'était écroulé ; il avait creusé à sa place et, lorsque la faim devint une impression constante de coup de poignard, il vit ses yeux malicieux se couvrir peu à peu d'un voile ; en fait, il l'avait vu disparaître comme une bougie, mais il n'avait pas trouvé les mots, à cause de la boule qu'il avait dans la gorge.

Et quand Yankeleh, brûlant de fièvre, finit par s'écrouler en quittant le baraquement à l'aube, Zvi-Hirsch fut incapable de le retenir : ils l'arrachèrent d'entre ses bras pour le conduire à la cabane des malades ; Zvi-Hirsch, lui, fut repoussé vers le carré des prisonniers, et même alors, sa bouche resta fermée.

Le soir, il se faufila entre des squelettes gisant sur les châlits de la cabane des malades, et il vit les yeux de l'enfant qui s'accrochaient à lui, l'interrogeant à travers le brouillard de la fièvre. Il se pencha au-dessus de lui, perçut la respiration qui montait difficilement de son corps, et il en resta pétrifié, tout comme les mots de la prière sur ses lèvres. De toute façon, qu'aurait-il pu dire ?

Le lendemain, lorsqu'il revint, quelqu'un d'autre occupait le lit de Yankeleh, qui était mort le matin même et dont le corps, immédiatement évacué, avait déjà été jeté au feu. Ce n'est qu'au cours de la nuit, lorsqu'il rampa entre les corps émaciés de Goldberg et de Tennenbaum, qu'il parvint à expulser, à coups de sanglots, la boule qui était dans sa gorge. Il récita le *kaddish*, un mot après l'autre, qu'il prononça pour chacun d'entre eux : Henyah, et aussi Rouhaleh, et la petite Tzipa. Dieu a donné, Dieu a repris, et les larmes de Zvi-Hirsch ébranlèrent le châlit.

C'est alors que, dans la boue, Dieu, en Sa miséricorde, lui avait envoyé les lettres sacrées. À lui, *poussière et cendre*. Le ciel lui imposait une épreuve. C'était un signe.

Saurait-il se servir de ces lettres sauvées des flammes, qui avaient roulé jusqu'à lui, dans cette Vallée des pleurs ? Quelle réparation mystique allait-il leur conférer le pouvoir d'accomplir ? Il dissimula la page dans la couture de son pantalon, là où passait la corde qu'il y avait nouée.

Et, de temps à autre, il touchait du bout des doigts le feu du Saint des saints, il y touchait sans y toucher, puis approchait ses lèvres de ses mains. Sans ces lettres, qui étaient comme une colonne de feu allant au-devant de lui, il ne serait pas resté en vie. Il prenait garde à chacun de ses mouvements, terrifié par les lettres qu'il portait, lui, un sac d'os et de peau – qu'il portait comme la dernière flamme.

À la Libération, alors que, après avoir été transporté dans un dispensaire de fortune, le typhus le plongeait dans un état crépusculaire, il s'accrocha de toutes ses forces à son pantalon et refusa d'en changer. Autour de lui, les gens mouraient comme des mouches, mais il était enveloppé par les lettres, par les rayons de leurs couronnes qui étreignaient ses membres. Et ce n'est qu'au moment où le rabbin de l'armée britannique lui apporta l'étui en velours des phylactères, du châle rituel et du livre de prières, qu'il accepta de déposer les lettres sacrées dans ce temple miniature.

Zvi-Hirsch passa devant la chambre d'Esther en écoutant le silence qui régnait à l'intérieur. Et, quand sa main effleura la poignée de la porte, la pitié qu'il éprouvait pour elle s'éveilla, car elle avait grandi et embelli, telle une évocation du corps d'Henyah, dans la chemise de nuit blanche qu'elle portait durant leur nuit de noces, lorsqu'elle avait posé la tête sur son épaule et s'était délicatement dévêtue. Ensemble, ils reprirent la bénédiction nuptiale, *Béni sois-Tu, Toi qui réjouis l'époux et l'épouse*, et les joues d'Henyah s'auréolaient du rouge de la compassion divine. Zvi-Hirsch frissonna ; comment se faisait-il qu'à présent, dans la crainte et le tremblement, sa nuit de noces avec Henyah lui revenait ? Peut-être était-ce cela, le mystère des vingt-deux lettres de l'alphabet hébreu, ou celui de la rose aux treize pétales, *Car l'amour est fort comme la mort, comme une rose parmi les épines*, et sa clarté provient du feu des lettres sacrées. Ou peut-être était-ce le secret du nom d'Esther, l'enfant qui lui avait été donné depuis la mort, depuis l'occultation divine – et qui avait maintenant grandi, embelli, dont *les seins s'étaient affermis et la chevelure avait poussé* ? Pourquoi avait-il mérité cela ?

Zvi-Hirsch s'adossa au mur. Esther... Jusqu'alors, il avait détourné les yeux de sa beauté, et maintenant, au cours de cette même nuit, il voulait la regarder, telle une rose entre les épines, telle la Sulamith blessée par les gardiens, tandis que le rouge emplissait la maison. Peut-être était-ce là l'épreuve qu'on leur imposait, à lui et à Féla, face à leur fille unique ?

Un bruit de pas se rapprocha dans le couloir. Il alla à la porte en tremblant et vit Esther qui allait d'un pas hésitant vers la cuisine. Pourvu qu'aucun mal ne lui soit arrivé...

En retournant vers le petit espace qu'il occupait sur le balcon, Zvi-Hirsch leva son visage anguleux vers l'obscurité et, à travers le silence épais de la rue, il essaya de capter le signe. Il pointa le nez à la fenêtre, ses joues flasques se tendirent et sa bouche s'ouvrit. Il sondait l'obscurité, mais l'aube ne s'était pas encore levée, et il ne pouvait donc pas réciter ses prières matinales. Seuls les buissons obscurs bruissaient, recouvrant presque tout le cadre de la fenêtre.

Zvi-Hirsch fit ses ablutions rituelles dans la coupe d'émail et s'essuya le bout des doigts dans la petite serviette. Comme à son habitude avant l'arrivée du jour, autrement dit avant qu'il ne soit possible de distinguer à l'œil nu le bleu du blanc, il récita le cantique de toutes les créatures, prêtant sa voix à celles du chat, du chien et de la fourmi. Il poursuivit et bénit l'instant où, depuis le clair-obscur de l'aube, les buissons apparurent, puis le jour se leva en déployant ses couleurs. Tout le chant des oiseaux jaillit à ses fenêtres, agitant le feuillage des arbres. C'est alors qu'il mit ses phylactères et s'enveloppa dans son châle de prière, tel l'époux sous le dais nuptial, puis il entama ses dévotions matinales avec ferveur. À la fin, il replia le châle, dont il baisa les franges rituelles ; il le rangea dans l'étui de velours, puis passa les doigts sur cette *guenizah* * de feu, sur le signe ardent dans les profondeurs du velours, et il murmura : « *Puisse être Ta volonté que tous nos actes s'accomplissent dans la paix et la bénédiction, amen.* »

Au bout d'une heure environ, il retira du réfrigérateur les sandwichs que Féla avait emballés depuis la veille. Elle aussi s'était déjà levée, avant de se rendre vers la chambre d'Esther dont elle ouvrit délicatement la porte. « La petite est malade », murmura-t-elle.

* Une gueniza ou guenizah est la pièce d'une synagogue servant d'entrepôt pour des ouvrages traitant de sujets religieux rédigés en hébreu et devenus inutilisables.

Jours de maladie

Esther s'enfonça dans le crépuscule du sommeil et de la veille. Son corps tremblait dans les flammes de la fièvre qui dévorait le lit, la petite étagère de livres, avec les poupées de son enfance, la table sur laquelle étaient posés des cahiers, l'armoire où les jupes de l'uniforme du lycée Froomkin étaient rangées et auxquelles viendrait bientôt s'ajouter l'uniforme militaire. Elle ne s'étonnait même pas que quelqu'un ait retiré sa robe à bretelles pour lui faire enfiler son pyjama bleu. Elle ne s'était levée que pour aller aux toilettes, puis pour retomber entre les pétales de roses qui drapaient le lit, tandis qu'au-delà des volets les fleurs d'hibiscus murmuraient, ouvrant un labyrinthe sans fin.

Elle resta au lit pendant presque une semaine. La fièvre ne retombait pas. Le docteur Schatner effectua deux visites à domicile et lui fit une piqûre de pénicilline.

« Maladie infantile, trancha-t-il. Parfois, elles se déclarent à un âge plus tardif. C'est dangereux. » Ainsi, une semaine avant sa mobilisation, ses parents s'activèrent autour d'Esther malade comme si elle était redevenue leur bébé. Féla préparait du bouillon de poulet, qu'elle lui apportait sur un plateau. Comme elle se réjouit lorsque la petite put enfin s'asseoir sur le lit et manger ! Quant à Zvi-Hirsch, il prolongeait ses prières face à la lumière matinale qui montait à travers les buissons. Une atmosphère d'enfance s'insinua dans la grisaille du petit appartement de la rue des Bâtisseurs. Hors du temps et de l'espace, à l'issue d'un été qui avait pris les nuances d'un fruit mûr, comme si, cette fois, le temps allait s'écouler au-dessus d'eux, pour ne s'arrêter qu'avant le 1er septembre.

« C'est bien que la petite transpire », disait sa mère, et elle veillait à ce qu'elle soit toujours couverte. Sa voix se mêlait au clair-obscur de la fièvre, avec la tête de son père, couronnée de la grande calotte, qui se penchait au-dessus du corps tremblant d'Esther. À moins qu'il ne s'agisse du frottement des bras de sa mère, de ses doigts qui passaient dans les cheveux mouillés d'Esther, dont le petit corps n'était revêtu que d'un tricot. Elle était entièrement exposée, elle grelottait, et son menton heurtait les rebords de la bassine, mais alors sa mère l'entourait de ses bras généreux et l'enveloppait d'une serviette propre.

Des voix sourdes s'insinuaient dans la chambre ; des rayons de lumière pourpres passaient à travers les volets fermés. Et même lorsque ses amies rentrèrent du séminaire et lui rendirent visite, elles restèrent dans le couloir.

« Un prompt rétablissement, Esther », leurs voix montèrent derrière la porte : « Remets-toi vite. » Seule Gila passa un instant la tête par l'encadrement : « Comment vas-tu, Esther ? » demanda-t-elle, un sourire sur son visage hâlé qui s'était épaissi durant les jours de l'été.

« Bien », Esther tourna son visage plus transparent que jamais. Un instant, elle fut prise d'un frisson, comme le jour où elles avaient essayé les robes contenues dans le colis en provenance d'Afrique du Sud et que Gila avait refermé la fermeture éclair dans son dos. Mais Féla s'empressa d'intervenir : « Gila, il ne faut pas rester davantage, c'est contagieux. »

Au bout de quelques jours, Zvi-Hirsch se présenta à l'école de dactylo afin d'y prendre le certificat de fin d'études d'Esther Weiss et, après le service du soir à la synagogue, il rentra à la maison, puis passa la tête à l'entrée de sa chambre.

« Estherleh, dit-il, tu as reçu ton certificat de fin d'études, en dactylographie et en sténographie ! » ; il se tint là encore un instant, et un éclair traversa ses yeux enfoncés. « Maintenant, tu es capable de saisir toutes les lettres... », murmura-t-il d'une voix douce.

La nuit, toutes les lettres vinrent se tenir autour de son lit, jaillissant noires depuis le mécanisme de la machine à écrire et recouvrant de lignes droites le blanc du châle de prière de son père. *Hé*, *'hèt*, *aleph*, et aussi *lamed*, dont le sommet semble flotter. Même après son réveil, Esther en resta longtemps stupéfaite.

Hier matin, sa mère a ouvert en grand les volets. « Les joues de la petite reprennent des couleurs, et la fièvre est enfin retombée ! » Puis elle ajouta : « Tu peux maintenant quitter le lit et t'habiller. »

Mais, lorsqu'elle se leva en pyjama et remarcha pour la première fois vers la cuisine, elle vit que les roses de l'immense bouquet qui étincelait dans le salon avaient fané et qu'on les avait déjà jetées. À présent, l'espace était redevenu gris, silencieux.

Le même soir, Zvi-Hirsch grimpa sur l'échelle et retira de la mansarde la valise en carton marron qu'Esther emporterait le lendemain à l'armée. Au cours de sa dernière visite, le docteur Schatner déclara qu'elle était guérie, puis rédigea une lettre où il demandait qu'on lui évite, dans la mesure où elle se sentirait encore faible, les entraînements trop intensifs. Mais il ne vint à l'idée de personne de solliciter les autorités militaires afin que son incorporation soit reportée à une date ultérieure. L'« effort national » redressait les épaules des adultes qui l'entouraient et, au cours de leurs échanges, ils prononçaient ce mot difficile, « armée », avec révérence.

Ce matin-là, tandis qu'elle rangeait lentement ses affaires de toilette, les piles de culottes et de soutiens-gorges qu'elle emporterait le lendemain à l'armée, elle se sentait encore hésitante. Encore une chance qu'elle ait eu ses règles pendant sa maladie, pensa-t-elle en mettant ses bandes de coton dans la valise. Maintenant, c'est elle qui allait devoir laver ses sous-vêtements. Pourvu que des taches ne traversent jamais son uniforme ! « Uniforme ? », ce mot privé de réalité flotta un instant, puis se fractionna comme la faiblesse qu'elle sentait dans ses membres. Elle vit la robe à bretelles pendue dans l'armoire. Sa mère l'avait lavée et repassée pendant qu'elle était souffrante.

À l'heure du déjeuner, les parents rentrèrent de la poissonnerie.

« Tout est prêt, Estherleh. » Ce n'était pas une question, mais une remarque inquiète de sa mère.

Et dans la cuisine, autour de la table, les parents ne parlaient que des tensions grandissantes à la frontière, chacun reprenant en écho ce que l'autre disait :

« Il y a eu des tirs dans la nuit.

– Des tirs, ici, sur le rivage... »

Puis, après une sieste, ils retournèrent à la boutique.

Dans l'après-midi, Esther fut saisie par l'impatience, comme si son corps achevait un processus de mûrissement qui s'était déroulé à l'ombre de la maladie. Maintenant, elle avait la certitude que, d'ici son incorporation, il lui fallait agir rapidement. Il fallait qu'elle y parvienne. Avant le coucher du soleil.

*

À l'hôtel Dagon, Moïse se tenait à la fenêtre. Bientôt, la roue du soleil descendrait vers la mer. Comme la pierre qu'ils déposeraient le lendemain, à l'issue de la période rituelle des trente jours de deuil, sur le petit monticule de terre qui surplombait sa mère. Sur le rivage, dans les couleurs du couchant, ils étaient encore quelques-uns à profiter de la plage ou à jouer au ballon. Comment pouvaient-ils continuer ainsi, comme si de rien n'était ? La douleur le transperça, et, pourtant, il savait que le sort était scellé. Que tout était terminé, et que demain Nissim l'accompagnerait directement du cimetière à l'aéroport.

Jour après jour, il s'était tenu là, près de la fenêtre, et avait bu du Campari. Toute une semaine s'était déjà écoulée depuis qu'il lui avait sauté dessus et qu'elle s'était enfuie. Elle n'était jamais revenue.

Dès le lendemain, il l'avait attendue bien après la tombée de la nuit. C'est alors qu'il était sorti la chercher, presque en courant, et la douleur l'avait brûlé au point de lui arracher un cri. Il avait descendu le sentier de la falaise ; mais, lorsqu'à un virage le club de la plage lui était apparu au loin, il s'était immobilisé. Quelques couples étaient assis autour de la piste, le moustachu aux doigts amputés changeait un disque, tandis que le garçon aux cheveux noirs déchargeait une camionnette.

Le sang était monté au visage de Moïse. Il voulait déjà se remettre à courir pour corriger ce type et l'étaler sur le sable, comme la veille. Mais elle s'était peut-être tirée avec le chanteur. Il en frissonna. Peut-être qu'ils s'étaient donné rendez-vous, voilà pourquoi il chantait, quand elle s'était mise à danser.

C'est alors que la voix d'Alain Barrière était montée des enceintes, *elle était si jolie que je n'osais l'aimer...*

Moïse recula. Dans la paume de sa main, la douleur du verre brisé se réveilla. Des images défilèrent devant lui ; il revit Esther lui échapper, comme un oiseau blessé dans les phares du véhicule ; et ses grands yeux s'écarquiller, quand il l'avait saisie par ses fines épaules...

Et, à nouveau, son image planait dans la lumière de la piste ; elle tournoyait, enveloppée dans un rêve, lorsqu'il s'était rapproché depuis l'obscurité... Il suait à grosses gouttes et la chanson cognait en lui comme les battements du sang dans les tempes, *elle est bien trop jolie, et toi, je te connais.*

Il s'éloigna du club et remonta le sentier de la falaise. De toute façon, quel droit avait-il sur cette jeune fille qui avait transpercé sa vie d'un rayon de lumière ? Comment avait-il cru la retenir ? Et il se mit soudain à trembler, comme quelqu'un qui s'arracherait d'un long sommeil. Était-ce pour cette putain de vie qu'il avait tout plaqué et s'était enfui ? Est-ce à cela qu'il avait rêvé, lorsqu'il s'était tenu sur la jetée du port à Rabat et que, en regardant l'eau, il s'était juré de prendre sa propre vie en main ? *Au lieu de quoi*, pensa-t-il en se mordant les lèvres, *tu as tout détruit sans l'aide de personne. À cause de toute cette jalousie, tu as dilapidé ta vie. Tu es incapable d'aimer, tu ne sais que prendre de force. Tu n'es qu'un seul mensonge pourri et obsédé. Et maintenant que maman est morte, comment vas-tu vivre, espèce de roi du textile avec une maison et un enfant que tu n'as même pas eu le cran de faire circoncire* ? Il se mordit les joues. Les paroles de la chanson le hantaient, comme si elles avaient été écrites pour lui, *elle était si jolie, je ne peux l'oublier...*

Moïse déambula longtemps au sommet de la falaise. Son costume de lin clair s'était couvert de poussière. Une traînée de nuages, qui se mêlait aux rouleaux de la mer, recouvrit les derniers restes de lumière. Même en marchant, il se sentait lourd comme une pierre – sensation qui avait sans doute été la toute première réalité éprouvée dans sa vie.

Il traversa le bocage de tamaris, puis, dans le clair-obscur du soir, il s'égara sur le tell archéologique, entre les immenses figuiers sycomores. Il longea des trous de terre retournée, les ruines du tombeau d'un cheikh, puis passa près du chantier de fouilles du monastère byzantin, avec son parvis carrelé où se dressaient des reliefs de marbre. Leur blancheur le stupéfia. Tout comme la beauté des personnages sculptés.

Soudain las, il s'arrêta non loin du relief blanc d'une femme – certainement une déesse – dont les ailes étaient déployées. Le vent soufflait dans les plis de sa robe. À ses pieds, un homme nu était agenouillé ; sur ses épaules, il portait un globe de pierre sur lequel se tenait la déesse. L'effort déformait son visage de marbre, et ses bras étaient brisés. Moïse ne pouvait détacher ses yeux de cet homme recroquevillé, qui portait sur ses épaules tout le poids du monde, ni de la femme, dont les pieds fins reposaient sur le globe de pierre en équilibre, sans même qu'elle remarque que les bras qui l'avaient entourée avaient disparu.

Moïse se tint là, vidé, face à cette vision qui se couvrait d'obscurité, car tout était terminé, réduit en poussière, comme des pétales de rose qui se disloquent.

Il finit par s'en détacher.

Cependant, même lorsqu'il réapparut hors du tell archéologique, il ne retourna pas à l'hôtel, mais s'installa au volant de sa voiture et démarra sans savoir où il irait. L'espace du véhicule était encore plein de la présence d'Esther. La robe fine sur ses cuisses, ses yeux grands ouverts tournés vers lui. Comment avait-il pu lui dire qu'il quitterait tout, tout, et l'épouserait... ? Qu'avait-il donc imaginé ? Qu'avec cette jeune fille, une gamine, il vivrait une nouvelle vie ? Son absence l'enveloppait comme des bras minces qui s'accrocheraient à son cou, et il ne se souvint pas qui l'avait déjà étreint de la sorte, ni quand.

Il emprunta la voie qui reliait la plage et le quadrillage des quartiers, disséminés au-delà des vergers abandonnés, puis dépassa le petit centre commercial, les lampadaires dont les lumières ne parvenaient pas à transpercer l'obscurité. Il poursuivit jusqu'au coin des deux rues où Esther était toujours descendue, accrochée à son sac plein de livres et de cahiers. Il prit le virage et se dirigea vers l'adresse qu'il connaissait, longea de simples maisons basses, des cours, les arbres aux feuillages sombres et enchevêtrés.

Puis ce fut la maison, la cour. Nul ne le vit ralentir à proximité du numéro 15 de la rue des Bâtisseurs. Et pourtant, son cœur battait, comme s'il commettait une effroyable transgression.

Au cours de cette même nuit, il roula sans s'arrêter, vidé, à travers le bloc de ténèbres. La voiture rouge passa entre les HLM aux façades labourées, des cordes à linge tendues aux balcons, puis contourna des terrains où se trouvaient les abris publics, dépassa les magasins fermés où clignotaient quelques néons criards rouges et verts, poursuivit à travers des rues étrangères, et l'air chaud du soir emplissait le véhicule. Il passa lentement devant des jeunes assis sur les rambardes, où ils grignotaient des graines, puis aperçut des femmes qui avaient entassé les marmites lavées après le dîner, des chats au pelage hirsute qui fuyaient en poussant des miaulements de désir ou de bravade, et des enfants qui étaient sortis dans la chaleur de cette nuit d'été jouer au football. Autant de particules de vie murmurantes et d'efforts qu'accomplissaient les habitants de la petite ville pour s'y accrocher, entre ce qui restait des vergers et le sable. En somme, tout ce que Moïse se plaisait à dénigrer. Mais ces gens, mais cette population laborieuse, étaient pourtant les fils et les filles de son peuple ; cette pensée le traversa sourdement ; et ils vivaient sur la terre qui était censée lui être une patrie, l'ancre de ses errances...

Arrivé non loin de l'hôtel, il abandonna son véhicule et continua à pied jusqu'à l'extrémité de la falaise. Dans la nuit profonde, il s'emplissait de l'odeur âcre de la végétation. La brise chaude, qui s'était levée des sombres lointains de la mer, sifflait entre les branches des buissons et faisait bouger les fleurs jaunes de rocailles dont il ne savait pas le nom. Et lorsque Moïse essuya les perles d'humidité sur son visage, ses paumes étaient rêches.

Il respira profondément le sel des vagues qui allaient se briser jusqu'au bout de l'obscurité et il sut avec certitude que, dès le lendemain, il l'attendrait, puis le surlendemain aussi, et même après son retour à Paris. Au loin, de faibles lumières vacillaient, apparemment celles d'une ville, mais il ne savait pas exactement. Plus bas, sur la plage, il discernait des points rouges. Une pensée le traversa : des feux de camp. On allumait des feux de camp. Et, pendant un instant, le regard scintillant de Jean monta vers lui, puis le balaya une fraction de seconde, avant de s'effacer, ne laissant derrière lui qu'une brûlure.

Au cours de cette nuit-là, alors qu'il se tenait au bout de la falaise, Moïse se rappela soudain comment, une nuit, il était rentré tard à la maison. Il s'en revenait d'un de ses plans cul. Catherine dormait déjà, et il avait traversé le couloir sans bruit. La porte de la chambre de Jean n'était pas complètement fermée, et la lumière d'une veilleuse passait par l'ouverture. Sans savoir pourquoi, il s'arrêta, poussa la porte et contempla l'enfant endormi, le visage enfoui dans les draps. Il resta sur le seuil jusqu'à ce que quelque chose réveille l'enfant, peut-être sa présence, ou alors un rêve. Et Jean ouvrit alors les yeux face à l'ombre qui se tenait à la porte. « Tout va bien », murmura Moïse, et il se retrouva près du lit, où il passa la main dans les cheveux clairs. « Papa ? » murmura Jean à son tour, et lorsque Moïse se pencha vers lui, l'enfant l'entoura de ses bras.

À présent, le soleil approchait à l'horizon. Aujourd'hui encore, comme au cours de chaque journée depuis cette même nuit, Moïse s'était tenu à la fenêtre avec un verre de Campari, et devant ses yeux planait le visage délicat d'Esther, son front arrondi, son regard interrogateur levé sur lui et son sourire qui s'évaporait. Il avait déjà appris à distinguer les nuances du pourpre ou de l'orange qui se modifiaient d'un jour à l'autre au crépuscule, puis celles du bleu qui virait au gris d'un seul coup, dans les rouleaux de la mer.

« C'est la dernière fois que tu vois ce rivage », conclut-il lorsque, de loin, il lui sembla à nouveau percevoir les échos de la chanson qui l'obsédait, *elle était si jolie...*

Il tira une cigarette de son paquet de Noblesse et se pencha vers l'allumette qu'il avait frottée. Son regard se posa sur ses longs doigts, ses ongles limés, coupés bien droit. « Des mains destinées aux femmes », grinça-t-il ironiquement. « Alors quoi ? Tu vas maintenant ramper pour rejoindre le tombeau de ton existence, avec la voiture bondissante et les murs bicolores de la chambre à coucher ? » La veille, il avait appelé Catherine ; elle se trouvait dans la maison de Normandie. Effrayé au son de sa voix, il lui avait lancé vulgairement : « Chez nous, les Juifs, on attend trente jours, tu ne le sais pas ? Parce que, jusque-là, les morts ne trouvent pas le repos et ils continuent à nous tenir, tu comprends ? Ils nous tiennent, ils ne nous lâchent pas... » Puis il avait appelé les bureaux de l'agence de voyage à Tel-Aviv et réservé une place sur le vol qui partait juste après la cérémonie du trentième jour. Il n'avait même pas eu le courage d'annoncer à Catherine qu'il rentrait. D'ailleurs, comment aurait-il pu le lui dire ? Demain, ils poseront la pierre tombale sur sa mère, puis il s'en ira. Et hier, en rentrant de la longue virée nocturne qu'il s'était imposée, les coups de feu qui avaient retenti sur la falaise l'avaient saisi, comme les échos de son propre malaise. Depuis le rivage, le visage délicat de Jean se détacha, ses yeux le scrutaient. Non, tout mais pas Jean maintenant, recula-t-il.

Le rougeoiement s'estompa vers les extrémités de la mer et, immédiatement, le clair-obscur descendit sur la chambre d'hôtel. Il n'allait pas la revoir avant son départ ! s'étouffa-t-il. Il voulut se resservir, mais vit que la bouteille était presque vide. « Merde ! »

Il se retrouva soudain pris dans une longue suite d'actions fébriles, mit les clés de la voiture dans la poche de sa veste et, dans la salle de bains, s'aspergea le cou d'eau de Cologne. C'est alors qu'il braqua les yeux sur le masque de son beau visage, lequel lui renvoya son propre regard.

Tu n'aimeras plus jamais personne, plus jamais... Claire et nette, cette certitude le traversa. Et ses yeux s'emplirent de larmes de pitié pour lui-même.

À cela non plus, Moïse n'était pas préparé. À ce vide. À ce frisson.

*

En ce dernier jour du mois d'août, Alex ouvrit le bar et mit les chansons françaises de l'après-midi sur le tourne-disque. Depuis les incidents de la nuit dernière, son corps lui faisait mal. Il était déjà tard, et la camionnette d'Asher n'arrivait toujours pas. Même Mercury ne s'était pas rué vers lui dans des aboiements de joie. Depuis la nuit du concert de Jerry, lorsqu'il était rentré après s'être battu avec Moïse, il n'avait pas vraiment reparlé à Asher.

Jusqu'à la fin de cette même soirée, ils avaient travaillé l'un à côté de l'autre sans broncher, entassant les bouteilles de bière vides et rangeant les pleines dans le réfrigérateur. Même la voix de Jerry, qui avait repris des tubes jusqu'à la fermeture, semblait s'être assombrie, et, pendant tout ce temps, Mercury, agité, avait erré entre leurs jambes.

Après qu'Asher et Jerry se furent serré la main et tapé sur l'épaule, puis que l'obscurité eut avalé la Susita bourrée de micros, d'éléments de batterie, ils étaient restés seuls dans le club vide, dont ils avaient éteint les lumières.

C'est alors qu'Asher avait fixé Alex qui était juste en face de lui, les cheveux défaits et le regard hagard. Alex avait fait passer son poids d'une jambe sur l'autre et cherché ses mots :

« Qu'y a-t-il là-bas, tout au bout ?

– Quoi ? »

Asher n'avait pas compris, ou peut-être faisait-il semblant.

« Là-bas..., s'efforçait d'expliquer Alex, et, dans sa tête, il indiquait le rivage qui ondulait vers le sud.

– Qu'est-ce que tu veux, Alex ? Une initiation à la découverte du pays ? avait d'abord répondu Asher avec humour, eh bien il y a une étendue de sable, au-dessus de laquelle se dressent les kibboutz Yad Mordechai, Zikim, puis encore du sable, et après il y a la frontière avec l'Égypte et la bande de Gaza... »

Mais, comme Alex persistait à se taire, un tremblement avait parcouru Asher. « Si tu as l'intention de partir en randonnée, tu devras être prudent, la situation est tendue, ces temps-ci, à la frontière. »

Car cela aussi, Asher connaissait très bien. Lui aussi connaissait la déchirure des vagues de l'espoir et la rugosité qui, telle une bouche rendue amère par la nicotine, se répand dès lors que cet espoir disparaît.

À vrai dire, il y avait déjà longtemps qu'aucune femme ne lui avait rendu visite dans sa cabane. Il avait appris à se contenter de la fidélité de Mercury et, lorsque le désir s'éveillait en lui, il savait comment le brûler avec une rasade de whisky – douleur contre douleur – et poursuivre avec obstination. L'abîme d'une fin de parcours, le désespoir, ne l'avaient jamais abandonné, malgré la joie avec laquelle il accueillait les jeunes au club.

« Viens ! » avait-il appelé Mercury, qui avait bondi dans la camionnette.

Cette nuit-là, Alex avait longé le rivage durant de longues heures, trempé par la fureur des vagues qui résonnaient dans la cloche de l'obscurité.

Il avait déambulé, muet, claquemuré dans son impuissance, dans la conscience d'avoir échoué. Et seul le visage d'Esther lui était un mirage, ainsi que ses pas sur le sable humide, ses lèvres entrouvertes, les globes transparents de ses yeux. Elle se tenait là et le voyait, vaincu.

Et depuis, nuit après nuit, il marchait ainsi jusqu'au lever du jour.

Il se rendait au club normalement, mais il évitait de lever les yeux. Ce n'est qu'en présence de Mercury qu'Alex libérait un peu son corps de sa tension. Ils allaient courir ensemble, se poursuivant à tour de rôle, et ils continuaient ainsi jusqu'aux confins brumeux de la plage, qui conservaient la marque de ses pas et de ceux d'Esther. Là-bas, Mercury se mettait à aboyer, dressait la queue, et Alex, à bout de souffle, levait les yeux vers le sommet de la falaise, puis ils revenaient, toujours en courant.

Pendant les nuits, lorsque le club se remplissait de danseurs, Asher avait soin de ne jamais passer *Bésame mucho*. Le soir d'après l'incident, il avait vu comment Alex avait détourné la tête dès les premières notes du tango latin. Pourquoi aviverait-il la blessure de ce jeune homme ?

Une fois, alors qu'il revenait dans la camionnette chargée de caisses de boissons, il avait vu Alex et Mercury se tenir ensemble au bord de l'eau. Et il comprit alors ce qui avait changé chez le jeune Argentin silencieux. Contrairement à ses habitudes, il ne se plongeait plus dans la lecture, mais fixait le déferlement des vagues d'un regard opiniâtre, comme s'il s'efforçait d'atteindre quelque chose là-bas. Et quand Asher l'appela, afin qu'il vienne l'aider à décharger la camionnette, il se retourna lentement, comme revenant à lui-même, et caressa, l'air absent, la fourrure jaune du chien.

Même au club de la plage, on sentait approcher, au cours de cette dernière semaine d'août, la fin des vacances d'été. Les derniers fêtards, ivres de bière et de danse, étaient là encore très tard, pour profiter jusqu'au bout du temps qui restait. Et lorsque le club finissait par se vider, puis qu'ils coupaient le courant, Asher ne proposait plus à Alex de le rejoindre dans la camionnette, car il savait qu'en guise de réponse il lui dirait : « Non, ça va », avec son accent sud-américain, qui était d'ailleurs plus prononcé, ces derniers temps. Il attendait alors qu'Alex pétrisse la fourrure de Mercury, qui tournait encore un peu autour de lui avant de sauter dans la camionnette. Au dernier virage, lorsque les phares balayaient le haut de la falaise, même la silhouette massive d'Alex était avalée par l'obscurité du rivage. Et si Alex ne lui avait rien raconté, Asher devinait de quelle façon le jeune homme déambulait en silence, emporté par les ténèbres telle l'épave d'un navire.

La nuit, Alex marchait vers le sud ; il s'éloignait de la petite ville, tandis que le déferlement des vagues sur les monticules de sable léchait ses sandales et que la ligne d'horizon montait puis redescendait à l'autre bout du dôme de la nuit. Il marchait pendant des heures. Incapable de pleurer, incapable de crier, comme si les mots refusaient d'éclore en lui. Une fois de plus, il était cloîtré dans sa chambre de l'Avenida Corrientes, le cœur battant, lorsque les pas de son père se rapprochaient depuis le cabinet, puis qu'il le considérait, sous ses sourcils hirsutes, avant de l'appeler d'une voix paralysante : « Alejandro ? », ce qui suffisait à précipiter son fils dans les bas-fonds d'une culpabilité brûlante, ancienne. Immaculeta sortait alors de la cuisine et jetait des regards, comme Esther, quand elle s'était tenue là-bas et avait vu qu'il ne parvenait pas à l'arracher des bras de l'homme en costume qui la traînait derrière lui, vers la nuit. Cet homme, Alex l'avait empoigné et, pour la première fois de sa vie, il avait frappé de toutes ses forces. Mais il n'avait pu l'arrêter, et sa bouche s'était emplie de sable.

Il s'approchait des lumières qui scintillaient à l'autre bout du rivage. Il était attiré dans cette direction, par-delà la frontière et les barrières de barbelés. Il sentait comment le silence de la frontière se refermait sur l'étendue de sable dans le frisson de la chaleur nocturne et comment il se refermait aussi sur lui. Mais il continuait à marcher malgré les mises en garde et dépassait les panneaux d'avertissement, ce qui restait des rouleaux de barbelés, puis s'approchait du champ de mines et de la nouvelle barrière ; au loin, après le coude que formait le rivage, il voyait alors leurs lumières scintiller au-delà du point de passage de la frontière. Le danger l'aimantait, comme s'il allait parvenir à transpercer aussi ce qui se refermait sur lui. Et, dans la fulgurance d'une intuition, il lui arriva de s'asphyxier à l'idée que la haine ressurgirait, bouillonnerait, puis déchirerait le silence, s'élèverait en flammes saturées de cris, d'explosions, avant d'embraser les collines de sable, les maisons, et les champs qui se trouvaient de chaque côté de la frontière. Tout cela, Alex l'éprouvait telle une vague puissante, sans qu'il puisse néanmoins exprimer ce qui résonnait en son sein. Il ne trouvait tout simplement pas les mots, même en espagnol.

La veille, alors que la camionnette s'éloignait du club, il y avait eu des tirs. Alex ne s'en était pas étonné.

Asher l'avait prévenu que le secteur était chaud. Alors il s'était immobilisé, reculant face à l'écho des tirs qui traversaient la nuit. Pourtant, comme à son habitude, il avait fini par se diriger vers le sud en longeant le rivage. Il sentait sur sa peau la tension qui emplissait l'espace ténébreux, épais, et, tandis qu'il approchait encore de la frontière, le bruit du moteur d'un *command car* augmenta, puis le sifflement des mitrailleuses et l'écho d'une course-poursuite suivi de cris brefs. Mais Alex continua et traversa l'air chargé, parce que quelque chose le poussait à fendre le poids qui l'oppressait.

Non loin des champs du kibboutz Zikim, il tomba sur un contingent de soldats. Ils avaient été placés là en embuscade, après avoir reçu le nom de code « rouge » de l'unité Shaked, qui les informait que des traces de pas avaient été découvertes sur la ligne du front ouest.

« Le voilà ! fils de pute ! » Depuis l'obscurité, cinq personnes se ruèrent vers Alex, l'attrapèrent et le projetèrent d'emblée à terre, avant de lui enfoncer les crosses de leurs fusils FN Fal entre les côtes.

« Espèce d'enculé de *majnoun* *. » Deux soldats immobilisèrent ses bras et ses jambes, pendant que les autres braquaient sur lui leurs lampes de poche.

Les crosses lui brisaient les côtes. Les soldats commencèrent à lui lier les mains dans le dos. C'est alors qu'il se décida à leur parler, essayant de s'expliquer, avec son accent à couper au couteau. Aussitôt, la tension se dissipa,

* Mot arabe signifiant « fou ».

et son corps retomba. Les militaires le dévisagèrent, et l'un deux remarqua avec mépris : « Encore un cinglé du groupe des Argentins de Zikim. »

Ils délibérèrent rapidement par radio, communiquèrent des informations sur ce garçon bizarre, à cause duquel on les avait visiblement dépêchés jusqu'ici, puis ils reçurent l'ordre de le libérer et de se replier.

Les soldats furent heureux de rejoindre leur base, où ils pourraient peut-être prendre quelque repos. Lorsqu'ils s'éloignèrent, l'un d'eux se tourna vers Alex et hurla : « Rentre tout de suite ! Tu m'entends ? Ce n'est pas un endroit où se balader ! », puis un autre se mit à chanter d'une voix forte, étouffée de rire, *besame...*, *besame...*, en se déhanchant, jusqu'à ce qu'ils disparaissent tous derrière une colline et que l'écho de leurs voix s'estompe tout à fait.

Alex se releva lentement ; il pivota, revint sur ses pas et commença à se diriger avec difficulté vers le nord.

La brûlure de l'humiliation lui faisait plus mal que la pression des crosses sur ses côtes. Du sein de l'obscurité, le murmure des vagues semblait plus intense. La douleur le cisaillait pendant qu'il marchait, puis elle mua en un cri qui s'éleva en lui à travers la lourde chape.

Il ignorait depuis combien de temps il marchait ainsi, le corps endolori. Et ce n'était pas seulement le vertige qui lui donnait l'impression que la terre se fendait, qu'il en montait des voix vers le silence nocturne et que, depuis de lointains rivages, ces voix charriaient des secrets, des vestiges de royaumes enfouis, de cités portuaires, de navires brisés et le cri des collines de sable qu'il longeait.

Il trembla. Il lui semblait avoir déjà lu ça quelque part. Chez Borges ? Dans un chapitre de la Bible ? D'où venait cette sensation ?

Lorsqu'il se rapprocha de la falaise d'Askelon, il crut percevoir le son familier d'un aboiement à l'intérieur d'une petite grotte de grès. L'écho monta un instant, puis se dissipa. Mercury ? Que pouvait-il faire ici ? Est-ce qu'il s'était égaré loin de la cabane d'Asher, parce qu'il fuyait aussi un contingent de soldats ? Mais alors pourquoi ne courait-il pas vers lui ? Ou bien était-ce juste un mirage ?

Le ciel était encore sombre sur le tell archéologique, les étoiles perçaient toute cette obscurité. Alex s'installa sur un monticule, entoura ses jambes de ses bras et posa avec lassitude la tête sur ses genoux. Sa respiration s'apaisa. La honte qu'il avait éprouvée après les incidents de la nuit s'atténua un peu, seule la douleur entre ses côtes persistait à le cisailler. Et là, face à la mer, il n'y avait plus que lui et les vagues ; leurs sillons perçaient l'obscurité et semblaient porter un espoir tendu. Il se sentait comme un bourgeon privé d'appartenance.

Il retira ses vêtements, en fit un petit tas sur le sable et entra dans l'eau à pas lents. Aux confins du firmament, une étoile brillait. Était-ce celle qu'on avait baptisée *gazelle de l'aurore* ? Il était attiré par sa lumière qui s'éloignait sous ses yeux. La mer était silencieuse. Fraîche. Il continua, s'enfonça, puis tout son corps glissa dans l'eau. Il étendit les bras et s'abandonna de tout son poids au mouvement des vagues et apaisa la douleur en nageant. Il se mit à faire de larges mouvements de brasse, emporté par la force des flots, dans lesquels il pénétrait de plus en plus profondément. Et lorsque l'aube se leva, le tumulte des vagues explosa en lui dans l'immense flux d'une promesse.

Alex en ressortit ruisselant. Le vent glacé de l'aube fit trembler son corps. Un visage transparent flottait sur le bleu de l'eau. Esther, murmura-t-il, puis, avec une force renouvelée, il décida qu'il irait la chercher dès aujourd'hui. Il s'inclina, ramassa un coquillage juste au bord de l'eau, le serra dans son poing, l'approcha de son oreille et en écouta la rumeur ; ensuite, il se courba d'un mouvement rapide et traça sur le sable, en quelques traits résolus, la lettre *aleph*.

Il escalada le rocher proche du tell archéologique. L'aube estivale sécha le sel dans ses cheveux, sur ses lèvres.

Il traversa le bosquet de tamaris vers la route qui menait de la plage à l'intérieur des quartiers, et ses pas résonnaient dans les rues qui apparaissaient à la lumière naissante. Quel était son propre *aleph* ? Que découvrirait-il s'il s'absorbait dans sa contemplation ?

Il arriva au petit matin aux HLM où il vivait, des immeubles ordinaires, aux volets fermés, qui brillaient déjà dans le soleil levant. Il entra discrètement dans l'appartement de sa tante Olga, s'efforçant de ne pas faire le moindre bruit dans l'espace enveloppé d'une odeur de café et des objets d'une femme qui vivait seule. Dans la cuisine, il vit que son assiette l'attendait. Le canapé avait été préparé et il se blottit dans les draps.

Pendant un moment, la sensation d'apaisement qu'il avait éprouvée entre les vagues le berça encore, et le tumulte porta son corps douloureux vers le sommeil. Au-dessus de ses paupières, le visage d'Esther planait, puis les yeux marron, intelligents, d'un chien. Et les mots, qui se rapprochaient de lui, firent fondre le mutisme.

L'après-midi, Alex mit un nouveau disque. La voix émue d'Alain Barrière monta des haut-parleurs, *elle était si jolie...*

Son ombre s'allongea sur la piste. Pourquoi Asher tardait-il tant ? Son corps aspirait à s'affranchir des événements de la nuit en une course sauvage avec Mercury jusqu'au bout du rivage. Quoi qu'il en soit, il décida de ne rien raconter de sa confrontation avec les soldats la veille et se redressa, en dépit de la douleur sourde qu'il éprouvait dans les côtes.

Elle était... La voix balayait la piste. Mais les sombres mots d'espagnol s'éveillèrent alors en lui, *como si fuera esta noche la ultima vez...* car il sentait quelque chose éclore, se formuler avec force, comme si, cette nuit, ce serait la dernière fois.

La rose des voix

L'après-midi du même jour, Esther finit de préparer sa valise, en vue de son incorporation le lendemain. Elle était encore faible ; pourtant, elle s'habilla, boutonna son chemisier dont elle rentra les pans dans sa jupe, comme si elle n'avait plus besoin de sa robe à bretelles pour traverser le couloir et sortir.

Le vent du soir soufflait déjà dans les rues de la petite ville, agitant l'auvent de la boutique d'ustensiles domestiques du centre commercial, les emballages d'esquimaux autour de la poubelle de l'épicerie, et il passa dans la lumière déclinante sur la falaise où grinçaient les branches d'un jujubier.

Le corps d'Esther, qui avait encore minci durant sa maladie, frissonna au contact de l'air chaud, et, au même moment, en d'autres lieux encore du monde, des lieux dont Esther n'avait même pas idée de l'existence, un tremblement se levait. Chacun était alors ramené à sa solitude.

Mais tel un battement d'aile qui suscite une tempête à l'autre bout du monde, le tremblement retentit en écho au frisson d'Esther. Cet après-midi, elle était pourtant sortie avec une vitalité renouvelée, dont elle n'avait pas encore déchiffré le sens.

Des voix lointaines l'enveloppaient, flottant autour d'elle comme des coquillages à la surface de l'eau, avant de couler, puis se laisser emporter par la vague qui s'était levée sur le rivage de la petite ville.

Le vent léger agitait son chemisier. Elle leva le bras pour dégager ses cheveux ; aujourd'hui, elle ne les avait pas ramassés avec sa grande épingle.

*

Au même moment, Catherine quittait la propriété de Normandie pour aller chercher Jean au camp d'été. Dès le soir, ils rentreraient à Paris et pénétreraient dans la grande maison, seuls, sans Moïse. Sur la route sinueuse, la lumière déclinait lentement vers l'ouest. La voiture flottait dans un étang de brillance. Elle rabaissa le pare-soleil, mais, même lorsque la route fut avalée par le clair-obscur d'une forêt, son regard resta ébloui.

L'ombre laissa la place à un vaste paysage. Le soleil était suspendu au-dessus du village, qui se déployait le long d'une pente, avec ses toits et le feuillage des arbres grimpant jusqu'au sommet où se dressait un clocher. Au-delà, la route menait vers l'océan, qui n'allait plus tarder à apparaître.

Soudain, elle fut reprise d'étouffement. Elle se mordit à nouveau la lèvre, mais se rappela à l'ordre en se disant qu'elle était censée décrocher de cette habitude inélégante qu'elle avait contractée ces derniers temps. Elle baissa la vitre. Une odeur de fraîcheur emplit le véhicule, après la pluie d'été qui était tombée hier. Ce qu'elle pouvait aimer respirer les senteurs de la terre humide ! Comme alors.

Elle freina légèrement dans un tournant et ses jambes vêtues d'un collant se frottèrent l'une à l'autre quand elle réappuya sur l'accélérateur de la BMW. La mémoire l'envahissait, et la peur aussi. Elle serra plus fort le volant et eut la certitude parfaite que la scène ne l'avait jamais quittée – bien qu'elle n'ait rien dévoilé à personne, même pas à Moïse, après la naissance de Jean. Elle s'était tue.

Cette journée de juin 1942, ils avaient quitté précipitamment Paris pour leur maison de campagne, tous les quatre dans l'automobile noire, ses père et mère à l'avant, silencieux, et sa petite sœur à côté d'elle. Elle avait collé son visage sur la vitre, traumatisée, devant les rues qui défilaient et les immeubles gris soudain menaçants ; le cœur battant, elle avait contemplé les femmes qui portaient des petits chapeaux sur les trottoirs, et, parmi elles, c'est madame Levitt qu'elle cherchait. Car madame Levitt aussi avait un de ces petits chapeaux, et Élisabeth avait revêtu son beau manteau de velours bleu. Elle avait tout vu ! Elle s'était approchée de la porte à cause du bruit, l'avait entrouverte sur la course-poursuite dans la cage d'escalier. Juste en face de leur porte, elle avait vu monsieur Levitt vêtu d'un long pardessus, qui tenait la rampe et descendait, paniqué, tandis que, derrière lui, un policier poussait madame Levitt et à côté d'elle, Élisabeth, dans son manteau bleu. Soudain, Émile s'était immobilisé, et madame Levitt lui avait alors pris la main en disant : « Viens, Émile », mais, à ce moment-là, l'agent l'avait arraché à son étreinte et poussé violemment jusqu'en bas, en hurlant : « Allez, avance ! » Madame Levitt avait couru après lui avec son petit chapeau, et, derrière elle, Élisabeth, ses cheveux amassés en queue de cheval.

Nul n'avait remarqué la petite fille qui regardait derrière la lourde porte, le corps déchiré par les battements de son cœur.

C'est alors que Martha, l'employée de maison, était arrivée en courant et avait crié : « Catherine, rentre immédiatement ! », tout en la tirant de force à l'intérieur, et elle avait refermé la porte à triple tour. Les voix résonnaient dans la cage d'escalier. Puis elles s'étaient éloignées. Éloignées. Et pendant tout le trajet en voiture, Catherine n'avait osé parler. Muette de terreur. Ce n'est qu'en approchant de la maison de campagne, des champs d'où montait une odeur de terre humide, après les pluies de l'été, que ses lèvres remuèrent : « Nos voisins... madame Levitt et... », avait-elle essayé de dire, sans y parvenir ; « Émile », ou « Élisabeth », ou « cage d'escalier », voilà ce qu'elle aurait voulu articuler. Mais personne n'avait rompu le silence, tandis que la voiture glissait déjà sur le chemin menant à l'entrée de la propriété, où attendait le majordome, qui avait ouvert les portières en s'inclinant légèrement devant son père, « Monsieur Laplace ! », et les mots étaient morts en elle, sans qu'il en subsiste le moindre écho.

Elle n'avait jamais rien raconté. D'ailleurs, nul ne parla non plus des milliers de personnes parquées pendant cinq jours au Vél' d'Hiv', sans eau, sans nourriture ni sanitaires, où des policiers français, de leur propre initiative, raflèrent même les enfants, alors qu'ils n'en avaient jamais reçu l'ordre. Et lorsque aucun d'entre eux ne revint, on garda encore le silence. En apparence, nulle brèche n'apparaissait sur la façade. Mais après la naissance de Jean, le nourrisson au regard tendre, c'est lui qui devint son secret. Elle passait les doigts dans ses cheveux fins, clairs, et serrait fort-fort son Juif à elle.

Catherine essaya de lutter contre l'étouffement en respirant régulièrement. Le soleil, immense, touchait les cimes des arbres. Elle reprit courage en se disant que la lumière durerait encore un peu après le crépuscule, malgré les jours qui raccourcissaient à l'approche de l'automne. Mais, au moment où elle rentrerait avec Jean, le soir recouvrirait déjà les champs, et il ferait alors ce froid humide qu'elle aimait tant.

La voiture de sport noire glissa le long d'une pente, et, durant ce bref instant, Catherine sut clairement que quelque chose avait changé en elle, de façon irrémédiable, durant les semaines qu'elle avait passées seule après la mort de madame Sultana, tandis que Moïse ne rentrait pas. Elle sut qu'elle ne pourrait plus jamais se mentir, même concernant cette liaison avec Philippe. Non, elle ne pouvait plus continuer à vivre dans le mensonge. Elle ignorait ce qu'elle allait faire, seule cette certitude l'envahissait. Elle crispa ses joues pour faire cesser le tremblement.

Peu à peu, elle parvint à se calmer, d'autant que bientôt Jean se mettrait à courir vers elle pour se jeter dans ses bras.

*

Recroquevillé dans un trou plein de terre et de feuilles du bocage, Jean replia les genoux. Il s'efforçait de les rapprocher le plus possible.

Dans peu de temps, juste après dîner, les parents viendraient chercher tous les enfants pour les ramener chez eux, et c'est ainsi que la colonie prendrait fin. Dans l'après-midi, on leur avait accordé un peu de temps libre, et, tandis que ceux qui partageaient sa chambre rangeaient leurs affaires, il profita de l'instant où Pierre-Louis brancha son transistor à fond pour se glisser à l'extérieur et courir jusqu'ici, sa cachette, rien que pour qu'ils ne le forcent pas à montrer son zizi une dernière fois.

Il se faufila hors du bâtiment de la colonie, qui, bien que défraîchi, dressait face à la mer une majesté héritée du XIXe siècle. Comme à son habitude, il continua le long de la barrière de pierres, entre les branches de mimosa qui piquaient et leurs petites boules dorées, puis traversa rapidement un champ, jusqu'à ce qu'il soit avalé par un bosquet grimpant vers la colline. Là, aspirant l'odeur de la terre grumeleuse à pleins poumons, il s'était laissé choir, les genoux découverts, dans un renfoncement du sol qui avait la forme de son corps.

Cette planque, il l'avait découverte un jour après qu'ils l'avaient attrapé dans les douches en lui disant de leur montrer son zizi. Et quand il avait tenté de fuir, Frédéric lui avait tordu les bras dans le dos, tandis que Pierre-Louis baissait son slip, malgré ses coups de pied ; alors ils avaient tous regardé son zizi qui pendait entre ses jambes, puis ils avaient éclaté de rire. Frédéric s'emporta : « C'est pareil, mais en petit, en tout petit » ; là-dessus, il abattit son poing sur la paroi de la douche, à quelques centimètres de Jean, et Pierre-Louis le frappa violemment à la jambe en hurlant, fou de déception : « Son père est pourtant arabe, et chez nous, on dit que les Arabes sont coupés. » Mais, juste derrière, quelqu'un que Jean ne pouvait voir à cause de Frédéric qui le tenait dit : « Son père n'est absolument pas arabe. Il est juif. » « Juif », ce mot les fit encore plus rire. Puis Frédéric le poussa sous un jet d'eau froide, où il l'abandonna. Et lorsqu'ils quittèrent les douches, Jean traîna sa jambe douloureuse, mais au moins il était heureux que son zizi fût comme celui de tous les autres garçons ; simplement, il était plus petit ; d'ailleurs, sa mère lui avait bien dit qu'il serait le plus petit de toute la colonie, mais que là-bas tout était très beau, proche de la mer ; or, il était sensible à la beauté. « Tu es un enfant sensible, Jean », lui avait-elle dit.

Le lendemain, avant l'entraînement de course à pied sous la direction de monsieur Bertrand, il se traina derrière les garçons jusqu'au petit port. Il aimait voir comment les autres jetaient au loin leurs fils à pêche, tout en chantant *Aline*, avec Philippe hurlant d'une voix pleurnicharde qui les faisait rire, *et j'ai pleuré, pleuré...* Mais Pierre-Louis s'énerva : « Qu'est-ce qu'a ce ver de terre à nous coller comme ça ? » ; et Frédéric, qui se tordait de rire, dit : « C'est un ver dont on se sert pour pêcher. » Alors un autre, peut-être Philippe, proposa : « Eh bien jetons-le à l'eau », et déjà ils l'encerclaient ; Philippe se trémoussa en face de lui, comme s'il n'était qu'une fillette ou une larve, tout en chantant d'une voix moqueuse, *et j'ai pleuré, pleuré, Aline...* C'est alors que Jean s'était mis à courir de toutes ses forces.

Heureusement qu'il courait vite. Même monsieur Bertrand l'avait dit. Ils faillirent le rattraper, mais il se dissimula derrière le kiosque à journaux qui était à la sortie du port ; ils le cherchèrent de l'autre côté, ce qui lui permit de traverser la place, toujours en courant ; ensuite, il poursuivit en frôlant les murs des maisons de la ruelle qui montait jusqu'au bâtiment de la colonie. À ce moment-là, ils approchèrent depuis la rue d'à côté, et Jean ne cessa d'avancer, courbé, le long de la barrière aux branches de mimosa, puis il sauta par-dessus la clôture du pâturage et, de là, il fila jusqu'aux abords de la forêt, où il eut le temps de se recroqueviller, avant que les autres ne lui passent devant en courant. Il resta là, si proche de la terre, dans sa petite cachette, entre les feuilles mouillées par la pluie d'été et les aiguilles dont certaines étaient effectivement piquantes, et d'autres plus souples.

Il ne releva la tête que lorsqu'ils s'éloignèrent tout à fait. À travers l'écran de plantes sauvages, derrière les troncs d'arbres qui bordaient la pente, il vit un miroitement. Au début, il ne sut ce que c'était, puis d'un seul coup, face à la surprise du scintillement bleu, profond, de l'océan, son cœur se mit à battre.

Jean était pelotonné dans sa cachette, où il venait à peine de se réveiller. Son corps piquait. Dans une main, il serrait la lettre de sa mère, déjà toute froissée ; son autre main, il l'avait enfoncée dans la terre noire, tiède, pleine de bruissements. Après le déjeuner, monsieur Édouard leur avait distribué le courrier pour la dernière fois, et, quand ce fut son tour, l'écriture ciselée sur l'enveloppe l'émut, comme les doigts aux ongles peints en rouge de sa mère qui passaient dans ses cheveux et l'attiraient un instant vers son odeur. Mais, presque aussitôt, son corps durcissait, comme si elle était prise de panique. Cependant, il retenait sa main en lui disant pour rigoler qu'il ne la lui rendrait plus jamais, puis il enfonçait son visage au plus profond du creux chaud de ses paumes. Comme lorsqu'elle était venue le voir, pendant la journée ouverte aux parents, et lui avait dit que son père était parti en voyage, car sa mère était morte ; lui, il ne savait pas vraiment ce que signifiait mourir, et il n'avait d'ailleurs jamais vu la maman de son père. De toute façon, celui-ci ne le prenait jamais dans ses bras. Peut-être attendait-il que son zizi grandisse, comme celui d'un Arabe, pour prendre sa main et lui dire enfin « Jean ».

La lumière baissait entre les arbres. Les lueurs qui s'étaient insinuées entre les troncs dansaient au-dessus de lui. La terre humide avait noirci ses doigts. Son odeur était forte, saturée du craquement des branches et du bruissement de feuilles, ou peut-être des vers qui rampaient vers l'intérieur de sa main.

Il garda les yeux fermés. Des lueurs tremblotaient encore sous ses paupières. Il sentait sa respiration soulever ses côtes et la terre s'aplatir sous lui, formant des blocs moelleux, enveloppant son ventre chaud et son petit sexe qui dormait entre ses jambes.

C'est alors que Jean rouvrit lentement les yeux en une très mince fente et fut surpris de constater combien le feuillage était épais au-dessus de lui, et combien les cieux étaient lointains. Il percevait le battement qui se répandait en lui, trop engourdi pour bouger, pour rompre avec la délicieuse fatigue qui amollissait ses membres. Puis il releva la tête et, plissant les yeux, il regarda au loin : entre les troncs d'arbres, une bande de bleu, très foncé, scintillait.

*

Au village, à cette heure-ci, Yémima essuyait la toile cirée sur la table du balcon à l'entrée et en détachait la fine couche de poussière qui recouvrait le dessin de tournesols. Une rampe d'arrosage cernait le jardin. L'odeur de végétation humide s'était intensifiée avec le soir et lui renvoya la voix de sa mère qui montait de la chambre lorsqu'elle l'appelait pour le repas du soir : « Je suis prête, ma chérie. » Et demain, au trentième jour de deuil, ils monteraient tous au cimetière, pour la pose de la pierre tombale.

Le vent traversa tout l'espace des champs moissonnés, souffla dans le feuillage des néfliers et des pruniers au milieu de la pelouse, non loin de l'appareil d'arrosage qui gouttait et était toujours entouré d'oiseaux. Yémima se tenait là, un torchon à la main, mais, même si elle fermait les yeux, elle pouvait encore contenir les lointains qui s'ouvraient devant elle. Y compris ceux qui se dissimulaient derrière la maison de Tikva et Ephraïm, ou le poulailler de la famille Ben Shoshan. Et si elle allait jusqu'au bout de la pelouse, elle verrait les champs de coton qui blanchissaient.

Elle n'avait encore rien touché dans la chambre de sa mère. Elle avait juste épousseté délicatement les tapis muraux, les objets en cuivre, les peintures sombres – sur l'une d'elles, on voyait une vendeuse de légumes avec un cageot, sur l'autre, un fleuve, les maisons d'une petite ville –, et elle avait seulement passé la main sur le canapé de velours violet.

Les photos reposaient dans leur cadre sur la commode. Son père en costume clair entre les hangars du port, et eux, les enfants, devant la maison, avec le petit Moïse qui lui tenait la main. Dans la pièce, les stores étaient encore fermés, comme pour filtrer la lumière vive et soulager les yeux faiblissant de sa mère. Elle ne les avait toujours pas ouverts, mais, une ou deux fois par jour, elle poussait la porte et se tenait sur le seuil un instant, dans le clair-obscur odorant.

Elle savait pourtant qu'à la fin il lui faudrait vider cette chambre, certitude qui, même à cet instant, ne parvint pas à contrarier le silence, où elle respirait les senteurs des arbres fruitiers et du gazon mouillé.

Peut-être était-ce cela, la clôture des trente premiers jours de deuil, le moment où l'âme de sa mère quittait la dernière station terrestre où l'avaient menée ses errances, le haut-lieu du Salut vers lequel étaient allées toutes ses prières, puis se hissait jusqu'au firmament. Trente jours plus tôt, elle marchait encore parmi eux, trente jours au cours desquels tout s'était à nouveau défait, comme les vagues qui avaient failli engloutir Moïse, son petit frère, dont l'agitation, à présent, risquait aussi de l'emporter, elle.

L'étendue du paysage se couvrit de larmes qu'elle versait sur sa mère, et sur son père resté là-bas, enterré à Rabat.

Comme son image s'était effacée ! Le matin, il partait au port et se rendait dans les bureaux de la compagnie de transports des frères Zagury, légèrement voûté dans sa longue veste. Comme il s'était effondré en l'espace d'un seul jour ! Le cœur, c'est du moins ce qu'ils dirent. Et à présent, sa mère... Mais qu'avait donc été la vie de ses parents ? Et la sienne ? Pourquoi n'avait-elle jamais pris le temps de poser cette question, qu'elle avait au contraire repoussée tout au long de leurs errances, de l'arrachement, et même en s'installant au village, après la naissance des enfants. Et Moïse – où la vie l'avait-elle donc mené ? Par ailleurs, qu'en serait-il de leur petit village, au cœur de l'étendue des champs de coton ? Et de ceux qui vivaient ici, autrefois, avant de se retrouver de l'autre côté de la frontière ? D'autant qu'on assistait à un regain de tension.

Hier, par exemple, il y avait eu une infiltration, puis une course-poursuite et un échange de coups de feu.

Un tremblement parcourut Yémima et, soudain, elle se demanda quel pouvait être le sens de leur petite vie face à la vague qui les avait emportés. Elle balança un peu la tête et se dit qu'elle n'avait pas le droit, non, cela lui était interdit. Et dans le voile humide de son regard, la chaîne transparente des montagnes, à l'autre bout de l'étendue, trembla un instant. « Tellement émotive, tu commences à ressembler à maman. »

C'est à ce moment-là que Nissim rentra de l'office de l'après-midi, où il avait récité la prière des morts à la mémoire de madame Sultana. Il avait garé sa camionnette, puis était passé par la porte de la cour, d'où il vit Yémima sur le balcon. En marchant sur le chemin qu'il avait lui-même pavé, entre les arbres fruitiers sur la pelouse, il ne put s'empêcher de sourire, sans pour autant quitter Yémima du regard ; on aurait pu croire qu'il était surpris par sa coupe de cheveux, courte, moderne, comme la première fois, lorsqu'il lui avait dit, ému : « C'est un peu bizarre... Mais, comme ça, tes yeux sont encore plus beaux, Yémima. » Yémima se tenait là, enveloppée par l'amour de son homme béni, par son regard chaleureux, auquel Moïse, en soutenant ses projets, avait restitué son éclat.

Des années plus tard, elle repenserait encore à la vague d'amour qui les avait submergés à la fin de cet été ; une vague capable de fendre l'ombre qui, tel un oiseau funèbre, s'était abattue sur leur petit monde quand la guerre avait fauché Dany et son rire si mélodieux ; depuis, elle et Nissim s'étaient appuyés l'un sur l'autre, comme ces plantes à moitié arrachées.

*

Au même moment, le matin se levait sur l'Avenida Corrientes et sur le quartier Once de Buenos Aires. Léon reposa sa pipe dans le cendrier. L'insomnie avait duré la plus grande partie de la nuit, et, pendant le petit déjeuner, il n'avait pas levé les yeux sur Immaculeta. Même maintenant, il était hanté par des images qui flottaient face à son regard sur les murs de son cabinet... La blancheur d'une floraison à Tatra... Les rires, en roulant à vélo... Pourtant il avait bel et bien espéré que le temps atténuerait la culpabilité et effacerait de sa vie l'histoire qui débute les derniers jours d'août 1939, lorsque les petites villes montagneuses et les lieux de villégiature du sud de la Pologne se remplirent de jeunes Juifs appartenant à des organisations diverses ; certes, chaque groupe était porteur de visions qui lui étaient propres, mais elles convergeaient toutes vers la rédemption de leur peuple, de la terre d'Israël et du monde. De nombreuses histoires d'amour s'embrasèrent au cours de cet été, qui fut singulièrement beau.

Il séjourna à Rabka, dans les Carpates, avec les membres de Gordonya, tous originaires de Galicie orientale. Quand leur stage prit fin, Léon resta quelques jours supplémentaires avec son ami Henekh ; ils étaient tous deux étudiants à la faculté de médecine de l'université de Lvov. Chacun d'eux avait une bonne raison de prolonger un peu ce séjour. Ce n'était autre que Féla, la jeune fiancée de Henekh, objet de l'amour caché de Léon. C'est ainsi que, avant le début de l'année universitaire, les trois partirent en randonnée dans les montagnes.

Ils s'étaient d'abord rendus à la station de ski à vélo et, de là, ils avaient continué à pied en suivant des sentiers. Avant de prendre leurs repas, ils dépliaient une nappe sur l'herbe des clairières. Féla resplendissait. Elle venait d'achever ses études au Gymnasium hébreu de Przemyśl, après y avoir passé toutes les épreuves du baccalauréat. Henekh, elle l'avait rencontré au cours d'une visite chez ses oncles de Lvov, et il avait été d'emblée attiré par cette jeune fille au sourire ensorceleur et aux cheveux clairs, rebelles, qu'elle remettait en place d'un geste plein de grâce, qui accompagnerait ensuite Henekh, tout au long du printemps.

Il lui écrivit, puis vint la voir à Przemyśl, et, au cours d'une promenade qu'ils firent sur les rives du San, Henekh lui déclara son amour ; Féla venait de passer ses derniers examens et elle lui répondit qu'ils devaient apprendre à se connaître davantage. Il lui fit cadeau d'un recueil de poèmes de Julian Tuwim, et elle, d'un cycle poétique de Rachel. En été, Féla se rendit avec sa famille dans la maison qu'ils louaient chaque année à Rabka. La rencontre dans les montagnes avait été fixée à la fin du stage de formation qu'avaient suivi les membres du groupe Gordonya. La surprise fut de voir arriver Henekh flanqué de Léon, son beau camarade aux cheveux bruns ; dès l'instant où celui-ci avait aperçu Henekh avec sa jeune fiancée, il avait perdu la maîtrise de lui-même et avait redoublé de ruse.

Des deux amis, le plus émotif était sans aucun doute Henekh, et Léon en profitait pour se moquer de lui en affirmant qu'il était un homme du XIXe siècle, exactement comme Lenski, l'ami d'Eugène Onéguine. Mais l'extraordinaire floraison qu'apporta cet été convenait au tempérament de Henekh et aux rêves de retour sur la terre d'Israël dont tous les trois étaient habités.

Un jour, après avoir parcouru une longue distance à vélo, ils s'étaient arrêtés près d'une petite cascade, dont les eaux formaient un bras jonché de pierres plates. Henekh s'était rendu au village le plus proche pour y acheter du pain frais et les fruits qui leur serviraient de repas. Féla retira ses chaussures pour tremper ses pieds dans l'eau froide de la cascade, et Léon resta sur la rive, sous prétexte de préparer un feu pour le café ; en réalité, il voulait exploiter cette heure propice pour se retrouver seul avec Féla. Son air paisible au bord de l'eau, sa peau dénudée, claire, fouettèrent son sang. Il la voulait tout de suite.

Henekh revint avec un pain paysan, parfumé, des tranches de fromage et du beurre enveloppés dans un fin tissu, qu'il avait achetés à une fillette gorale. Il portait aussi un panier dont il était particulièrement fier, plein de fraises sauvages, bien mûres, comme dans les contes populaires. Mais, quand il reposa sa bicyclette, Léon retenait Féla, complètement affolée, dans ses bras et approchait ses lèvres de sa bouche. Lorsque Léon vit Henekh, d'un geste brusque, il recula vers le cours d'eau. Féla envoya un regard suppliant à Henekh, sans trouver les mots. Le feu avait pris, mais, entre les trois jeunes gens, la chaleur disparut.

Le lendemain, c'était le 1er septembre. Henekh, qui n'avait pu surmonter l'affront, prétendit qu'il lui fallait rejoindre le laboratoire de l'université. Il rassembla silencieusement ses affaires, Léon inventa une excuse pour s'absenter toute la soirée ; en fin de compte, ils ne prirent même pas vraiment congé l'un de l'autre. Au matin, de sa chambre à l'auberge, il vit Henekh monter sur son vélo pour partir à la gare. Féla était à côté de lui.

« Je suis désolée, c'est... », disait-elle, les yeux baissés. Henekh, qui avait repris son sang froid, l'attira vers lui, à l'ombre d'un châtaignier au large feuillage, et lui dit dans un élan d'émotion : « Nous serons toujours ensemble, Feltchénou, et aucune querelle ne nous opposera jamais. » Le long baiser de réconciliation sous le dais de verdure et l'éclat de rire sur lequel ils se séparèrent, en s'adressant de grands signes jusqu'à ce que la bicyclette ne soit plus en vue, devinrent leur alliance de fiançailles, mais aussi pour Léon une brûlure de jalousie qui ne le quitta plus.

Sur la route, tandis qu'il pédalait le long des sentiers montagneux, Henekh tomba sur une unité d'*Einsatzgruppen* qui fut parmi les premières à traverser la frontière pour accomplir leur mission en Pologne. Les nouvelles sur ce qui arriva ce jour-là ne se répandirent que plus tard, fragmentées, à travers toute la Galicie. On parla de coups de feu dans les montagnes, d'une unité d'éclaireurs qui avaient tiré sans en avoir reçu l'ordre, et des tout premiers morts de l'invasion allemande. Personne ne comprenait encore ce qui était en train de se passer. On apprit aussi qu'un jeune Juif, fauché sur son vélo, comptait parmi les victimes et qu'il avait été enterré dans le cimetière israélite de Nowy Sącz.

Comme on le comprit par la suite, ces événements ne furent qu'un prélude au tremblement de terre à venir. Le même jour, les vacances à Drohobycz chez les parents d'Henyah s'achevaient pour Zvi-Hirsch, Henyah, les deux grands et Tzipa, qui n'était qu'un bébé ; c'est dans la tristesse qu'ils quittèrent la cour bourgeonnante, avec les pommiers et les poiriers et l'efflorescence sauvage des chrysanthèmes, entre lesquels les enfants se cachaient en jouant. Lorsque leur train fit arrêt à Nowy Sącz, on ne permit aux voyageurs de descendre qu'au bout d'une heure, après avoir retiré les corps des victimes du dernier wagon. L'une d'elles, recouverte d'un châle rituel des pompes funèbres, avait été allongée sur le quai, au moment même où Zvi-Hirsch passa avec les valises, suivi d'Henyah, avec Yankeleh, Rouhaleh et la petite Tzipa dans un landau. Il détourna la tête, paniqué, de ce cadavre et murmura : « Béni soit le Juge de Vérité. »

Quant à Léon, il reçut la nouvelle en arrivant à Lvov. Mais il renonça à aller présenter ses condoléances à Féla. Il lut la longue lettre qu'elle lui avait adressée et, lorsqu'il parvint à la phrase, *figure-toi, cher Léon, qu'un jour après son assassinat j'ai encore reçu une lettre de Henekh ; j'étais si heureuse !*, Léon fut pris d'un vertige. Féla lui racontait aussi comment elle avait reçu la nouvelle, son évanouissement, puis elle revenait à la lettre que Henekh lui avait postée alors qu'il était en route vers la gare. Il s'y excusait pour la rapidité avec laquelle il s'était forgé une opinion et s'y disait persuadé que, dorénavant, chacun saurait accepter les faiblesses de l'autre, *car la vie est ainsi, selon le vers magnifique de Bialik : « J'ai vu en mon âme, or elle était noire, et blanche, tout à la fois »*. Puis il avait signé, *dans un amour éternel, Henekh.* Tout cela, elle l'avait partagé avec lui. Lui qui était avec eux.

Mais il ne répondit pas à Féla. Et il ne vint pas non plus la soutenir. Il ne contrôlait plus du tout la jalousie démente, vengeresse, qu'il éprouvait envers son ami mort et qui ne cessait de le poursuivre. Bien qu'il eût repris ses études à Lvov, il ne passa pas son diplôme. Et, au printemps 41, lorsque les Juifs croyaient encore que, sous l'autorité des Soviétiques, aucun mal ne leur serait fait, il avait tout quitté et s'était enfui, deux mois avant l'opération Barbarossa et l'invasion allemande. « Mon diagnostic était donc juste », c'est ainsi qu'il se représentera les choses par la suite. Mais, au fond de lui, il savait que, pour n'avoir jamais répondu à Féla ni être allé la voir à Przemyśl lui demander pardon, c'est la culpabilité qui avait orienté toute son existence. Il n'attendait que l'heure propice et profita d'un échange d'étudiants pour se rendre à Paris avec de faux papiers.

L'occupation de Paris, et l'exode massif qui s'ensuivit, Léon les regarda depuis la chambre de bonne située sous un toit qu'il avait louée à la famille Laplace, rue La Pérouse, et, pendant toute l'année, il s'arrangea comme il le put. Grâce à un ami de Lvov, qu'il rencontra par hasard à Montparnasse, il trouva des petits boulots et parvint à s'introduire dans la faculté de médecine de la Sorbonne pour y écouter des conférences. Jusqu'en juin 42, et la rafle des Juifs parisiens. Dans son immeuble vivait une famille juive assimilée, des « Israélites », comme on les avait baptisés. Lorsque la police française surgit dans la cage d'escalier, Léon se trouvait dans sa chambre, au huitième étage. Il entendit leurs pas, les cris provenant du somptueux appartement de la famille Levitt, au deuxième étage, et un bref calcul le mena à la conclusion qu'il n'y avait rien à faire, si ce n'est de s'inventer un personnage – exercice dans lequel il excellait. Il prit donc un petit sac à dos, ses faux papiers et un panier, puis descendit l'escalier en spirale à petits pas nonchalants, tout en arborant une mine un peu besogneuse.

La porte de l'appartement des Levitt était ouverte. Les agents avaient déjà poussé le père dans l'entrée de l'immeuble et, maintenant, ils essayaient d'arracher aux bras de la mère le petit garçon et la fillette en manteau de velours bleu. Léon passa alors devant les policiers, son panier de commissions à la main, et considéra toute la scène d'un air de dégoût, visiblement dicté par des sentiments antisémites. L'agent lui fit signe de déguerpir et, sans s'arrêter, il constata avec stupéfaction que la porte de l'appartement d'en face était entrouverte et qu'à l'intérieur se tenait une fillette au visage figé ; elle observait la scène d'un regard fixe, horrifié. Jusqu'à ce qu'une main la tire de force en arrière et referme la lourde porte.

La gamine n'avait certainement pas remarqué le jeune homme avec un sac à dos et un panier qui empruntait l'escalier ; quant à Léon, il ne connaissait pas la fille aînée de la famille Laplace. Pourtant, même après de longues années, dans le cabinet de psychanalyse qu'il ouvrit à Buenos Aires, le regard terrifié de cette fille, qui vivait rue La Pérouse, lui revenait chaque fois qu'il diagnostiquait un cas de traumatisme infantile, et il se demandait alors quels symptômes présentait aujourd'hui la femme adulte qu'était devenue la petite fille et comment ce traumatisme influait sur son économie libidinale.

Il réussit à survivre jusqu'à la fin de la guerre grâce à un subtil mélange de chance et de charme. Puis, à l'été 44, il sortit danser dans les rues pour célébrer la libération de Paris. En mai 45, lorsque la guerre prit fin, il entama des recherches sur les membres de sa famille. Après trois mois de vaines correspondances, il décréta en son for intérieur qu'il ne restait plus que des cadavres dans son cimetière personnel. C'est alors que, par l'intermédiaire du Joint, la lettre d'Olga arriva ; c'était la seule survivante, et, à sa demande, il rencontra Hanka, qu'il n'abandonna plus, poussé par son sentiment de culpabilité.

Il décida de partir le plus loin possible et emmena Hanka, enceinte, jusqu'en Argentine. La traversée vers

Buenos Aires, depuis l'Europe émergeant de ses ruines, dura presque deux mois, avec de longues haltes à Lisbonne et à Gibraltar. Lors de l'escale qu'ils firent à Rabat, pendant que les policiers français se déployèrent sur le pont, Léon fut pris d'une de ces crises de panique qu'il pensait avoir laissées derrière lui. Il ne quitta pas le bateau et resta des journées entières sur le pont. Mais, même s'il discerna l'adolescent qui, depuis le quai, contemplait le bateau, il ne pouvait savoir qu'il s'agissait d'un jeune Juif, orphelin de père, ni d'ailleurs que, jour après jour, il s'obstinait à venir se poster tout au bout de l'embarcadère en se jurant, face à la jetée et aux navires en partance pour les lointains, que lui, Moïse Draï, partirait un jour librement vers son destin !

Pour Léon, la psychanalyse devint un subtil camouflage. C'est du moins ce qu'il croyait, et, jusque récemment, il était d'ailleurs parvenu à maîtriser le poids de l'angoisse. Durant les mois au cours desquels se tint le procès Eichmann, il s'efforça de se contenir, tout comme il choisit de ne pas se préoccuper des incidents violents qui se multipliaient en Argentine, sans que l'on puisse en désigner clairement les auteurs. Mais le départ soudain d'Alejandro en Israël vint rompre ce difficile équilibre. Son cœur cognait chaque fois qu'il ouvrait la boîte à lettres et récupérait les quelques enveloppes qui lui parvenaient depuis la petite ville où habitait sa sœur. Une sorte d'expectative, urgente et impossible, le tenaillait, comme si bientôt Féla allait lui adresser une autre lettre, où elle exigerait de lui une réponse.

Comment était-il concevable que, durant toutes ces années, il ne l'ait jamais cherchée ? Il s'agitait dans son fauteuil. Après tout, des rumeurs étaient bel et bien arrivées jusqu'ici, en Amérique du Sud, autrement dit au bout du monde. Car l'homme ne peut passer sa vie à fuir le chant des sirènes de la culpabilité... ou de l'amour... En fin de compte, il lui faudrait écrire à Olga ; peut-être entreprendrait-elle des recherches...

Léon vida, les doigts tremblants, les restes de tabac brûlé dans le cendrier, lorsqu'on entendit un coup frappé à la porte.

*

Au même moment, à Askelon, Olga longeait la poissonnerie pour aller à la station d'autobus. Aujourd'hui, elle n'était pas rentrée s'y approvisionner auprès du couple silencieux qui la tenait. Avec la femme qui portait un foulard et lui servait le poisson en souriant, après l'avoir enveloppé dans du papier journal, elle échangeait toujours quelques mots. Son mari, un taiseux, était le plus souvent à côté du hachoir, où il semblait absorbé en quelque prière. Elle avait l'habitude d'acheter des carpes encore vivantes, et, depuis qu'Alejandro vivait chez elle, elle prenait aussi du poisson haché qu'elle cuisinait en boulettes.

Elle descendit de l'autobus, porta son cabas entre les blocs de HLM et, en montant les trois étages, passa devant l'appartement de la famille Mandelkerem, des Roumains.

Et voici que leur fils unique, Gaby, avait grandi et rentrait au lycée, pensa-t-elle, essoufflée par l'effort qu'il lui fallait fournir pour gravir les marches. Lorsqu'elle tourna la clé, elle prit plaisir à l'odeur du café qui régnait chez elle, avec les napperons au crochet et les rideaux à fleurs dans la cuisine.

Les années s'étaient écoulées et elle ne s'était jamais mariée. Comment avait-elle pu demeurer fidèle toute une vie à Yourek ? Il est vrai qu'elle avait fondé un foyer ici, et, lorsque étaient arrivées les photos de Léon avec Hanka et Alejandro, le nourrisson aux cheveux bouclés, elle les avait mises sous cadre et posées sur le buffet. Il y a encore deux ans, elle-même aurait pu enfanter, mais c'est alors que son cycle menstruel était devenu irrégulier.

Olga déposa son sac et le cabas. La lumière rougeoyante passait par la fenêtre qui s'ouvrait vers l'ouest, illuminant le canapé du salon et le sac à dos d'Alejandro. Il allait falloir lui dire de se méfier ; hier soir, il y avait eu des coups de feu à la plage. Elle ramassa des chaussettes que son neveu, qui devenait adulte, avait oublié de mettre à laver et qu'elle plongerait dans la bassine, après l'avoir remplie d'eau et de grains de savon, puis elle passerait les mains dans l'eau tiède, graisseuse, comme s'il était son propre fils.

Olga s'appuya doucement au rebord de la fenêtre, dans le vent du soir qui montait de la mer et dans la poissonnerie, Féla Weiss était bouleversée à l'approche du 1er septembre. Voilà qu'Estherleh avait guéri, et demain elle partirait à l'armée... juste à ce moment-là, elle sentit monter la tension et se retint au comptoir. Combien elle aimait sa fille, qui s'était transformée en une si belle jeune femme, sourit-elle, toute à la joie qui explosait en elle, amoindrissant l'inquiétude pour un instant.

Zvi-Hirsch sortit de la petite synagogue et resta sous les eucalyptus, en attendant l'arrivée des fidèles. La veille, il avait retiré de la mansarde la valise en carton pour Esther et, le lendemain matin, il bénirait sa fille au cours de la prière, puis ils l'accompagneraient à l'armée.

Le vent de mer emplissait ses narines. Il portait son regard par-delà les auvents du marché, vers les figuiers sycomores et les collines de grès, tout en passant la main sur son duvet de barbe. Hier, il y avait encore eu une infiltration à la frontière, soupira-t-il. Il déplaça un peu son chapeau et essuya la poussière sur son front. Derrière les collines, vers la mer, le crépuscule s'alluma, comme autrefois, aux heures pourpres du soleil déclinant, lorsqu'un fil de bonté dorée descendait un instant sur le camp des travailleurs forcés, moribonds, et leur promettait, en un bref éclat, que malgré tout : « Dieu entend les prières de toutes les lèvres. » Or, voici que les jours du mois d'Eloul * auront bientôt passé, et la lune ne sera plus qu'un mince croissant lorsqu'il se lèvera avec l'aube pour réciter les *Sli'hot* ** à l'approche de la nouvelle année. Puis il retirera les lattes de bois qui lui servent de plafond, et Féla sortira les draps qu'il tendra à la place, et, à nouveau,

* Période de la mi-août à la mi-septembre.

** Prières spéciales récitées à l'aube du Kippour.

sa chambre se transformera en une cabane, dont il décorera les parois avec les petits objets qu'avait préparés Estherleh autrefois.

*

Entre les troncs d'arbres, sur un rivage de l'océan Atlantique, Jean contemplait le bleu scintillant au loin et respirait l'odeur de la terre retournée.

L'étouffement qui l'envahissait était nouveau. Il était incapable de lui donner un nom et s'abandonnait au léger mouvement qui berçait le bleu dans la chaleur des larmes secouant tout son corps, comme le cri de ce chanteur, *Aliiiiiine*, qui l'emplissait de la certitude claire et nette, privée de mots, qu'il était bel et bien vivant.

*

Cette même heure passa sur chacun d'eux, seul, comme les strates de vie qui reposaient, muettes, l'une sur l'autre, dans le tell archéologique, ou alors comme les jeunes qui dansaient au club de la plage, aveugles à tout ce qui se trouvait au-delà du cercle de lumière de la piste.

Chacun d'eux était livré à lui-même, comme des feuilles séchées emportées par un vent puissant et dont seul l'envol vertigineux, ensemble, au même instant, révèle la brise qui se lève. Ainsi, le frisson qui se leva, à ce moment, en divers points du monde, témoigna ce que l'on nomme habituellement l'Histoire, ou le Destin.

Le vent se leva, faisant frémir les eaux souterraines. Cependant, sur tous ces rivages, où des éclats de vie se posaient comme des oiseaux migrateurs sur le sable avant de reprendre leur envol, les vagues ne s'étaient pas encore apaisées ; leur rage n'était toujours pas épuisée.

Par-delà la frontière

Asher, lui, roulait vers la frontière sud, à travers les étendues de sable, renfermé sur lui-même. À côté de lui, un inconnu filiforme, au visage creusé, était recroquevillé sur son siège. Il portait des vêtements délavés, trop grands pour lui, et ses mains décharnées tremblaient de nervosité sur ses genoux. Mercury était couché entre les deux, la gueule ouverte en un sanglot léger, inhabituel et incessant. La tension était palpable, et les odeurs de leurs corps, secoués par les cahots de la route, se mêlaient.

Pourvu que cette aventure humanitaire se termine sans encombre, se répétait Asher, tout en sachant qu'il ne se serait jamais embarqué là-dedans si les événements de ces derniers jours ne s'étaient pas produits, en rouvrant ce qui avait pourtant déjà cicatrisé.

La veille, quand il avait coupé le moteur de la camionnette, non loin de sa cabane isolée, et que Mercury avait sauté sur le sable, on entendait encore des rafales au sommet de la falaise, et les cris d'une unité poursuivante. Il s'agissait d'une nouvelle infiltration de *fedayins* : il avait alors tourné le visage vers le bruissement des roseaux, au pied de la falaise, et il avait été pris d'inquiétude pour Alex, qui errait seul dans la nuit. Il changea l'eau de Mercury et remplit son écuelle de nourriture, reconnaissant d'avoir encore de qui s'occuper, puis il se versa un verre de whisky et sortit fumer une cigarette. Le silence était toujours traversé de coups de feu qui, néanmoins, s'éloignaient, jusqu'à ce que la rumeur de la mer les recouvre. Il s'appuya contre la paroi de sa cabane, sur laquelle grimpaient des passiflores avec leurs fleurs bleues et violettes, puis il approcha de ses lèvres la cigarette qu'il tenait entre le pouce et l'annulaire.

C'est alors qu'il remarqua que Mercury n'était pas là. Même lorsqu'il l'appela, le chien n'apparut pas en courant depuis l'obscurité. Il finit sa cigarette et alla marcher un peu le long du rivage ; là, il l'appela encore, rien que pour entendre sa propre voix absorbée par le bruit des vagues. Car, après tout, il savait que Mercury finirait bien par rentrer au moment qui lui conviendrait, et qu'il était de toute façon impossible de lui imposer quoi que ce soit, comme à l'époque, lorsque ses yeux marron l'avaient sondé au tournant d'un sentier, avant que le chiot jaune, de race cananéenne, ne décide d'approcher et de tendre la tête vers cette main afin qu'elle le caresse entre les deux yeux.

Mais, lorsque Asher retourna dans sa cabane d'ascète, son absence le saisit. Le vide était si vaste sans les aboiements de Mercury, ni son corps ferme qui évoluait à ses côtés.

Au matin, Mercury ne fut pas davantage de retour. Asher passa au marché de produits en gros pour y décharger les bouteilles de bière vides et emporter de nouvelles caisses ; il s'efforça de repousser l'idée et l'angoisse qui en découlait. La disparition de son chien était peut-être liée aux importantes manœuvres militaires d'hier...

Dans l'après-midi, alors qu'il s'apprêtait déjà à partir au club, il entendit soudain des aboiements. Il se précipita dehors. Mercury se jeta sur son bol d'eau et lapa avec ardeur, puis dévora sa nourriture. Pourtant, lorsqu'il s'approcha de lui, Mercury recula jusqu'à la lisière de la cour, sortit vers l'étendue de sable et tourna la tête, comme pour bien s'assurer qu'Asher le suivait.

« Où nous mènes-tu donc ? » s'emporta-t-il avec soulagement, alors qu'il courait déjà derrière Mercury, le long de la falaise ; ils continuèrent vers l'endroit où les rochers avançaient dans la mer. Pendant le trajet, un soupçon s'était déjà éveillé en lui. Mais, lorsqu'à la suite du chien il entra dans une petite grotte que formaient les rochers, Asher s'immobilisa, pris de panique. Dans l'obscurité, un homme apparut en face d'eux. Comment avait-il pu sortir sans arme ? Quel aveuglement ! Mais l'homme, rachitique et vêtu d'oripeaux, se tenait là, visiblement effrayé, et il commença à lui parler en arabe avec un débit haché.

Au premier regard, il devint clair pour Asher que si, la veille, les soldats s'étaient lancés à la recherche de cet homme tremblant, qui portait ses regards vers lui en essayant d'expliquer quelque chose, ils avaient fait erreur : il n'était pas venu pour répandre la mort. L'homme tira alors de sa poche un bout de tissu froissé, avec un peu de terre à l'intérieur ; il leva les bras et s'efforça de se faire comprendre. Visiblement, il avait traversé la frontière dans un accès de folie, afin de trouver de ce côté un puits abandonné ou un tombeau et y recueillir de la terre pour sa mère malade ou son grand-père mort.

De tout ce discours en arabe, Asher ne saisit que le mot « *calb* * », et il nota la façon inhabituelle qu'avait Mercury de rester aux pieds de l'homme.

« *Chwayè, chwayè* ** », fit-il avec le peu d'arabe qu'il savait, bien qu'il ait fréquenté pendant presque deux ans un camp de réfugiés, situé aux abords de Majdal. « *Chwayè.* » Il fallait d'abord que l'homme parvienne à se calmer.

Car son histoire merdique n'avait aucune espèce d'importance, pensa Asher, dès qu'il comprit, dans une bouffée d'angoisse, qu'au mépris de toute logique il serait incapable de livrer à l'armée cet infiltré désespéré aux pieds duquel Mercury se lovait en gémissant. Qui pouvait dire combien de temps exigeraient la garde à vue et l'enquête, qui se dérouleraient dans l'atmosphère peu propice des tensions récentes, puis les complications administratives, tant en Israël qu'en Égypte, avant qu'il ne soit ramené, si toutefois il l'était, jusque chez lui, par-delà la frontière ? Il sut que c'était de la folie, mais qu'il ne

* « Chien » en arabe.

** « Doucement ».

pouvait pas faire autrement, parce qu'un désordre émotionnel, auquel il ne pouvait donner de nom, le lui imposait.

Plus tard, il ne comprit pas ce qui l'avait poussé à prendre la camionnette, puis à filer droit vers la frontière. Peut-être était-ce l'inquiétude épuisante pour Mercury, ou l'intranquillité qui nidifiait en lui, depuis le dernier concert de Jerry, ou alors le fait qu'il n'avait pas levé un doigt quand l'homme avait perdu les pédales et traîné la jeune fille claire hors de la piste. Mais peut-être aussi qu'il avait agi de cette façon à cause de Mercury, qui était toujours aux pieds de l'homme, en alerte, et gémissait, ses yeux marron braqués sur Asher. C'était comme s'il lui expliquait ce qu'Asher pressentait depuis longtemps déjà, à savoir que l'animal n'était pas un messager des dieux, mais plutôt que ses maîtres précédents avaient été avalés par la poussière des camions, par-delà la frontière. C'est pourquoi il n'osa pas non plus demander à l'homme son prénom.

Il fit un calcul rapide. Bientôt, dans l'après-midi, il y aurait un changement de sentinelles, avant la mise en place des dispositifs renforcés de la nuit. De la frontière jusqu'au poste de l'ONU, il n'y avait qu'une courte distance et Asher connaissait les soldats qui servaient là-bas : ils venaient au club pour y boire un whisky entre deux tours de garde. Son cœur se mit à battre. S'il n'y avait pas de complications, cette histoire pourrait se terminer sans faire de bruit. C'est du moins ce qu'il espérait, lorsqu'il demanda à ce couple bizarre – Mercury et l'Arabe terrorisé – de le suivre.

À présent, la camionnette cheminait lentement vers le sud, sur de petites collines de sable. Et, pendant tout le trajet vers la frontière, loin de la route asphaltée, ils restèrent assis en silence dans le véhicule qui tressautait, où flottaient les effluves de leurs transpirations mêlées. Le soleil déclinait, rallongeant les ombres des buissons étiques, lorsqu'ils approchèrent des *kibboutz* Yad Mordechai, Zikim, puis de la frontière qui passait là-bas. À l'horizon planait le bloc blanc – proche et lointain tout à la fois – de Gaza. Des taches blanches blêmissaient dans l'air chaud comme les mirages d'une Fata Morgana.

Asher s'agrippait au volant. Il n'osait imaginer ce qui se passait dans la tête de l'homme à la respiration saccadée, la peur qui s'affermissait dans son corps décharné, replié sur lui-même. Que tout cela se termine enfin, et qu'il soit avalé par-delà la barrière, à l'endroit d'où il était venu.

Durant tout le voyage, Mercury avait poussé une plainte obstinée, faible, comme s'il était redevenu le chiot qu'il avait été. « Assez, assez », Asher passait ses trois doigts dans sa fourrure, mais Mercury n'arrêtait pas, et ce sanglot emplissait l'espace de la camionnette. « Putain ! » grinça Asher dans la tension grandissante, car, d'un seul coup, les mêmes images, la même angoisse qu'il croyait enfouie depuis longtemps le submergeaient, comme autrefois, lorsqu'il entrait dans le camp de réfugiés arabes de Majdal, il y avait un peu plus d'une décennie.

Il lui avait alors semblé qu'ils resteraient là-bas à jamais, un bloc dépourvu de visages, fait des vastes mouvements de longues robes brodées, de sauts d'enfants vêtus de haillons, et des regards baissés des hommes qui erraient là, oisifs, attendant que leur destin soit scellé par les pourparlers sur le cessez-le-feu.

Mais il était trop absorbé par lui-même, un soldat à trois doigts qui ne tirait pas, supervisant la distribution des vivres, dans la routine du camp, un homme qui ne nouait aucun lien et ne parlait jamais. Ni avec eux, ni avec ses propres parents à Tel-Aviv. Il avait enfoui tout ça et la cicatrice s'était lentement refermée.

C'est alors que le dernier jour de l'évacuation, en juin 1950, tout lui explosa au visage. On les avait déjà fait monter sur les camions. Ils s'installèrent sous les bâches famille par famille, chargés de leur barda. Les dignitaires arabes et les représentants du gouvernement distribuèrent à chaque père de famille une somme d'argent, puis recueillirent leurs signatures sur le traité. Entre les tentes, il ne restait plus que quelques poules qui avaient réussi à s'enfuir et picoraient ce qu'elles pouvaient, entre les restes de tissu, de pneus et le crottin. Les chiens entouraient les camions, on les repoussait, mais ils revenaient en gémissant. Et soudain, au cœur de tout ce désordre, Yoskeh vint lui annoncer que sa mère était à l'état-major.

Il laissa tout tomber et fonça, paniqué. Qu'amenait donc subitement sa mère vers les zones crépusculaires des réfugiés ?

Il la vit de loin, devant le bâtiment de l'administration, situé dans une rue étroite de Majdal ; elle portait une robe à fleurs, un chapeau en tissu, et semblait agitée.

« Que se passe-t-il ? il bondit hors de la jeep.

– Je suis venue me renseigner, dit-elle.

– Sur quoi ?

– Je suis venue me renseigner sur la famille », répéta-t-elle avec obstination, puis elle leva la tête vers lui.

C'est alors qu'il comprit ce qu'il avait remué lors de sa dernière visite à la maison. On l'avait envoyé à Tel-Aviv et il en avait profité pour faire un saut chez ses parents. Il ne les avait pas vus depuis des mois, lorsqu'ils étaient venus à l'hôpital, juste après qu'il avait été blessé. Mais même ce jour-là, lorsque sa mère ne put se retenir de lui passer la main sur le front, son père avait dit : « Viens, Gusta, nous devons laisser Asher se reposer. »

Tout était oublié, tandis qu'à son habitude il grimpait deux par deux les marches des logements pour travailleurs, vers le petit appartement situé au deuxième étage, avec un mobilier austère et un piano.

Là, il trouva deux adultes qui avaient subitement vieilli. Sa mère lui dit de s'asseoir pour manger quelque chose, et son père resta debout, levant son visage hâlé d'ouvrier hébreu, avec son dos toujours aussi droit malgré sa maigreur. Ils attendirent en silence qu'il avale le peu de purée et le filet de poisson, « tout ce qu'il est encore possible de préparer en cette période de rationnement » ; ils regardaient de quelle façon Asher tenait sa fourchette, entre le pouce et l'annulaire, mais ne prononcèrent pas un mot ; ils ne parlèrent pas non plus de son piano qu'il n'ouvrirait plus, des œuvres de Chopin, de Liszt, ni de ses improvisations de jazz, qui n'empliraient plus jamais la maison.

« Que se passe-t-il chez vous en ce moment ? » finirent-ils par demander, et il marmonna quelque chose. Apparemment, il évoqua les camions remplis de « ceux qui restaient », c'est ainsi qu'on avait nommé les rescapés, sans entrer dans les détails, ni décrire les visages inquiets, les pleurs, les camps de tentes qui avaient considérablement augmenté. Il avait peut-être dit « Roumanie », « port de Constana », ou peut-être « Bucarest », et il ne remarqua pas vraiment l'émotion qu'en concevait sa mère. De toute façon, il en était incapable. Il était aveugle, même à ses propres parents. Ils passaient l'un à côté de l'autre, absorbés dans un silence hermétique, chacun portant sa propre histoire, comme des mules aux yeux bandés. Et, d'un seul coup, elle était là ! Avec son chapeau de tissu et son sac... Combien de fois avait-elle changé d'autobus, avant de parvenir jusqu'à ce bâtiment, sur la planète des camps de transit et des personnes déplacées ?

Elle monta dans la jeep, et ils roulèrent entre les rangées de tentes. Dès qu'elle descendit, des gens formèrent un petit cercle autour d'elle. Elle leur parla en roumain, une langue qui lui était toujours restée étrangère, avec ses sonorités d'enfance, les berceuses et la voix de sa mère. Il la voyait se tenir là, avec sa petite taille, et s'obstiner. L'instant d'après, quelqu'un la guidait déjà entre les tentes et, là-bas, un autre petit cercle se forma autour d'elle, tandis qu'elle continuait à les questionner. C'est alors qu'au beau milieu du camp de transit, il fut épouvanté : comment n'avait-il jamais songé à l'interroger sur le sort de sa famille ? Comment n'avait-il jamais pensé à ça ?

Parents, frères et sœurs ? Comment n'avait-il jamais rien demandé ? Il la voyait, émue, se répétant, s'expliquant. Avec effort. Jusqu'à ce qu'elle abandonne. Comme si quelque chose s'était brisé en elle et qu'elle avait renoncé.

Là-dessus, Yoskeh arriva en courant, puis l'informa qu'il y avait des complications avec une des familles que l'on évacuait. Asher devait rentrer tout de suite. Yoskeh ajouta qu'il se chargerait lui-même de ramener sa mère jusqu'au camp de Masmiyya, d'où elle pourrait prendre un bus pour Rehovot, puis, de là, continuer vers Tel-Aviv.

Ils se séparèrent rapidement. Asher repartit dans la jeep et, à son arrivée, il les vit se tenir à côté de la barrière du camp de tentes, collés les uns aux autres, avec des visages fermés. « *Yallah* *, *yallah* ! » cria-t-il. Puis il vit le corps enveloppé qu'ils portaient.

Ils vinrent à lui d'un seul bloc. « *Oum* **. » Celui qui marchait à leur tête leva les yeux vers Asher. Que pouvait-il faire ? Il se mit à les suivre. Son arme ne pendait à sa ceinture qu'à des fins de dissuasion, c'est vraiment tout ce que pouvait faire un soldat qui ne tire pas. Les pelles creusèrent en silence dans la terre à côté d'un palmier, et Asher se tint à distance. Il les regardait s'incliner et se relever, s'incliner et se relever, puis ils revinrent d'un seul bloc.

Deux heures plus tard, il les vit monter dans un camion – parmi les derniers du convoi se dirigeant vers le sud – qui les déposerait à quelques kilomètres seulement,

---

* « Allez, allez ! »

** « Mère ».

au point de passage de la frontière. Là-bas, eux aussi signeraient un document ayant valeur d'accord et prendraient avec un air défait les liasses de billets qu'on leur tendrait. L'homme qui était assis à côté du chauffeur posa ses yeux sur lui. Pour le remercier ? Par haine ? Asher ne sut déchiffrer ce regard privé d'expression qui passait sur son visage.

Et c'est ce regard qui le hantait, le soir où il se sauva vers la plage, vidé, avec le même goût amer dans la bouche. D'ailleurs, qui sait s'il aurait fini la nuit, sans le messager des dieux à la fourrure jaune, qui vint à lui silencieusement et approcha la tête.

Pendant qu'ils voyageaient lentement vers le sud, la tension persistait, et le silence s'emplit du souffle des deux hommes et du chien. Asher luttait contre l'angoisse grandissante. Il voyait trembler les mains faméliques de l'homme, posées sur son pantalon. « J'ignore même son prénom. Mohamed, Ali, Abdallah... quelle importance... au diable ! Que tout cela prenne seulement fin », et il renforça sa prise sur le volant en poursuivant le long de la mer.

Il coupa le moteur de la camionnette non loin de la frontière. Mercury gémissait toujours. Dans la lumière épaisse, le toit en béton d'un poste d'observation de l'ONU se révéla entre les replis du sable. Il sortit et l'homme le suivit, puis patienta, hésitant, pendant qu'Asher griffonnait quelques mots d'anglais sur un petit bout de papier. Ensuite, il le tendit à l'homme, qui remua un peu la tête et s'en empara. Asher lui indiqua le point de passage et le profil du poste d'observation. Mais alors on entendit des voix à l'intérieur de l'édifice et une voiture approcha du point de passage à vive allure.

Asher se couvrit de sueur ; quelque opération imprévue avait dû bouleverser la routine. Et, maintenant, il était impossible de faire marche arrière.

Il fallait trouver une autre solution. Ils retournèrent vers la camionnette, et il démarra.

Asher connaissait la ligne de démarcation. Au cours d'un de ses jobs d'autrefois, il avait fait partie d'une équipe chargée de l'installation des lignes frontalières. Voilà pourquoi il savait combien la terre était tendre par là-bas. Il roula le long de la barrière et s'arrêta dans un endroit dissimulé par deux monticules de sable.

Il était au comble de sa tension, voilà probablement pourquoi il ne ferma pas la portière lorsqu'il descendit de la camionnette avec l'homme. Il s'agenouilla, creusa et souleva de toutes ses forces le grillage, puis il somma l'homme de se faufiler par l'espace ainsi créé. Les pointes de métal s'enfonçaient dans ses paumes, où elles imprimèrent des marques profondes, lorsque l'homme, qui resterait un être dépourvu de nom, se traîna sous la clôture ainsi surélevée, rampant dans le sable retourné, entre les buissons sauvages écrasés.

L'effort terrible aveugla Asher. Plus tard cependant, il ne se pardonnerait pas d'avoir été inattentif, en cet instant précis, au sort du chien cananéen, dont le destin fut alors scellé. Car, au moment où Mercury avait surgi hors de la camionnette pour se ruer sous le grillage, il était déjà trop tard. Il avait forcé le passage de son échine velue avant que le grillage retombe des mains d'Asher dans un grincement qui recouvrit sa lourde respiration.

Mercury s'ébroua, puis tourna la tête vers l'autre côté du grillage. À présent, le sanglot qu'il avait poussé tout au long de l'après-midi s'était transformé en une plainte aiguë, étrange. Et quand il porta son regard vers Asher, un voile brillant recouvrit ses yeux marron.

Telle est l'image qui resta gravée dans le cœur d'Asher : Mercury gémissant, levant la tête, et ses yeux fouillant les lointains. L'homme efflanqué commença à marcher vers le sud ; un instant, il se retourna. Puis il repartit. Mercury remua la queue et le suivit. Son échine jaune apparaissait, puis s'effaçait, entre les plis de sable et les buissons d'épines, jusqu'à ce que les deux ne soient plus du tout à portée de vue.

Asher attendit à proximité de la camionnette et dressa l'oreille dans la crainte des coups de feu qui déchireraient le silence persistant. Plus le temps passait sans qu'il perçoive d'aboiement, plus l'angoisse s'ouvrait en lui dans un vertige. Il secoua la tête : « Non mais, regarde-toi, les yeux marron d'un chien te brisent le cœur... »

Asher patienta plus d'une heure, paralysé d'inquiétude. Le soleil déclina en un dernier rougeoiement sur les éminences de sable. À la fin, quand son regard fixé au loin n'eut toujours pas discerné de tache jaune qui courait, il décida, le cœur lourd, de rentrer avant la tombée de la nuit. Même des années après, il ne raconterait rien de tout cela, y compris lorsque cette frontière serait forcée, avant d'être à nouveau fermée. Il ne tenterait pas non plus d'aller chercher l'homme filiforme là-bas, chez eux, dans les ruelles tortueuses, ni de se renseigner sur son nom, sur les raisons qui l'avaient conduit de l'autre côté, tout comme il ne lui avait pas demandé, durant cette journée, s'il était ce garçon qui, autrefois, avait joué avec un chiot jaune. Il y a des choses auxquelles le silence sied, décréta-t-il, en sa qualité de vieux soldat. Il y a des choses qu'il faut amputer.

Asher reprit la route vers le nord, étouffant dans le vent chaud du soir. Il changea les vitesses, puis finit par rejoindre la route goudronnée. La camionnette passa entre les eucalyptus, face aux quelques villages dispersés dans la plaine qui s'ouvrait jusqu'à la chaîne de montagnes, à l'horizon. Il continua et s'éloigna de la leçon de fidélité que lui avait donnée Mercury, l'envoyé des dieux qui avait illuminé, pour quelques années seulement, sa solitude, et qui, visiblement, était retourné vers le lieu où il se devait de rentrer. Plus jamais il ne verrait sa queue en fontaine s'égayer le long du rivage en une course libre, et il n'enfoncerait plus ses trois doigts dans l'épaisseur de sa fourrure jaune.

Il poursuivait vers le nord, en longeant la plaine qui lui semblait tellement vide à présent. Comme sa propre vie. Il se gara à côté de sa cabane, dépassa la gamelle vide de Mercury, se versa un verre de whisky et sortit se calmer un peu. Il dissimula dans une poche son moignon et écouta la rumeur de la mer. Même après de nombreuses années, lorsqu'il serait envahi par la nostalgie du regard marron de Mercury, il saurait très bien qu'à sa manière le chien avait tout compris à l'époque et en savait beaucoup plus que lui.

*

Les secousses de l'autobus accompagnaient Esther à travers le centre-ville. Elle était recroquevillée sur sa banquette et ne portait plus de robe à bretelles, ni un sac rempli de livres à l'épaule. Des voix lointaines se mêlaient en elle, dans un brouhaha. De tout ce qui s'était passé avant sa maladie, seul un sombre dépôt demeurait, comme si tout s'était produit longtemps auparavant, et peut-être même en rêve. Demain, elle entrerait à l'armée, pensa-t-elle faiblement, elle serait une soldate, en uniforme... Même maintenant, c'était comme si cela n'avait aucun rapport avec elle. Elle savait qu'il lui fallait encore achever quelque chose. Quelque jaillissement qui ne demandait qu'à bruire, ou un souvenir qui ne s'était pas encore éclairci et à cause duquel elle serait sortie.

Elle appuya son front contre la vitre qui vibrait. Son visage était plus pâle que jamais, ses grands yeux attentifs aux images qui défilaient : le palmier qui s'élevait non loin du minaret d'une mosquée abandonnée ; les gens qui traversaient le centre-ville et paraissaient entièrement pris par le tourbillon des dernières heures de la journée ; puis, à nouveau, les blocs d'immeubles, les maisons blanches avec des pelouses sur les hauteurs et, en haut, un château d'eau. Dans le bercement du voyage, Esther sentit passer en elle la rumeur de la petite ville aux trottoirs recouverts de poussière, des cuisines minuscules, des voix proches et lointaines. Tout s'écoulait en elle comme dans une conque.

L'autobus emprunta l'ancienne route, et, au fur et à mesure qu'il approchait de la falaise, face à la mer, la lumière s'intensifiait. Au terminus, Esther se leva et sourit au chauffeur, qui lui dit : « Paix sur toi », comme si lui aussi la bénissait, puis il ajouta, avec inquiétude : « Hier soir, les soldats étaient à la recherche d'un homme qui a passé la frontière, alors sois prudente. » Elle opina, descendit, se tint là un moment, puis repartit.

Elle ne se dirigea ni vers l'hôtel, ni vers le sentier de la falaise qui descendait vers la plage, mais prit le sens inverse, vers le tell archéologique, et aussitôt elle disparut entre les tamaris. C'est la direction, se souvint-elle confusément, c'est par là qu'elle était passée lors de la visite scolaire avec les filles de sa classe.

Il n'y avait personne au sommet du tell, lorsque Esther traversa le champ de ronces, puis continua entre les monticules de terre et les grands sycomores, jusqu'au chantier de fouilles de l'église byzantine, là où les archéologues rassemblaient les reliefs de marbre et des ornements de colonnes. Là non plus, il n'y avait aucun visiteur.

Elle lança un regard vers les reliefs de femmes. Celle dont la tête était surmontée d'un turban, avec un petit personnage lui soufflant quelque chose à l'oreille ; celle qui tenait une branche à la main ; celle qui levait les bras, dont la poitrine pointait, avec le vent qui agitait les pans de sa robe, et un visage brisé. Les ailes de la femme blanche étaient déployées, prêtes à l'envol. Seuls ses pieds nus l'ancraient encore. Le cœur d'Esther se mit à battre. Voilà, elle était arrivée. Enfin.

C'est alors qu'une première vague de vertige la traversa, la labourant avec une telle force qu'elle faillit hurler. Elle s'appuya avec difficulté contre une cloison du chantier de fouilles, sans détacher son regard de la statue.

Elle baissa lentement les yeux sur les pieds aériens de la femme blanche, puis vers le globe de pierre sur lequel ils reposaient. Pour la première fois, elle remarqua l'homme courbé, accablé sous le poids de la pierre, le visage déformé par l'effort ou la jalousie. Son regard continua à descendre vers ses jambes repliées, son membre découvert, les testicules qui y pendaient, si fragiles, effrayants, puis vers ses bras absents. Seules les mains entouraient la pierre, saisissant le globe terrestre sur lequel reposait la femme blanche.

Les yeux de l'homme agenouillé se fixèrent sur elle, cernés d'ombres qui lui étaient familières. Et, soudain, elle eut un haut-le-cœur. Avec quel effort ses parents la soutenaient, elle... Comment pouvait-elle leur trancher ainsi les mains ? comment le pouvait-elle ? ! Tout tournait devant ses yeux. De quel abîme s'élevait le vent qui soutenait ses ailes ? De quelle obscurité ?

Elle faillit s'évanouir.

La blancheur des statues s'intensifia dans la lumière déclinante. Les aspérités de la cloison sur laquelle elle s'appuyait l'irritaient, et, à travers son vertige, elle savait qu'avant le crépuscule il lui fallait encore arriver face à la mer.

Esther se hâta de quitter le chantier archéologique, puis se mit presque à courir entre les monticules de terre et les ronces ; elle approcha du versant de la falaise, couvert des calices jaunes de l'onagre côtière. La mer se déploya d'un seul coup, elle scintillait de vaguelettes jusqu'au bout de l'horizon. Esther releva les pans de sa jupe et progressa lentement sur le promontoire. Le vent chaud soufflait dans son chemisier bleu, dans ses cheveux, enveloppant tout son corps, qui ne s'était pas encore rétabli complètement.

Elle resta sur le bord de la falaise et écouta le grondement immense, qui venait s'écraser là depuis les confins de la mer, ou depuis ses propres abîmes. Mais qui était-elle ? Elle respira à pleins poumons, avec une aisance soudaine, sans honte ni culpabilité, et les larmes inondèrent son visage. Elle pleurait sur ce qui s'était définitivement brisé, sur la beauté révélée. Comme les mots embrasés du poète qu'elle avait déclamés lors des célébrations de fin d'année : *Toute la nuit, s'élevèrent des mers de flammes, et des langues de feu s'étendirent au-dessus du mont du Temple... Dieu avait-Il frappé son trône et brisé sa couronne en morceaux ?* Yokheved, leur professeur, avait dit qu'il s'agissait d'un poème sur la destruction et la résurrection. Mais elle savait que tout cela ne provenait que *des flots d'amour, des flots d'amour.*

Et une douleur obscure, qu'elle n'avait jamais éprouvée jusqu'ici, la transperça, dans un élan de désir qui confinait au cri. Dans ce bref éclair, Esther sut aussi qu'il n'y avait aucune différence entre les ombres de la maison et le bonheur qui l'avait fait fondre durant cet été, Moïse qui l'enlaçait à côté de la fenêtre, les yeux aux longs cils d'Alex – tout cela s'enchevêtrait en une seule efflorescence noire et illuminée, d'où ils surgissaient tous, unis, d'entre la vie et la mort. Peut-être était-ce d'ailleurs cela qu'Alex avait voulu lui dire ? Peut-être était-ce cela, le secret de l'*Aleph* ? *Car j'ai vu en mon âme, or elle était noire, et blanche, tout à la fois.*

À présent, elle savait qu'elle pouvait partir et entrer à l'armée. Elle serait une soldate. Elle, Esther Weiss, et pas son double. Elle le pouvait. Alors elle se laissa aller, stupéfaite par le son de son propre rire.

Le crépuscule était déjà profond lorsqu'elle décida de rentrer à la maison, de s'endormir tôt, puis de se réveiller avant l'aube pour aller s'engager. Il lui semblait que là-bas, depuis le sommet de la falaise, descendait le sentier qu'elle avait emprunté lors de l'excursion avec les filles de sa classe, et elle décida de ne pas revenir sur ses pas, mais de se frayer un chemin à travers le terrain pentu.

Elle avançait avec la force nouvelle qui emplissait son corps, et son regard était attiré par la mer. C'est pourquoi elle ne remarqua pas que, sous le promontoire, la falaise se fendait soudain, et lorsqu'elle posa le pied, elle glissa sur la pente. Du bout de ses bras tendus, elle parvint tout juste à se retenir et essaya d'abord de remonter, paniquée, mais ses sandales, sur le rocher, continuèrent à glisser, et elle perdit l'équilibre. Au dernier moment, elle s'agrippa aux branches d'un buisson qui avait poussé sur un relief de grès et qui stoppa sa dégringolade.

La lumière déclinait rapidement. Juste en dessous, le déferlement des vagues cognait dans l'anfractuosité, bourdonnant, comme en prière. En un ultime effort, Esther se rétablit et s'assit sur une pointe rocheuse.

Elle décida d'attendre un instant pour reprendre son souffle, avant d'essayer de rentrer chez elle.

*

De l'autre côté de la frontière, sur les collines de sable, Hassan et Mercury continuaient à avancer. Hassan évoluait avec effort, dans ses vêtements qui pendaient sur lui, et il serrait dans sa poche le bout de tissu contenant un peu de terre ramassée au coin d'un puits, entre les ruines du village. Son corps efflanqué n'avait pas cessé de trembler et, à ses côtés, les pas de Mercury résonnaient. Il gémissait toujours, la tête dressée.

Ils passèrent à proximité d'une bananeraie, puis aperçurent le minaret lointain d'une mosquée et quelques maisons en terre ; dans les cours, la fumée des fours s'élevait, avec l'odeur de cuisson du pain. Lorsqu'ils escaladèrent les petites dunes, à la lisière de Gaza, ils virent se déployer en contrebas les immeubles de la ville, au pied desquels s'agglutinaient les constructions d'un camp de réfugiés, dont les nuances jaunes étaient presque avalées par l'étendue de sable. Le feuillage hérissé d'un palmier solitaire apparaissait à côté de minarets d'où les muezzins lançaient leur appel.

Mercury s'arrêta. Hassan s'engagea sur la pente. Au bout de deux jours, la tension commençait enfin à s'estomper en lui. Il descendit en vacillant, ne croyant toujours pas qu'il rentrait vivant. Il s'immobilisa un instant et se retourna vers le chien, qui n'avait pas quitté le sommet du monticule, tendu ; la plainte qui s'élevait de sa gueule ouverte s'amplifiait.

Il s'adressa alors d'une voix douce à ce chien qui ne l'avait pas quitté depuis qu'il s'était caché dans l'anfractuosité de la falaise, au milieu des échanges de coups de feu. Il l'appela à nouveau : « *Calb ! Calb !* » ; il hésita encore un instant, mais le chien ne bougea pas, alors il lui fit un léger signe d'adieu, puis continua à descendre la pente vers la rumeur du soir, jusqu'à ce qu'il soit englouti, entre les maisons de terre et les venelles, alors que la voix d'un muezzin appelait les fidèles à la prière du soir.

Mercury resta planté au sommet de la colline de sable ; la salive coulait de sa gueule noire, toujours relevée, et le sanglot qui le traversait, depuis qu'une odeur familière l'avait attiré et qu'il avait découvert l'homme décharné, continuait à le soulever. À présent, il s'enivrait des odeurs qui montaient des maisons de terre, séparées par d'étroits passages. Un tumulte de vie venait jusqu'à lui ; des cris d'enfants, les appels de leurs mères, la foule des marchands qui faisaient une dernière transaction à l'ombre de leurs étals, le bêlement des chèvres, le gloussement des poules, et les aboiements aigus. Tous ces bruits oubliés s'élevaient en lui dans ce gémissement désormais enroué, qui montait et redescendait au gré de sa respiration.

Il plissa le front et s'apprêta à descendre vers le crépuscule qui s'épaississait de la fumée des fours à pain, pour entrer là-bas, dans une des cours, et s'approcher, tête baissée, d'une écuelle et d'un bol d'eau, laissés par ceux qui se prosternaient sur leurs tapis de prières.

D'une ruelle qui s'ouvrait au pied de la dune apparurent quelques enfants ; ils couraient. Ils tapaient sur une pièce de bois avec leurs bâtons et suivaient sa course en poussant des cris.

Soudain, ils perçurent la plainte du chien. Ils tournèrent la tête, interrompirent leurs jeux et tendirent la main vers cet animal à la fourrure jaune qui se tenait au sommet d'une petite hauteur et gémissait.

« *Calb ! Calb !* »

Mercury se redressa et agita l'éventail de sa queue ; il frissonna lorsqu'ils approchèrent, avide de caresses ; il était attiré par ce contact familier, ancien, sur son pelage. Étouffé par la joie, il tendit le cou en un gémissement qui ne cessait de croître.

Les enfants s'immobilisèrent, observant ce chien étranger et pleurnichard. Puis ils agitèrent les mains en criant : « *Calb majnoun* * *!* ».

L'un d'eux se pencha, ramassa une pierre et l'envoya vers le chien. D'autres l'imitèrent, et une pluie de pierres mêlée de rires s'abattit sur lui.

* « Chien fou ! ».

« *Calb majnoun ! Calb majnoun !* », puis ils s'approchèrent encore. Mercury s'enfuyait en gémissant, mais, au même instant, une pierre tranchante l'atteignit à la poitrine. Il bondit dans un hurlement et s'éloigna en boitant, hors de portée. Même ses pleurs cessèrent. À présent, seule sa lourde respiration produisait une sorte de sifflement, et sa langue pendait d'entre ses mâchoires.

Il s'était arrêté, regardant la bande d'enfants avancer vers lui. Il dressa les oreilles, comme s'il écoutait quelque chose au loin. Immobile, paralysé. Mais, alors, ce fut comme si un vent puissant l'arrachait à cet endroit. Il baissa la tête et retourna d'où il était venu.

Il courait lourdement sur les collines de sable où s'imprimaient ses pas, comme si, d'un seul coup, la vieillesse le trahissait. Il dépassa les positions militaires l'une après l'autre ; de chacune d'elles s'élevait la même odeur de poudre à canon, de graisse et de restes de viande en conserve. Avec sa fourrure jaune, il disparaissait presque entièrement dans les reliefs du paysage ; il courait, dégoulinant de sueur, l'haleine brûlante.

Il courait sans réfléchir – s'il est possible de nommer ainsi la boussole qui le guidait de monde en monde – ni se préoccuper des barrières qui tranchaient l'humidité du soir, ou du cri infini des vagues. Il courait, le souffle court, vers la cabane solitaire, vers le ronflement du moteur, vers la main aux doigts amputés qui glissait entre ses yeux. Et peut-être qu'une autre certitude le portait : celle qui était enfouie dans la mémoire des chiens phéniciens, enterrés au pied de la falaise par les marins d'autrefois. Eux qui avaient attendu leurs maîtres au bord de la mer et dont les gémissements continuaient à s'élever du tumulte des flots.

Il s'arrêta non loin de la frontière, là où Asher avait soulevé la barrière, avant qu'il ne lui échappe. Il renifla la terre retournée, les buissons écrasés, sauf que maintenant le grillage de barbelés était retombé de tout son poids et ses pointes s'enfonçaient dans le sable.

Mercury creusa le sol friable, faisant jaillir le sable derrière lui, puis il écrasa son ventre, son torse contre le sol, et faillit passer, lorsqu'un des piquants de barbelé se prit dans sa fourrure ; il recula pour s'en libérer, mais la chose ne s'enfonça que plus profondément dans son échine. Il grogna, piégé, ses pattes s'enfonçant dans le sable, et la pointe de fer tailladant sa chair.

Son sanglot de douleur transperça le soir. Il avançait, il reculait, il grondait, et la lame de fer coupait son échine, jusqu'à ce qu'il parvienne à s'en défaire. Sa fourrure était déchirée, et du sang s'en échappait ; il se mit à lécher en grognant le liquide chaud, sa gueule brûlait avec ce mélange de sel et de sang, mais il s'efforça de poursuivre sa course.

Fou de douleur, il boitillait, la respiration saccadée. La bave coulait de sa gueule noire, sa langue était pendante. Le sang avait laissé une longue trace derrière lui.

Lorsqu'il vit la falaise de grès qui se dressait non loin du tell archéologique, il sut qu'il arrivait et rassembla ses dernières forces.

*

La lumière après le crépuscule s'affaiblit. Esther entreprit de se lever. Il lui fallait se sortir de là avant la nuit. Elle fit un geste vers l'avant, mais la roche s'effrita, et des fragments allèrent s'écraser dans l'abîme. Elle s'immobilisa, le cœur battant, suspendue dans les hauteurs. Les ondulations de la mer s'assombrirent, et les nuages du couchant enténébrèrent les derniers restes de lumière. Les saillies de grès éraflaient la peau de ses jambes. Au-dessous d'elle, dans la grotte, les vagues se déchaînaient.

Mercury progressait au sommet de la falaise. Ses yeux étaient voilés par la douleur. Sa blessure béante était lancinante, et du sang s'écoulait de sa fourrure lacérée. Il avait déjà dépassé le secteur où étaient enterrés les chiens phéniciens, et le mur du tell d'où les colonnes de marbre se dressaient. À cet endroit, la falaise était accidentée, et des langues de mer se glissaient entre les rochers qui avançaient. Il courait, épuisé, animé par la seule certitude que ce périple touchait presque à sa fin.

Un bruit de chute l'arrêta. Il tendit les oreilles. Une odeur familière effleura son museau. Il s'approcha prudemment du bord de la falaise.

Derrière elle, Esther entendit un bruit de pas. Elle tourna la tête. Au-dessus, au sommet de la falaise, les oreilles d'un chien apparaissaient dans le crépuscule.

« Mercury ? », elle était stupéfaite, et une vague de chaleur passa dans son corps. Elle regardait les yeux marron du chien qui la regardait.

Mercury baissa la tête, il tâtonna, boitillant, puis descendit de la falaise, entre les saillies, progressant lentement, la langue pendant de sa gueule ouverte.

« Mercury... », Esther s'efforça de se traîner vers le chien qui tremblait d'émotion, et elle tendit la main pour prendre appui sur son échine.

« Attends, attends, Mercury, autrement nous allons bientôt tomber ensemble », rit-elle lorsque son museau effleura son visage, « attends ». Une vague de joie monta dans son corps. Elle enlaça son cou, passa la main dans sa fourrure moite, vers la tête qui se pressait contre elle, étreignant ce chien qui papillonnait tout à côté de son corps.

Sa fourrure était couverte d'un liquide chaud, et, lorsqu'elle ramena sa main, elle constata avec effroi qu'elle était pleine de sang.

« Mercury... Que t'est-il arrivé ? », Esther passa la main avec frayeur sur la chair ouverte, « Mercury... ».

Un instant, elle cessa de penser à la nuit qui tombait, au danger qu'elle courait au bord de cette cavité, pour ne faire qu'étreindre délicatement le chien blessé, suffoquant, qui plongeait la tête en son sein ; elle posa son visage sur lui et murmura : « Mercury... »

Cependant, leurs mouvements firent qu'un bloc de grès se détacha. Mercury recula. Il regarda Esther, comme s'il venait de prendre une décision, puis commença à reculer lentement, pivota et tâtonna pour trouver le meilleur appui. Il progressa pas à pas sur la pente, se fraya un chemin sur le terrain escarpé, pour finalement parvenir jusqu'au rivage. Là, sur le sable tendre, il se souleva avec peine, puis, en un effort suprême, se transforma en une balle galopante, les oreilles dressées, les pattes lancées vers l'écran du crépuscule qui le séparait encore du club de la plage.

Esther suivit le chien blessé du regard et, dans ce même élan d'émotion, décida d'essayer de s'arracher à l'endroit où elle était assise, puis de descendre prudemment le sentier de la falaise, à la suite de Mercury. Elle tenta de se projeter vers l'arrière en posant les talons de ses sandales sur le rocher et, malgré ses mains éraflées par le grès, elle réussit à se rétablir. Elle recula alors jusqu'à l'endroit où le rocher devenait plus large. Là, elle se tint d'abord accroupie, puis, graduellement, parvint à se remettre debout.

Après le coucher du soleil

Le soleil était déjà couché lorsque Mercury boita lourdement sur la piste. Alex s'élança, paniqué, vers le chien souillé de sable et de sang, avec une plaie profonde, grande ouverte, sur l'échine. Il était arrivé quelque chose à Asher ! Son cœur s'emballa. Il apporta de l'eau à Mercury qui but avidement et se pencha pour examiner sa fourrure déchirée et couverte de sang caillé.

Mais Mercury lui échappa et se traîna jusqu'au bout de la piste, releva la tête vers le clair-obscur du rivage et gémit d'une voix qu'Alex n'avait jamais entendue. C'est alors qu'il se retourna avec difficulté, puis se mit à courir. Alex s'élança à sa suite. Les quelques clients qui étaient déjà arrivés au club s'assemblèrent, curieux, en lisière de la piste, et, dans les haut-parleurs, on entendait toujours le disque qu'il avait déjà mis deux fois aujourd'hui, *elle était si jolie, que je n'osais l'aimer...*

Alex courait, à bout de souffle. Devant lui, la tête de Mercury se soulevait et retombait dans un sillon de sable. Alex fouilla le crépuscule ; il cherchait la silhouette d'une camionnette, essayait de discerner une forme dans les étendues de sable. Comment n'avait-il pas saisi plus tôt ?

Comment ne s'était-il pas tenu sur ses gardes ? ! Pourquoi s'était-il contenté d'attendre sur la piste du club sans rien faire ? Car Asher n'était pas en retard pour rien ! Comment n'avait-il pas encore prévenu l'armée ou la police ? ! Il était aveugle, privé de mots et de langue ! Il courait, ses pas s'enfonçaient dans le sable.

Esther rassembla les pans de sa jupe et progressa lentement. Elle se retenait à la paroi de grès pour ne pas perdre l'équilibre et tâtonnait ainsi à la suite de Mercury, cherchant où poser ses sandales.

Au-dessous de l'endroit où elle s'était assise, au milieu de la falaise, un étroit sentier se dessinait dans la roche ; il contournait en une légère inclinaison le front du tell et conduisait jusqu'au rivage. Le soir était déjà tombé, et elle était encore fébrile, mais elle avançait précautionneusement, une jambe après l'autre, sur le sentier escarpé.

C'est ainsi que, relevant la tête, Alex discerna au loin, dans l'obscurité, une forme qui se pressait contre un rocher. Il s'immobilisa, ce n'était pas Asher, mais une jeune fille... Son cœur battit. Esther ! Il s'élança et dépassa Mercury qui respirait lourdement.

Alex courait dans le sable profond. Esther ! Une douleur scia sa poitrine. Comme lorsqu'il l'avait vue pour la première fois. Il savait maintenant, grâce à la force qui explosait en lui, qu'il aimait cette fille et qu'il l'aimait depuis toujours... Il osait dire cela, avec des mots qui surgissaient enfin de lui. Maintenant, il savait qu'il pourrait la prendre de toutes ses forces, de toute sa tendresse, et les mots obscurs de la chanson l'enveloppèrent dans sa course, *Bésame, bésame mucho...*

Mercury s'arrêta et suivit Alex du regard ; il s'effondra dans une profonde respiration, vidé de ses forces. Son échine brûlait. La douleur avait finalement raison de lui, et ses halètements se mirent à l'envelopper lentement, dans la chaleur du soir, le sel des vagues et les notes familières d'une musique douce que déversaient les enceintes au loin.

Environ une heure plus tôt, dans sa chambre d'hôtel, Moïse s'était enfin éloigné de la fenêtre. Avec l'arrivée du crépuscule, les murs de la chambre s'étaient refermés sur lui, et il avait décidé de ressortir une dernière fois, avant son voyage du lendemain.

Il passa devant la silhouette soumise de Siméon et sortit dans la touffeur du couchant. Au-dessus de la route, la voûte des cieux s'obscurcissait. Le vent du soir, dont la force augmentait, était plein de voix lointaines, et aussi de cette chanson qui le poursuivait, *elle était ... jolie, que ... l'aimer.*

Il se demanda pourquoi il avait remis son costume de lin clair, comme lors de la clôture des sept premiers jours de deuil, quand il était descendu au club de la plage pour y boire du Campari ; tout à coup, sans qu'il sache vraiment pourquoi, quelque chose le poussait à y retourner.

Dans une sensation d'étouffement, il prit donc le chemin de la falaise qu'Esther et lui avaient emprunté, avant qu'il ne la perde. S'il pouvait seulement la voir encore une fois avant de se rendre, le lendemain, sur la tombe de sa mère, puis de partir. S'il pouvait seulement la revoir pour pleurer sur l'amour qui l'avait transpercé, pleurer sur ce qui ne sera jamais.

Des éclats de la voix suave d'Alain Barrière montaient jusqu'à lui, *si jolie*... Non, il ne rêvait pas. D'ailleurs, juste après, le club lui-même apparut. Au bord de la piste se tenaient quelques jeunes gens ; ils contemplaient avec émotion le rivage qui s'assombrissait. La camionnette du patron n'y était pas garée, et personne n'était derrière le bar non plus. Seuls les haut-parleurs diffusaient imperturbablement, comme un disque rayé, *elle était trop jolie quand le vent l'emmenait.*

Moïse porta ses regards dans la même direction que les jeunes. Au début, il ne vit rien du tout. Puis il lui sembla discerner une silhouette qui courait, peut-être derrière un chien, pour autant que la brume du soir et la colonne de sable qui enveloppaient les coureurs lui permettaient de les distinguer. Son regard fouillait la zone où ils évoluaient, et il finit par identifier une forme, vêtue d'une jupe, accrochée à une pente rocheuse.

Esther... ? Il vacilla, ce ne pouvait être qu'une hallucination... Mais, même lorsque l'ombre qui lui obscurcissait les yeux se dissipa, la fille était toujours là-bas.

Moïse fit un rapide calcul. De l'endroit où il se tenait, là où le sentier de la falaise débouchait sur la plage, la roche formait comme un escalier. Il pouvait donc l'emprunter en ligne droite, puis arriver auprès d'Esther avant le chien et le barman, qui avaient devant eux l'étendue de sable. En fait, ce n'est pas lui qui décida, mais uniquement son spasme de jalousie. Il s'élança et escalada maladroitement les grands rochers de grès avec ses chaussures tressées remplies de sable.

Ainsi, à l'instant où Alex releva la tête, il vit soudain quelqu'un grimper sur le rocher, tantôt en clopinant, tantôt en courant, et, à travers l'obscurité, le costume clair scintilla. Alex se dépêcha, sa poitrine se soulevait au gré de sa respiration saccadée ; paniqué, il voyait Moïse le devancer, se rapprocher d'Esther. Un flux de sombres échos l'envahit, *como si fuera esta noche la última vez*.

Moïse courait vers la silhouette ; elle apparut à la faible lumière qui émanait encore de la mer et tenait les pans de sa jupe en avançant. Dans une douleur qui le transperça, il sut que, jusque-là, il n'avait jamais vu une beauté telle que le visage blanc qui planait devant ses yeux, le front arrondi, les cheveux tirés en arrière, le regard transparent, levé en une supplication, et les lèvres légèrement entrouvertes. Il fit les derniers pas, la bouche ouverte en un cri. Encore un peu, et il tendrait les bras vers elle, s'emparerait de son corps léger, lui, Moïse, puis il la porterait dans l'obscurité grandissante, il étreindrait son corps frêle de jeune fille, presque une enfant...

« Esther », cria-t-il.

Moïse courait. Le tumulte des vagues cognait contre ses tempes. Seule la jalousie le stimulait. Et le cri. Son corps s'était mué en un mélange de sueur et de halètements. Il savait qu'il l'avait perdue, il l'avait su dès le début. Que tout était perdu. Et pourtant il courait.

Esther progressait sur la roche, en s'appuyant sur des reliefs du grès. Et c'est alors qu'il lui apparut, surgissant des ténèbres, ses cheveux emmêlés transformant son visage en un masque, et la bouche ouverte en un cri.

« Moïse... » Esther recula et leva les bras pour se protéger. Elle se colla à la paroi rocheuse et tenta de se retourner. Mais Moïse tendait déjà la main, puis il l'atteignit.

Alex s'immobilisa. Sur les contreforts de la falaise, des personnages se mouvaient dans le noir. Il se couvrit de sueur, une lame de douleur dans les côtes. Jusqu'à la nausée. *Tu les vois*, ces mots s'entrechoquèrent dans sa tête, *tu les vois.*

À ce moment-là, des phares balayèrent l'obscurité du rivage, et, juste après, il y eut le ronflement d'un moteur. Un faisceau de lumière passa sur la falaise, piégeant les personnages qui s'y déplaçaient, puis poursuivit en illuminant Alex.

Moïse tourna vivement la tête et relâcha sa prise. Esther profita de cette accalmie pour lui échapper. Et, sans même se retourner, elle continua à avancer.

Moïse s'appuya contre le roc, d'un seul coup épuisé. Un instant, pris de vertige, il s'imagina soulever son visage contre le sien. Il la sentait déjà passer son bras autour de son cou, tandis qu'il la portait, penché vers son visage clair, vers son front et ses fins cheveux défaits, semblables à ceux de Jean, avant de déposer sur le sable son petit corps, les ombres s'amoncelant tout autour d'eux et se refermant sur les étoiles qui trouaient la voûte nocturne au-dessus de lui.

Dans la camionnette, Asher manœuvrait vers le rivage, un goût âpre de whisky dans la bouche. D'abord, il discerna des gens rassemblés sur la piste du club. *Ils sont venus m'arrêter...*, conclut-il sur-le-champ, et il roula lentement sur la pente, prêt à recevoir le verdict. En accord avec lui-même. Ce qu'il avait fait, il l'avait fait par conviction.

Arrivé non loin du club, il resta assis encore un instant, le moteur tournait toujours, et il laissa les événements de la soirée retomber, avant d'aller se livrer. Quand il coupa enfin le contact, il entendit l'aboiement. Il était sûr qu'il rêvait. Sur la piste, les jeunes crièrent des choses incompréhensibles, tout en désignant la plage. Mais, à part eux, il ne voyait ni policiers, ni soldats. À nouveau, il entendit un aboiement enroué, encore plus près cette fois. Il aiguisa son regard, et c'est alors que surgit de l'obscurité la silhouette de Mercury, qui montait du rivage en boitant et se laissa piéger par les phares du véhicule.

Asher s'élança hors de la camionnette : « Mercury ! » ; il courut vers le bloc de fourrure à bout de souffle qui se réfugia dans ses bras : « Mercury ! »

Un instant, ils demeurèrent ainsi, corps contre corps, les battements du cœur d'Asher doublant ceux du cœur de la fourrure sanguinolente, déchirée, de Mercury.

Bouleversante d'amour et de crainte, une vague secouait Asher, et il savait que, dorénavant, il pourrait faire face à tout ce qui arriverait. Maintenant que l'envoyé des dieux lui était revenu. Et la salive qui coulait de sa gueule haletante l'inonda, puis se mêla à ses larmes.

À travers le voile qui couvrait ses yeux, Asher remarqua la fourrure lacérée sur l'échine de Mercury, et le sang qui persistait à couler. Il prit le chien épuisé dans ses bras, serra contre son corps ce poids vaporeux et le posa délicatement sur le siège de la cabine. « Mercury, Mercury », suffoquait-il.

C'est seulement alors qu'en relevant la tête, à la lumière des phares, il eut une vision.

La jeune fille claire, presque aussi transparente que le faisceau de lumière, apparut en bas de la falaise. Elle progressait comme une somnambule, et, derrière elle, un homme aux cheveux hirsutes descendait dans un costume froissé. De l'autre côté, Alex s'approchait en courant depuis la plage et levait sa main.

Esther se dirigea vers la camionnette ouverte, tendit son visage blême vers Asher et dit d'une voix presque inaudible : « Vous me ramenez à la maison ? ». Sans attendre la réponse, elle monta dans le véhicule. Elle ne tourna même pas la tête vers l'homme déguenillé, ni vers Alex qui arrivait de la plage.

Asher avait posé une couverture sur Mercury et recouvert la blessure béante sur son échine.

« Asher ! Qu'est-il arrivé ? demanda Alex, affolé.

– Je t'expliquerai plus tard, fit-il laconique, je repars avec Mercury. »

Esther se recroquevilla sur son siège, à côté de Mercury couché sous sa couverture, la tête posée entre les pattes. Lorsque la camionnette s'engagea sur la route escarpée, Esther tourna son visage vers la vitre, mais, dans l'obscurité, il était impossible de discerner son expression.

Le ronflement du moteur s'éloigna du club en un trait de lumière ascendant. Alex resta derrière. Moïse se tenait juste à côté, la chemise hors de la ceinture, la veste couverte de poussière tombant de ses épaules. Un instant, leurs regards se croisèrent. Le visage de Moïse ruisselait, ses yeux s'accrochèrent au regard brûlant du garçon aux cils épais. Alex remua légèrement la tête, incapable de prononcer un mot. Et il revint au bar.

Moïse prit le sentier de la falaise. Il s'éloigna du club et commença à monter lentement. Demain, il se tiendrait sous la chaleur accablante, entre les champs de coton blancs, puis il réciterait la prière des morts sur la tombe de sa mère. Ensuite, Nissim l'accompagnerait à l'aéroport, et, quand il atterrirait à Paris, nul ne l'attendrait. Ni Catherine, ni Jean. Seul, il récupérerait son bagage et s'installerait dans un taxi.

Le tumulte des vagues cernait Moïse, ainsi que l'odeur amère des plantes sauvages dans la nuit. Il entendit la voix chaleureuse qui s'était enrouée au cours des dernières années : « Mon petit Moïse », et un visage fin, clair – le visage de Jean – le fixait.

« Merde », murmura-t-il, la gorge nouée. Les larmes jaillirent de ses yeux, puis recouvrirent l'étendue de la mer. Et, tout en poursuivant sa pénible ascension, Moïse ne savait si, maintenant, il allait enfin oser vivre sa vie.

Alex retourna au bar. Il décida d'attendre qu'Asher soit de retour et lui apporte des nouvelles de Mercury. Il ne mit pas d'autre disque, et, peu après, les quelques clients du club se dispersèrent.

Il ressortit vers la plage et se tint au plus près des vagues qui s'écrasaient dans l'obscurité. Pris dans une odeur de sang, dans des aboiements, dans une lumière qui piégeait Esther et Moïse sur le rocher, les mots résonnaient en lui : *Tu les as vus*. Ces mots, Alex allait les écrire. Cette certitude était si nette qu'il en eut le souffle coupé.

Il remonta rapidement du rivage jusqu'au club. Ses doigts fouillèrent un coin du bar. Il lui semblait qu'Asher avait l'habitude d'y laisser un stylo et un carnet.

La camionnette émergea de la falaise, sur la route de la mer. Le sifflement de la respiration du chien emplissait la cabine. Asher lâcha le levier de vitesse, pour ne rouler que d'une main et, de l'autre, caresser la tête qui dépassait de la couverture.

« Comment s'est-il blessé ?

– Je ne sais pas, retourna-t-il à la voix calme de la jeune fille.

– Il vivra ? »

Asher ne répondit pas. Il remarqua qu'elle observait sa main disgracieuse.

« Que t'est-il arrivé ?, il tourna son visage vers la jeune fille débraillée.

– Je suis tombée », répondit-elle en murmurant. Puis, après un instant, elle ajouta : « Demain, je rentre à l'armée », et elle regarda devant elle, dans la course de l'obscurité.

Plus tard, au cours de la même nuit, Moïse prépara ses affaires dans la chambre d'hôtel. Sa valise était ouverte sur le lit. Il vida l'armoire, la commode, et plia même sa veste poussiéreuse. Au fond d'un tiroir, il trouva la carte postale qu'il avait reçue en guise de monnaie, un jour qu'il achetait une boîte d'allumettes au kiosque. C'était une photo en couleur, on y voyait la statue de la femme sur le tell archéologique. Peut-être qu'il devrait la rapporter à Jean, à qui il n'avait rien acheté.

Sur la commode, il y avait un fond de Campari. Il se servit et s'installa à la fenêtre. La mer murmurait silencieusement, reprenant son souffle dans le noir. *Que soit exalté et sanctifié...* Ces mots qu'il réciterait le lendemain passèrent en lui.

Il serra le verre dans sa main.

Coda

Environ un mois après, un car s'approcha des deux quais d'Askelon, d'où partaient les grandes lignes. Ce n'était pas vraiment une gare centrale, même si le kiosque et le restaurant populaire, qui avaient récemment ouvert sur ce terrain vague, conféraient à l'endroit une atmosphère de départ lointain. À l'entrée du kiosque, il y avait un congélateur à esquimaux, un présentoir pour la presse et même une étagère avec des jeux, des cadeaux, et tout ce chatoiement de rouge, de jaune, de vert, du bleu des ballons et des seaux en plastique, se reflétait sur les vitres de l'autocar.

Parmi les voyageurs, un groupe bruyant de soldates en uniforme descendit ; elles portaient de lourds sacs à dos ; c'étaient les filles du lycée Froomkin ; elles venaient d'achever leurs classes et avaient intégré une formation d'instructrices. Elles iraient ensuite travailler dans les zones périphériques. Aujourd'hui, elles étaient en permission pour la fête des Cabanes. Esther descendit avec elles ; elle portait sa jupe kaki, avec une ceinture dotée d'une boucle en fer, qui moulait ses hanches, et des cheveux nattés, pris dans un élastique sous son béret.

Les soldates riaient et tentaient de courir, écrasées sous le poids des sacs à dos, vers la station d'autobus qui desservait le centre-ville.

Esther s'arrêta : « Je vais voir mes parents à la poissonnerie. »

Lorsque leur bus arriva, ses amies s'y engouffrèrent dans un joyeux brouhaha et lui dirent au revoir avec de grands gestes.

La chaleur de cet après-midi d'automne enveloppait Esther. À la boutique, ses parents étaient sans doute occupés avec les derniers clients, pressés d'achever les préparatifs de la fête. Sa mère, écarlate, retirait les poissons du bassin et les servait dans du papier journal, tandis que son père, avec son menton pointu, était penché sur le hachoir, impatient de rentrer à la maison et d'y achever la construction de la cabane rituelle. Comme elle avait eu peur, lorsqu'ils l'avaient attendue à l'arrêt d'autocar, lors de sa première permission. Ils se tenaient là, serrés l'un contre l'autre, soudain petits, voguant loin d'elle.

Un autobus s'arrêta alors. C'était la ligne de la plage. Esther y monta sans réfléchir. Elle mit son sac bourré de linge à laver sur le siège libre à côté d'elle, puis posa son front contre la vitre. Les rues de la petite ville se succédaient devant elle, comme si elles aussi surgissaient de loin. Le château d'eau octogonal, les maisons blanches sur la colline d'Afridar, ce qui restait des vergers, les blocs de HLM. Sa tête était pleine des bourdonnements du camp militaire qui, depuis le début de la période des classes jusqu'à celui de la formation, n'avaient cessé un seul instant. Les ordres, les chansons, les réponses des soldates prononcées d'une seule voix face aux commandantes, la même bouillie de bruits continus dès le réveil, lorsqu'elles repliaient leurs couvertures sur les lits de camp, jusqu'à l'extinction des lumières, quand Esther pouvait enfin rabattre la couverture kaki au-dessus de sa tête et ramener ses genoux vers sa poitrine.

À ses amies, elle n'avait rien révélé des événements de l'été. Dans leurs conversations, elles n'évoquaient que la maladie infantile qu'elle avait eue à leur retour du séminaire. Elles étaient complètement prises par le changement absolu intervenu dans leur vie, depuis le matin où elles étaient montées dans le camion et s'étaient séparées, sur des mots émus, de leurs familles restées derrière le véhicule militaire, qui s'était éloigné sans aucun cérémonial.

Pour Esther aussi, l'été s'éloignait, englouti sous un lointain brouhaha. Après la faiblesse de sa convalescence, son corps s'était renforcé. Elle courait, à l'aise dans son large uniforme, portait son grand fusil entre les baraquements où avaient lieu les cours, sous les eucalyptus, défilait avec ses rangers en formation de trois et se mettait au garde-à-vous à l'appel des commandantes, à peine plus âgées que les nouvelles recrues. Elle se pressait avec sa gamelle au réfectoire et riait tout haut dans les douches, parmi les corps nus qui l'entouraient ; même le son que produisait son nom, Esther Weiss, semblait s'endurcir, lorsque les commandantes le prononçaient en criant.

De temps à autre, Esther sentait pourtant les odeurs puissantes de l'eucalyptus, ou les exhalaisons de la terre sous le filet d'eau, lorsque, penchée vers le robinet, elle se lavait le visage. Et, lorsqu'elle passait la serviette sur son corps nu dans la cacophonie des douches, elle frissonnait d'une nouvelle limpidité. À la tombée de la nuit, la douceur de la lumière rougeoyante au-dessus du camp caressait sa peau, et un vent léger effleurait ses cheveux ramassés sous son béret. La nuit, quand elle se pelotonnait sous sa couverture en murmurant : « *Je remettrai mon âme en Ta main, et Tu me délivreras, Dieu de vérité* », des bribes d'un autre tumulte la touchaient, puis la rumeur d'une mer mystérieuse l'entraînait vers un sommeil profond et saturé de rêves. Une fois, alors qu'elles défilaient et passaient non loin des cuisines, elle entendit d'un poste de radio la voix fondante de Paul Anka, *Put Your Head on My Shoulder*, et son cœur se mit à battre. Car, après tout, au cours de cet été, elle avait été aimée, elle, Esther Weiss – l'émotion la transperça. Et elle continua à marcher, en cachant le tremblement qui la parcourait.

Une nuit, elles venaient d'apprendre le maniement des armes et allaient avoir accès aux stands de tir, Esther fit un rêve de feu : il s'élevait depuis les habitations de la petite ville ; les flammes approchaient rapidement – ainsi qu'une colonne de fumée – des étendues de sable pleines de tanks et de hurlements, non loin de la zone où passait la frontière. Leur rue aussi s'embrasait et, dans la cour, des buissons de fleurs rouges, il ne restait que des brindilles calcinées. Alors elle s'élançait, paniquée, à travers les flammes, son grand fusil à l'épaule. Ses parents étaient allongés sur le sol du couloir, couverts de la suie détachée des murs. Et elle les secouait, les secouait. C'est alors que retentit un ordre, *debout*, et que, avec les autres filles, elle se précipita pour plier les couvertures, avant d'entonner une prière, « *Je Te remercie* ».

Sur l'aire de tir, lorsqu'elles s'appuyèrent sur les sacs de sable et empoignèrent les fusils, Esther à nouveau fut prise de faiblesse. Elle ferma les yeux, effrayée par les déflagrations qui retentiraient bientôt, et, quand elle tira, la forme de la cible ne lui apparut pas distinctement, puis le souffle la propulsa en arrière. Après les exercices de tir, les filles allèrent chez le marchand de boissons et de glaces, à l'ombre des eucalyptus. Esther quitta alors les autres recrues, qui entouraient le vendeur dans des cris. Au sommet de la colline de sable, la mer s'ouvrait d'un seul coup. Sous l'uniforme, le cœur d'Esther battit en un sombre écho, lourd d'une douceur effrayante. Peut-être est-ce d'ailleurs la raison pour laquelle Esther essaya ensuite d'avouer à Gila qu'elle avait peur, de lui raconter que, la nuit dernière, elle avait rêvé qu'il y aurait bientôt la guerre ici. Mais Gila éclata de rire et croqua dans sa glace à l'eau : « Comment ça, une guerre ?! Tu es tellement bizarre, Esther... », et elle baissa ses paupières constellées de taches de rousseur. « Regarde comme tout est calme ici ; et nous ne sommes qu'instructrices. » Elle ne revint plus sur cette histoire et rentra dans le rang, entonnant avec toutes les autres une rengaine militaire, jusqu'à en avoir le gosier desséché.

Puis elles continuèrent leur formation. Maintenant, elles dormaient à six dans une chambre et non plus dans ces longues tentes de la période des classes. Au début de la session, on les emmena visiter les localités de la région où elles seraient ensuite mutées. Le matin, elles épauleraient les enseignantes du secteur et, le soir, elles apprendraient l'hébreu à des adultes qui, depuis leur arrivée dans le pays, n'avaient su acquérir cette langue. Cette visite se déroula durant les dix jours de pénitence précédant le jour des Expiations. La chaleur était moins agressive, et on avait rabattu les bâches du camion qui les emmenait. C'était la période de la récolte du coton, les champs étaient blancs et, au loin, à l'autre bout de la plaine, se dressait la chaîne des montagnes d'Hébron, nimbée de brume.

Serrée entre ses copines en uniforme, Esther regardait au loin depuis le camion, et, lorsqu'elles approchèrent des maisons basses, disséminées dans la verdure, au beau milieu des champs, elle fut reprise par la même émotion, une attente mêlée à un tremblement. Peut-être était-ce le village où vivait la sœur de Moïse ? Et peut-être qu'en arrivant il sortirait juste de la voiture rouge et la verrait ?

On leur fit visiter les lieux, et elles prirent la rue principale, entre les poulaillers et les maisons simples, puis passèrent non loin de constructions rénovées, entourées de jardins. La voiture rouge n'était nulle part, et elle n'osa pas demander si on s'apprêtait à ouvrir ici un atelier de couture ; pourtant, elle savait qu'elle était unie à cet endroit par un lien qu'elle ne révélerait à personne. Et lorsqu'au secrétariat les employées les accueillirent avec des verres de jus d'orange, puis qu'un responsable dit « Bienvenue, soldates ! », sa douce prononciation lui évoqua l'accent de Moïse, et son cœur battit.

*

L'autobus venait de quitter l'ancienne route ottomane et empruntait la voie de mer. Esther actionna le signal. Dans l'après-midi, le chauffeur n'était pas Ezra. Il observa, surpris, cette soldate qui descendait avec toutes ses affaires à l'arrêt de la plage.

Esther souleva son sac à dos et traversa le bosquet de tamaris. L'air humide, imprégné de sel, l'enveloppait comme alors, lorsqu'elle était descendue dans sa robe à bretelles neuve, la chaleur reposant sur ses épaules, puis qu'elle s'était approchée du club et des danseurs qui s'agglutinaient dans la fumée des cigarettes, entre le cliquetis des bouteilles de bière, *put your head on my shoulder...* Elle progressa jusqu'au bord de la falaise. À ses pieds, elle vit les pétales blancs des roses côtières aux larges calices. La mer s'ouvrit d'un seul coup, très bleue à cette heure de l'après-midi, éployée sans la moindre ride jusqu'à l'horizon. Des taches d'écume brillantes frémissaient à sa surface, et son murmure emplissait l'air d'une rumeur vibrante.

Elle sourit, complètement épuisée, comme à l'issue d'un long voyage, plein d'échos et de voix. Elle sentait l'emprise de la mer, si proche.

Elle leva la tête, savourant l'azur et la lumière, le vent léger. Un élan de bonheur perça la chape dont elle s'était recouverte jusqu'ici et la submergea d'un immense flux de joie. Vivre ! Pendant un instant compact, elle fut simultanément le nourrisson que sa mère étreignait, enveloppé dans une serviette, la fille mince aux grands yeux qui rentrait dans la maison vide, et aussi celle qui avait acheté la robe à bretelles en fuyant les ombres de son foyer, puis qui avait souri, lorsqu'elle avait senti ses seins se gonfler.

Elle ferma les yeux, et la lumière brilla à travers ses paupières, dans la calme certitude qu'elle disposait désormais de son destin, elle, Esther Weiss, et qu'elle devait emprunter sa propre voie, même si elle ne savait pas encore où elle menait. Comme les paroles de Bialik : *Je te façonnerai des cieux nouveaux ; je t'entourerai d'un bleu, et d'un éclat nouveaux ; de mes prières, je tendrai des couronnes sur ta tête, et du blanc de mes fleurs, je tapisserai le sol où tu te tiens. Car mon cri de joie atteindra les plus lointains soleils.*

Elle respira et sa poitrine s'emplit du sel épais.

Esther prit le chemin de la falaise. Son lourd sac à dos ne la gênait presque plus. Son corps s'était musclé durant les entraînements, et une nouvelle énergie l'habitait. À cette heure de l'après-midi, l'air était pur, et, au bout du rivage, on voyait même le bloc d'habitations situées de l'autre côté de la frontière, sur lequel flottait un nuage de brume.

À un tournant, le toit du club de la plage apparut. Juste derrière, il y avait un tas de chaises recouvertes d'une bâche. Un instant, Esther eut l'impression que derrière le murmure de la mer, vague après vague, elle percevait de la musique. Soudain, il y eut un aboiement. Mercury ! Son cœur fit un bond.

Mais la camionnette ne s'y trouvait pas, et même la piste était vide. Il semblait que, avec la fin de la saison, le club avait fermé. Ou peut-être que, aujourd'hui, il cessait ses activités plus tôt, en raison de la fête des Cabanes, qui commençait ce soir.

Au pied de la falaise, elle s'enfonça dans le sable chaud qui pénétrait ses chaussures, adhérait à ses chaussettes blanches. Arrivée à la lisière de la piste, elle se défit de son sac, le posa par terre et alla s'appuyer au bar. Elle décida de se reposer un peu, avant de rentrer à la maison. Elle aurait le temps d'aider son père pour les préparatifs de la fête. Il avait sans doute déjà recouvert la cabane rituelle de branches d'eucalyptus, qui emplissaient toute la maison de leur parfum revigorant, mêlé à l'amertume de la naphtaline se dégageant des pull-overs que sa mère avait sortis des armoires, car il faisait déjà frais le soir. Ensemble, ils orneraient la cabane de petits objets décoratifs qu'elle avait confectionnés dans son enfance. Une palme de dattier découpée dans du papier de couleur à côté d'une branche de myrte, un cédrat et une ramure de saule ; sur une plaque, son père avait inscrit les noms des sept patriarches invités, dont elle avait colorié chaque lettre, Abraham, Isaac, Jacob, Joseph, Moïse, Aharon et David, au-dessus desquels était inscrit « Bienvenue ». Et, comme à son habitude, son père réciterait le Cantique des cantiques dans la cabane, dont il terminerait la lecture d'une voix pensive : « *Fuis, mon bien-aimé, et sois comme le chevreuil, ou le faon des biches, qui se retirent sur les montagnes embaumées.* » À nouveau, cela l'étonnerait, comme durant son enfance : pourquoi le chevreuil devait-il s'enfuir ? Où était la gazelle ? Jusqu'où s'élèverait son désir ? Et la voix ténébreuse de son père provoquerait en elle une déchirure de tristesse et d'espérance jusqu'aux larmes.

Esther retira son béret et laissa le tumulte de la mer l'envahir. Elle rejeta la tête en arrière, comme elle aimait quand elle était petite. Elle exposa ses paupières à la douceur du soleil, qui les embrasa de rouge et de doré. Elle sourit au vent léger effleurant son visage, les ailes de la femme blanche – lorsque, à nouveau on entendit un aboiement.

Le cœur battant, elle plissa les yeux et, à travers l'écran de lumière, le vit assis sur un rocher, le dos tourné au rivage et le visage vers la mer, un cahier sur les genoux.

Elle en eut le souffle coupé.

Il détacha son regard des vagues, se pencha vers le cahier et écrivit.

Alex –

Elle n'eut pas le temps d'articuler que, des confins du rivage, une balle jaune d'aboiements surgissait en courant et faisant monter une colonne de sable doré dans la lumière crue. Dans le rire mêlé des larmes qui remplirent ses yeux, elle vit Mercury bondir sur Alex, qui sursauta, puis se releva, surpris ; il tenait le stylo et le cahier d'une main, et il tendait l'autre vers le chien qui sautait sur lui.

Bientôt, il lèverait les yeux et la verrait – une douleur l'aiguillonna, et un frisson l'envahit, celui d'une terrible certitude d'amour. Elle serra son béret. Elle ne l'avait pas encore glissé dans l'épaulette de sa chemise. Des grains de sable chaud recouvraient ses chaussures militaires.

Et que se passerait-il s'il ne la reconnaissait pas ? Sa voix, enfouie en elle avec son tendre accent, Estherrr, surgit d'entre les ombres de ses cils. Elle s'adossa au bar.

À travers son vertige, Esther vit qu'à l'autre bout du rivage Alex l'avait remarquée. Stupéfait, il tendait le bras. Mercury, qui le suivait, se mit à aboyer, puis s'élança dans sa direction.

D'un petit tas de coquillages concassés au bord de l'eau, un éclat scintilla, puis fondit sur la fine couche lumineuse, avant d'être avalé par l'infini murmure des vagues déferlantes.

Table des matières

Le club de la plage 11
Au pied de la falaise........ 39
Fermeture........ 55
Jour d'après 69
Au cœur de l'été 89
La voiture rouge........ 107
Crépuscule au club de la plage 151
Le tell archéologique 163
Éblouissements 195
Danse 219
Tard........ 241
Nuit des roses 247
Jours de maladie 271
La rose des voix 295
Par-delà la frontière........ 323
Après le coucher du soleil 351
Coda 363

CATALOGUE

82. JOSEPH COULSON
Le Blues des grands lacs

83. MICHÈLE LESBRE
Nina par hasard

84. ERLING JEPSEN
L'Art de pleurer en chœur

85. CLAIRE KEEGAN
L'Antarctique

86. TARIQ ALI
La Femme de Pierre

87. VINCENT BOREL
Antoine et Isabelle

88. JEAN MATTERN
De lait et de miel

89. EDNA O'BRIEN
Crépuscule irlandais

90. FLORENCE GIORGETTI
Do you love me ?

91. YANICK LAHENS
Failles

92. DUONG THU HUONG
Roman sans titre

93. MARIO LEVI
Istanbul était un conte

94. NUALA O'FAOLAIN
Ce regard en arrière

95. ERLING JEPSEN
Sincères condoléances

96. CLAIRE KEEGAN
Les Trois Lumières

97. MICHÈLE LESBRE
Un lac immense et blanc

98. JEAN-CLAUDE ELLENA
Journal d'un parfumeur

99. KAMEL DAOUD
Le Minotaure 504

100. DIANE MEUR
Les Villes de la plaine

101. CLARA DUPONT-MONOD
Nestor rend les armes

102. DUONG THU HUONG
Sanctuaire du cœur

103. TARIQ ALI
La Nuit du Papillon d'or

104. LÉONOR DE RÉCONDO
Rêves oubliés

105. KÉTHÉVANE DAVRICHEWY
Les Séparées

106. EDNA O'BRIEN
Saints et Pécheurs

107. TAKIS THÉODOROPOULOS
Le Va-nu-pieds des nuages

108. FIONA KIDMAN
Gare au feu

109. DUONG THU HUONG
Les Paradis aveugles

110. JEAN MATTERN
Simon Weber

111. YASSAMAN MONTAZAMI
Le Meilleur des jours

112. YANICK LAHENS
Bain de lune

113. CATHERINE MAVRIKAKIS
Les Derniers Jours de Smokey Nelson

114. CLAIRE KEEGAN
À travers les champs bleus

115. VINCENT BOREL
Richard W.

116. MICHÈLE LESBRE
Écoute la pluie

117. MICHÈLE LESBRE
Victor Dojlida, une vie dans l'ombre

118. EDNA O'BRIEN
Fille de la campagne

119. YANICK LAHENS
Guillaume et Nathalie

120. JEAN-CLAUDE ELLENA
La Note verte

121. SERGE MESTRE
Les Plages du silence

122. LÉONOR DE RÉCONDO
Pietra viva

123. MICHAL GOVRIN
Amour sur le rivage

ACHEVÉ D'IMPRIMER
EN SEPTEMBRE 2013
SUR LES PRESSES
DE
L'IMPRIMERIE F. PAILLART
À ABBEVILLE
POUR LE COMPTE
DE SABINE WESPIESER ÉDITEUR

IMPRIMÉ EN FRANCE
NUMÉRO D'ÉDITEUR : 123
ISBN : 978-2-84805-153-6
DÉPÔT LÉGAL : OCTOBRE 2013